DIE SCHWIERIGE ART VON LIEBE

LEXI RYAN

DIE SCHWIERIGE ART VON LIEBE

Die Jungs von Jackson Harbor, Buch 4

von Lexi Ryan

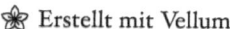 Erstellt mit Vellum

OHNE TITEL

Für Mary. Bis zum Mond und wieder zurück, Kleine!

DANKSAGUNG

Ein riesiges Danke an alle, die mir mit diesem Buch geholfen haben. Vor allem möchte ich meiner Familie danken. Brian, ich hätte Mollys Geschichte nicht ohne dein Verständnis und deine Unterstützung schreiben können. Die Idee dazu ist mir während einer der schwersten Zeiten meines Lebens gekommen, und du hast meine Hand gehalten und mir gesagt, dass ich nicht in Ordnung sein *muss*. Danke, dass du mich zusammenbrechen lassen hast, als ich es gebraucht habe. Du bist besser als alle Helden, über die ich jemals geschrieben habe. An meine Kinder Jack und Mary, ihr seid wundervoll und lustig und schlau. Ich bin die glücklichste Mama überhaupt! Danke, dass ihr mich immer dazu inspiriert, mein bestes Ich zu sein. An meine Mutter und Schwestern, danke, dass ich unseren Mädelsurlaub am Strand zum Schreiben nutzen durfte. Beste Deadline-Woche! Natürlich will ich auch meinem Vater, meinen Brüdern, Schwestern, meiner Schwiegerfamilie, meinen Tanten, Onkels, Cousinen und Cousins danken, weil ihr mich so eifrig angefeuert habt – alle auf eure eigene Art.

Ich habe so viel Glück, ein Leben voller wundervoller Freunde zu haben. Danke an meine Autorenfreunde, die mit mir sprinten und mich beruhigen, wenn meine Bücher ein Durcheinander sind. An meine beste Freundin Mira Lyn Kelly, die meine Hand mehr hält, als sie sollte, mein Haar streichelt und mich aufbaut. Ich danke dir auf ewig.

An alle, die mir Feedback gegeben haben – vor allem Heather Carver, Samantha Leighton, Tina Allen, Lisa Kuhne, Dina Littner und Janice Owen. Ihr seid wundervoll. Lauren Clarke, danke für dein einfallsreiches Editieren. Du machst mich zu einer besseren Autorin und meine Geschichten wundervoll. Danke an Arran McNicol von Editing720 für dein Korrektorat. Ich habe schwer daran gearbeitet, dieses Team zu erschaffen, und ich bin stolz darauf!

Danke an die Menschen, die mir geholfen haben, dieses Buch zu verpacken und zu vermarkten. Sarah Eirew, die dieses wunderschöne Foto auf dem Buchumschlag geschossen und das Design für die ganze Reihe erschaffen hat. Ich will mich auch bei Lisa Kuhne bedanken, die versucht hat, mich in Schach zu halten und zu unmöglichen Uhrzeiten gearbeitet hat, als ich sie am meisten gebraucht habe. Nina und Social Butterfly PR, ich kann nicht glauben, dass wir fast ein ganzes Jahr hinter uns haben! Es war besser, als ich mir hätte vorstellen können. Ich liebe es, mit euch und eurem wundervollen Team zu arbeiten, vor allem Chanpreet und Hilary! An alle Blogger, Bookstagrammer, Leser und Rezensenten, die geholfen haben, mein Buch zu verbreiten – ich bin dankbar, dass ihr euch in euren Leben die Zeit genommen habt, um meine Bücher zu lesen. Mein Dank ist nicht genug, aber ich meine es ernst. Ihr seid die Besten!

An meinen Agenten, Dan Mangel, weil du an mich glaubst und daran, dass das Beste noch vor uns liegt. Danke an dich und an Stefanie Diaz, dass ihr meine Bücher zu den Lesern dieser Welt bringt. Danke, dass ihr ein Teil meines Teams seid.

Und ein riesiges Dankeschön an meine Fans. Dank euch darf ich meinen Traum leben. Ich könnte es nicht ohne euch tun. Ihr seid die coolsten, schlausten, besten Leser dieser Welt. Ich schätze jeden einzelnen von euch wert!

XOXO,
    Lexi

ÜBER DIE SCHWIERIGE ART VON LIEBE

Ein One-Night-Stand mit ihrem Boss war nie ihr Plan. Und sich in ihn zu verlieben auch nicht ...

Die Gerüchte sind wahr. Ich bin chaotisch und hatte nie Glück in der Liebe. Alleinerziehende Mutter. Pechvogel. Ja, gar nicht gut.

Wenn das Schwerste an meinem Umzug nach Jackson Harbor wäre, dass Leute über mich lästern, dann ist es in Ordnung. Ich habe schon Schlimmeres als ihr jahrzehntelanges Geläster mit hocherhobenem Kopf überstanden.

Ich lag falsch. Der schwerste Teil ist, meinem Chef zu widerstehen. Brayden Jackson ist das Idealbild von *groß*, *dunkel* und *gutaussehend*. Und dank einem One-Night-Stand vor sieben Monaten weiß ich genau, was ich verpasse, als ich ihn abschieße. Jeden. Einzelnen. Köstlichen. Zentimeter.

Aber ich habe meinen Sohn, um den ich mich kümmern muss, und eine Arbeitsstelle, die ich behalten will, also werde ich weiterhin Nein sagen.

Bis mein Pech mich weiterverfolgt und mein wundervoller Vierjähriger und ich ohne ein Zuhause dastehen. Ausgerechnet an Weihnachten. Ich akzeptiere Braydens Angebot, bei ihm zu leben, meinem Sohn zuliebe. Und dann zerbröckelt meine Schutzmauer. Wenn Brayden schlau ist, würde er weglaufen, weil es nicht lange dauern wird, bis er realisiert, dass er Besseres verdient, als das, was eine Frau wie ich ihm bieten kann.

Außer mein Pech führt mich genau dorthin, wo ich sein muss.

PROLOG

MOLLY

*I*ch öffne meine Augen und finde mich in einem warmen Gewirr von Armen, Beinen und Decken wieder.

Wann kann ich dich wiedersehen?

Er hat mir die Frage gestellt, als ich eingeschlafen bin. Der glückselige Zustand, in dem ich mich nach meinem Orgasmus befand, ließ mich über die Worte lächeln. Ich summte, ohne zu antworten, als er mich in seinen Armen hielt und ich einschlief.

Ich fühle mich so sicher und beschützt. Ich will mich nicht bewegen, aber ich kann nicht bleiben. Die Worte hallen in meinem Kopf wider. *Wann kann ich dich wiedersehen?*

Jetzt, da bin ich nicht länger von Orgasmen betrunken bin, ist die Frage gleichzeitig aufregend und erschreckend. Ich wünschte, ich wäre jemand anderes. Ich wünschte, ich könnte Versprechen machen und Risiken eingehen. Aber das kann ich nicht. Ich habe Geheimnisse und Prioritäten, die alle mit dem kleinen Jungen zu tun haben, der bei meiner besten Freundin übernachtet. Brayden darf nicht von Noah erfahren. Niemand darf es. Aber das ändert nichts an der Tatsache, dass ich nicht will, dass die Nacht endet. Noch nicht.

Das Licht, das unter der Badezimmertür hindurch scheint, verleiht dem Hotelzimmer ein warmes Strahlen, das gerade hell genug ist, damit ich sein Gesicht sehen kann – den Schatten seines Dreitagebarts, seine leicht geöffneten, weichen Lippen. Sein muskulöser Arm ist um mich geschlungen, seine Hand ruht auf meiner Hüfte, und das Gefühl seines Atems in meinem Nacken ist so süß, dass ich meine Augen schließen und diesen Moment genießen will. Aber das kann ich nicht. Weil letzte Nacht ein Fehler war. Ein fürchterlicher, voreiliger, dummer, *köstlicher* Fehler, an den ich während vieler einsamer Nächte denken werde.

Ich schlüpfe aus seiner Umarmung und dem Kingsize-Bett, das in der Mitte des schicken New Yorker Hotelzimmers steht. Meine Hände zittern, als ich meinen BH vom Boden hebe und anziehe.

Ich drehe mich langsam und vorsichtig um, um ihn noch einmal anzusehen. Sein Gesicht ist so sanft, als würde der Schlaf all die harten Züge und das ernste Gesicht, das ich mit Brayden Jackson verbinde, vertreiben. Seine kühle Art hat sich heute nicht bemerkbar gemacht. Wir haben kurz geschäftliche Dinge besprochen und ein paar Sachen erledigt, für die er in die Stadt gekommen ist. Aber dann haben wir angefangen zu trinken, und ich habe ihn mehrmals dabei erwischt, wie er meinen Mund angesehen hat. Plötzlich gehörte der geschäftstüchtige Brayden der Vergangenheit an – eine Erinnerung eines Mannes, dem ich leicht widerstanden hätte, weil er so ernst und verklemmt war. Aber dieser schlafende Brayden? Und der zwei-Bier-Brayden, dessen Mund sich zu einem schiefen Grinsen verzogen hat, als die Bedienung gedacht hat, wir wären ein Paar? Um diesem Brayden widerstehen zu können, hätte ich ganz schön viel Willenskraft benötigt – Willenskraft, die ich nicht zu brauchen gedacht hatte.

Ich wende meine Augen ab und suche den Boden nach meinem Höschen ab, bevor ich mit dem Fuß den Boden abtaste, um zu sehen, ob ich es spüren kann. Wann habe ich es ausgezogen? Bilder überkommen mich. *Seine Daumen haken sich in die schwarze Spitze. Seine Hände ziehen sie über meine Hüften. Sein Mund ...*

Ich presse die Augen zu und drehe mich zur Tür, wo ich mein Kleid ausgezogen habe. Ich schlüpfe hinein und ziehe den Reißverschluss hoch, wobei ich mich zwinge, mich nicht umzudrehen. Ich muss durch diese Tür gehen. Wenn ich seine muskulöse Brust oder die starken Beine unter den Laken ansehe, glaube ich nicht, dass ich es schaffen werde. Ich kenne das köstliche Gewicht dieses Körpers auf meinem. Wie sein Bart sich auf meinem Hals und meinen Brüsten angefühlt hat und ... *tiefer*. Ich weiß, wie diese dunklen Augen mich zum Schmelzen bringen.

Ich finde meine Tasche bei der Minibar und schlinge sie über meine Schulter, bevor ich mit der Hand auf dem Türknauf innehalte und bete, dass er mir verzeiht. Dass er verstehen wird, dass ich diese Stelle brauche und die letzte Nacht ein Fehler war. Ich öffne die Tür so leise wie möglich, betrete den Flur und verlasse meinen neuen Chef und die heißeste Nacht meines Lebens so schnell, wie ich kann.

BRAYDEN

Ich greife schlaftrunken nach ihr, aber das Bett ist leer. Ich setze mich auf. „Molly?" Ich mache die Lampe auf dem Nachttisch an und durchsuche das Zimmer. Ihre Klamotten sind weg, und ihre Tasche auch.

Ich reibe meine Augen. *Scheiße, Scheiße, Scheiße!*

Ich hebe meine Jeans vom Boden auf und suche nach meinem Handy. Sie hat mir eine SMS geschrieben.

Molly: *Danke für letzte Nacht. Du bist ein netter Kerl, aber ich will diese Stelle. Ich BRAUCHE diese Stelle. Und das bedeutet, dass es nicht nochmal passieren darf.*

Die Uhr beim Bett zeigt, dass es zwei Uhr morgens ist, aber ich schreibe ihr trotzdem zurück.

Brayden: *Deine Stelle ist nicht in Gefahr, egal, wofür du dich entscheidest. Letzte Nacht muss nichts bedeuten, was du nicht willst.*

Ich lege mein Handy weg, fahre mir mit einer Hand über das Gesicht und lege mich wieder ins Bett.

Verdammt. Ich kann nicht glauben, dass ich nichts gehört habe, als sie gegangen ist. Habe ich etwas gesagt, das sie vertrieben hat? Denkt sie wirklich, dass ich sie feuern würde?

Mein Handy vibriert und ich schnappe es mir.

Molly: *Es war ein Fehler. Es tut mir so leid.*

Ich werfe mein Handy aufs Bett und setze mich auf die Seite, mein Kopf in beiden Händen. Ein Fehler. Wenn sie ein Fehler war, war sie der einzige Fehler, den ich jemals machen wollte.

KAPITEL EINS

MOLLY

SIEBEN MONATE SPÄTER ...

*D*rei Gründe, weswegen man nicht mit seinem Chef schlafen sollte:

Erstens: Weil man immer – egal, wie gut er in seinem Anzug aussieht –, *immer* daran denken wird, wie gut er auf dem riesigen Bett in dem schicken Hotel aussah, ein starkes Bein in den Laken verheddert, seine heißen Augen auf dir, als du deinen BH auszogst.

Zweitens: Wenn er so richtig ernst ist und es um die Arbeit geht und er diesen intensiven Block in den Augen hat, wirst du dir vorstellen, wie er sich an diese Nacht erinnert und darüber grübelt, wie sehr er dich will. In Wirklichkeit hast du diese Möglichkeit zunichte gemacht, als du dich aus seinem Hotelzimmer geschlichen hast und das Kapitel abgeschlossen, als du ihn in einem verzweifelten Versuch, ihn auf Distanz zu halten, beschuldigt hast, dich nur eingestellt zu haben, weil er dich ins Bett kriegen wollte. *Sehr gut.*

Drittens (falls ein weiterer Grund notwendig ist): Du bist *oft* in seiner Nähe, und auch wenn du auf jeden Fall stark genug bist, um der sexuellen Anziehung zu widerstehen, bist du dir nicht sicher, ob du *ihm* widerstehen sollst. Für ihn steht die Familie an erster Stelle. Die Art, wie er selten lächelt, aber wenn er es tut, es erst sein Gesicht zum Strahlen bringt und dann den ganzen Raum. Die Art, wie er deinen kleinen Jungen behandelt, als wäre er das Wertvollste auf der Welt. Die Art, wie er dich dazu bringt, Dinge zu wollen, von denen du geglaubt hast, dass du ohne sie auskommen könntest.

„Hörst du mir zu?", fragt Brayden, aber ich hänge am Grund Nummer eins fest und den Gedanken an seine gebräunte Haut auf den weißen Laken, und höre *nicht* zu. Überhaupt nicht.

Ich beiße mir auf die Wange und nicke, als ich meine Erinnerung danach durchsuche, was ihn dazu geführt hat, mich an meinem Tisch hinten im Jackson Brews aufzusuchen. „Dir gefallen die T-Shirts nicht", sage ich, aber ich denke immer noch daran, wie er an meinem Hals gesaugt hat, wodurch meine Stimme einem Schnurren ähnelt.

Brayden runzelt die Stirn. „Du steckst *nicht* in Schwierigkeiten, Molly."

Ich schüttele den Kopf und versuche, mich zu konzentrieren, während ich dankbar bin, dass er meinen angetörnten Blick mit Besorgnis verwechselt hat. Ich ziehe widerwillig meinen Blick von Brayden und sehe zu den T-Shirts am Ende der Bar – oder was von ihnen übrig geblieben ist. Sie werden schnell verkauft. „Levi hat sie genehmigt."

„Wieso habe ich es für eine gute Idee gehalten, ihm das Marketing zu überlassen?" Er sah sich in der Bar um, seine Augen auf dem halben Dutzend Mitarbeiter in ihren brandneuen T-Shirts. Das Jackson Brews-Logo ist vorne drauf, und auf dem Rücken steht das Motto, das meine Freundinnen und ich uns ausgedacht haben, als wir letztes Mal während unseres Mädelsabends getrunken haben.

Jackson Brews
Die Bar. Das Bier. Und ... oh Gott ... die BRÜDER.

Levi hielt es für lustig. Jake hat nur gelächelt und mit den Schultern gezuckt. Ethan hat die Augen verdreht, und Carter hat gegrinst und mich von oben bis unten angesehen. Sein Blick sagte klar: „Du weißt Bescheid." Ich dachte nicht, dass Brayden das Design *lieben* würde, aber er sagt normalerweise nichts, wenn ihm meine Entscheidungen widerstreben. *Aber nicht diesmal.*

„Was denkst du, wie Nic und Ava sich fühlen?", fragt er.

Ich schnaube. Es ist fast süß, wie er denkt, dass die Partnerinnen seiner Brüder die T-Shirts *nicht* mögen könnten. Als wären sie nicht verdammt stolz auf ihre heißen Jackson-Männer. „Was denkst du, wer mir mit der

Idee geholfen hat? Sie haben sich die ersten T-Shirts geschnappt. Sogar Ellie hat eins." Ellie, die im Moment *nicht* mit Levi Jackson zusammen ist, aber ganz klar in ihn verliebt ist. Wir alle wissen, dass sie bald wieder zusammenkommen werden.

Brayden sieht mich finster an. „Du machst Witze."

Ich lache. „Es wird schon gut gehen." Und dann mache ich einen Anfängerfehler – ich greife nach vorne und drücke seinen Arm.

Gott. Sein Bizeps spannt sich unter meiner Hand an. Mein Leben wäre viel einfacher, wenn dieser Mann sich nicht so sehr an sein morgendliches Training halten würde. Es ist einfach nicht fair. Er führt eine Brauerei, um Himmels willen.

Als ich für Brayden als Verkaufsmanagerin im Nordosten gearbeitet habe, habe ich in den ersten zwei Monaten fünf Kilo zugelegt. Jeder denkt, dass es der coolste Job in der Welt ist – für eine wachsende Brauerei zu arbeiten –, aber die Realität ist, dass man von einer Bar zur anderen fährt, Bier trinkt und fettiges Baressen zu sich nimmt, während man versucht, Käufer zu finden, die Jackson Brews Bier anbieten wollen.

Irgendwie scheint das den Jackson Brüdern nichts auszumachen. Ich glaube, sie haben eine genetische Mutation, die Bier in Muskelmasse umwandelt. Das ist die einzige Erklärung.

Brayden sollte schwammig aussehen und einen Bierbauch haben, der ihm über die Jeans hängt. Stattdessen hat er harte Linien und feste Muskeln. Das einzig Weiche an Brayden ist der Blick in seinen Augen, wenn er über seine Familie spricht. Und sein Gesicht, als wir miteinander geschlafen haben.

Mir läuft bei der Erinnerung an seine Augen auf meinen, seiner Hand ehrfürchtig auf meinen Kurven, seinem heißen Körper auf meinem, ein Schauer über den Rücken.

Ich unterdrücke mein Stöhnen. *Das ist der Grund, wieso man nicht mit seinem Chef schlafen sollte.*

„Ist alles bereit für das Yuseki Essen am Donnerstag?"

Ich nicke und ziehe meine Hand zurück. Ich sollte wahrscheinlich eine „Berühr deinen Chef nicht"-Regel einführen. „Jap. Alles ist bereit."

„Hast du genug Leute? Das Essen ist bestellt? Der Fehler mit den Tischdecken wurde behoben, und du hast die Teilnehmerzahl bestätigt?"

Ich verschränke die Arme vor meiner Brust. „Ich versuche gerade, mich nicht beleidigt zu fühlen."

Er rollt die Schultern zurück und atmet langsam aus. „Tut mir leid. Alte Angewohnheiten."

„Du hast mich eingestellt, damit *ich* mich darum kümmern kann. Nicht, damit du noch einen weiteren Haufen Angelegenheiten zu erledigen hast."

„Ich weiß. Und ich vertraue dir."

„Dann benimm dich auch so", sage ich sanfter. Es fällt ihm schwer, die Kontrolle abzugeben, und trotz meiner Worte nehme ich es nicht persönlich. Seine Familie macht Witze darüber, wie schwer es ihm fällt, jemandem die Kontrolle zu überlassen, und er hat Levi genauso mit der Eröffnung des Zapfraums genervt wie mich mit dem

Bankettzentrum. Gott, Levi hat es als sein jüngerer Bruder wahrscheinlich noch viel schwerer.

Von dem Moment an, als ich mich letzten Frühling bei Jackson Brews beworben habe, habe ich bemerkt, dass Braydens Geschwister versuchen, ihn dazu zu bringen, mehr zu delegieren. Seine Neigung, alles bis ins kleinste Detail zu managen, war nicht sehr bemerkbar, als ich als Verkaufsmanagerin über eintausend Kilometer entfernt gearbeitet habe, aber jetzt ist es kaum zu übersehen.

„Du bist so herrisch mit deiner Firma wie Noah mit seinen Pokémonkarten", sage ich.

Braydens Blick erwärmt sich bei der Erwähnung meines Sohns. „Wo ist der kleine Schlingel heute Nacht?"

„Meine Mutter wollte mit ihm ins Kino gehen." Was bedeutet, dass ich eine kinder- und arbeitsfreie Nacht habe – früher eine seltene Gelegenheit, doch jetzt kommt es öfter vor seit ich in derselben Stadt lebe wie meine Mutter. Ich habe heute zehn Stunden im Bankettzentrum gearbeitet, also habe ich auf jeden Fall vor, den freien Abend zu nutzen, um ein sehr großes Bier zu trinken und mich an Jakes frittierten Delikatessen zu ergötzen.

„Wie läuft's mit Veronica?"

Als er die Nanny meines Sohns erwähnt, die selbst einen neugeborenen Sohn hat, lächele ich. „Noah liebt sie so sehr. Und der kleine Jackson ..." Ich schüttele den Kopf. „Noahs neueste Mission ist es, mich davon zu überzeugen, dass er selbst einen kleinen Bruder braucht." Braydens Augenbrauen schießen hoch, und ich verdrehe die Augen. „Entspann dich. Meine Gebärmutter ist im Ruhestand."

Natürlich wählt Braydens Bruder Jake genau diesen Moment, um mit meinem Bier und Essen zu erscheinen. Er sieht zwischen uns hin und her. „Gibt es einen Grund, wieso ihr Mollys Gebärmutter besprecht?"

„Noah will einen kleinen Bruder." Ich schnappe mir den Teller mit dem frittierten Ziegenkäse, weil ich keinen Moment länger warten kann, diese sündhaften, in Honig getränkten Bällchen zu verspeisen. „Das wird nicht passieren." Ich stecke mir einen in den Mund und stöhne. „Wieso sind sie so gut? Hast du deine Seele an den Teufel verkauft, oder was?"

Jake seufzt. „Willst du wirklich mein Geheimnis über gutes Essen wissen?"

„Und jetzt geht's los", grunzt Brayden und verschränkt die Arme.

„Nein, ernsthaft", sagt Jake.

Ich lege den Kopf zur Seite und bedenke, was mich diese Information kosten könnte. „Wieso fühle ich mich wie Eva, der ein Apfel angeboten wird?"

Jake hebt den Finger in die Luft. „Ich versuche nicht, mein Essen mit weniger Fett oder Kalorien oder Salz oder weniger sonst etwas zu machen. Ich bereite gutes Essen mit frischen Zutaten vor, und es ist, was es ist."

„Ich bin der Beweis." Ich runzele die Stirn, als ich meinen Rock ansehe. Die Hälfte meiner anderen Röcke passen nicht mehr, und dieser ist mein neuer Favorit, da er dehnbar genug ist, um Platz für die extra Kilos zu schaffen. „Ich muss entweder dein Essen meiden oder mir neue Kleidung kaufen. Und da mein Kontostand lächerlich ist und ich einen teuren Geschmack habe", ich stecke mir ein weiteres Stück in den Mund und schließe die Augen, „beginnt meine Diät morgen."

Jake sieht mich ernst an. „Hör zu, ich weiß, dass es nichts bringt, einer Frau zu sagen, dass sie kein Gewicht verlieren muss. Es bringt eh nichts. Aber tu mir einen Gefallen und sprich nicht von Diäten, wenn Ava in der Nähe ist, okay?"

Ich runzele die Stirn. Ava ist Jakes Frau und meine Stiefschwester. Sie ist winzig und perfekt und hat momentan das weltsüßeste Babybäuchlein. Das Letzte, was sie sollte, ist, sich um ihr Gewicht zu sorgen. „Wieso nicht?"

Jake schüttelt den Kopf. „Sie denkt, sie ist mollig. Es macht die Sache nicht besser, dass einer der Teenager im Theater gesagt hat, dass sie unser Kind ‚in den Oberschenkeln' trägt."

Ich zucke zusammen. „Aua."

Brayden sieht seinen Bruder finster an. „Du lässt sie das nicht wirklich glauben, oder?"

„Sie *lassen*? Als hätte ich Kontrolle über ihre Gedanken?" Jake schüttelt den Kopf. „Sieh mich nicht so an, Brayden. Ich sage meiner Frau jeden Tag, wie schön sie ist, aber anscheinend zählt meine Meinung nicht." Sein Ausdruck beweist, wie angewidert er davon ist.

Ich verkneife mir das Lachen, aber ein seltsames Schnauben entkommt mir. „Jungs sind so süß und ahnungslos."

„Ist ansonsten alles in Ordnung? Geht es dem Baby gut?", fragt Brayden.

Jake strahlt. „Trotz Avas Gedanken über ihren Körper ist alles wundervoll."

„Molly, da bist du ja!"

Jake, Brayden und ich drehen uns zur Tür, die hinter meinem Vermieter Tom Eckles zufällt. Er kommt auf den Tisch zu und bringt mit jedem Schritt Schnee mit hinein.

„Ich habe gehofft, dich hier zu finden", sagt Tom, während er mit der Hand durch sein von Schnee bedecktes Haar fährt.

„Ich sollte besser zurück hinter die Bar gehen", sagt Jake, ehe er Tom zunickt. Ich kann an der Veränderung in seinem Ausdruck erkennen, dass er meinen Vermieter nicht mag. *Damit sind wir schon zwei.*

Mein Blick verharrt auf Brayden in der Hoffnung, dass er mein stummes Flehen erkennt und mich nicht mit ihm allein lässt. Es muss funktioniert haben, denn Brayden setzt sich gegenüber von mir. „Hey, Tom", sage ich angespannt. „Was ist los?"

Tom schien ziemlich nett, als er die Mädchen-Volleyballmannschaft der Schule trainiert hat. Und er schien ziemlich nett, als er mir die kleine zwei Schlafzimmer-Hütte seiner verstorbenen Großmutter auf der westlichen Seite der Stadt vermietet hat. Ich *wünschte*, ich könnte sagen, dass er ein netter Kerl war, als er mich letzte Woche angemacht hat, und ich ihn zurückgewiesen habe, aber nette Kerle grabschen dir nicht an den Arsch und nennen dich dann eine hochnäsige Fotze, wenn du ihnen sagst, dass sie es lassen sollen.

„Hey, Brayden", sagt Tom. „Ich muss nur kurz mit Molly reden."

Brayden hebt sein Kinn und bleibt Gottseidank sitzen. „Hey, Tom. Schieß los."

Tom zieht seine Lederjacke aus und wirft sie über seinen Arm, als er seine Aufmerksamkeit wieder auf mich lenkt. „Hey, es tut mir leid, dir das anzutun, aber du und Noah müsst bis Ende der Woche ausziehen."

Ich blinzele ihn an, sicher, dass ich ihn falsch verstanden habe. Er hat gerade nicht gesagt—

„Du wirfst sie mit einer Woche Vorankündigung raus?", fragt Brayden.

Tom verzieht das Gesicht. „Ich werfe sie nicht wirklich *raus*. Sie muss nur umziehen. Ich würde es nicht tun, wenn es anders ginge. Aber meine Nichte zieht nächste Woche wieder her, und sie braucht ein Haus."

„Aber du hast gesagt ..." Er hat mir ein Angebot gemacht und gesagt, dass Noah und ich so lange bleiben können, wie wir wollen. Er hat so getan, als hätte er mir einen großen Gefallen getan, indem er mich nicht an einen „Mietvertrag gebunden" hat, weil er mich glauben lassen hat, dass seine Geschwister bald wiederkommen und mir das Haus sowieso verkaufen würden.

„Hundesohn", murmelt Brayden. „Wo sollen sie hinziehen?"

Tom hebt die Handflächen, aber ich sehe, wie er instinktiv von Brayden zurückweicht. „Meine Nichte ist schwanger, und meine Schwester will, dass sie sich vor Weihnachten eingelebt hat. Der Vater des Kindes nimmt nicht an ihrem Leben teil, und wir versuchen nur, einer jungen Frau zu helfen." Er sieht wieder zu mir. „Ich bin mir sicher, dass *du* das verstehst."

Ich verstehe es, weil ich eine alleinerziehende Mutter bin oder ...? „Ich brauche mehr als eine Woche."

Da ist etwas Fieses in seinem Blick, als seine Augen langsam über mich wandern bevor er mich wieder ansieht. Ich sehe etwas übergebliebene Wut in ihnen. *Hochnäsige Fotze.* „Ich wünschte, es wäre anders gelaufen."

Er wünscht, ich hätte mich von ihm begrabschen lassen, als er versucht hat, eine Umarmung, die ich nicht wollte, in eine Untersuchung meines Arsches umzuwandeln. Er *wünscht*, ich würde meine Beine für ihn spreizen. Er hat sich so berechtigt gefühlt, dass er mich jetzt bestraft.

„Ich hoffe, ich kann darauf zählen, dass du das Haus so ordentlich verlässt, wie du es vorgefunden hast", sagt er.

Ich schlinge meine Finger um mein Glas und trinke einen großen Schluck, um mich davon abzuhalten, es ihm ins Gesicht zu werfen. Er weiß, wie viel ich an dem Haus in den kurzen drei Monaten gearbeitet habe. Er weiß, dass ich meine Freizeit genutzt habe, um die alten Tapeten und die Farbe zu entfernen, den alten, ekelhaften Teppich zu entsorgen und den originalen Holzboden zu polieren. Er hat angedeutet, dass es am Ende für Noah und mich wäre, da es nicht lange dauern würde, bis seine Geschwister sich emotional bereit genug fühlen, mir das Haus zu verkaufen. Alles, was ich getan habe, wäre es wert, sobald seine Brüder und Schwestern dem Verkauf zustimmen.

Ich bin so eine Idiotin.

„Du bist ein richtiger Hundesohn, Tom", murmelt Brayden.

Toms Blick springt von mir zu Brayden, und er grinst langsam. „Oh, ich verstehe." Er wackelt mit dem Finger. „Ich sehe, wie du die Stelle bekommen hast, Molly. Typisch."

Seine Worte sind wie ein Hieb, aber ich verberge, wie sehr sie mich verletzen. „Eifersüchtig?"

„Verpiss dich aus meiner Bar", knurrt Brayden, und ich frage mich, ob Tom bemerkt, wie Braydens Hände sich zu Fäusten geballt haben.

Er sieht Brayden spöttisch an. „Nur zur Warnung, ich würde sichergehen, dass ich immer ein Kondom benutze."

Tom dreht sich zur Tür, und Brayden springt auf, aber ich lege eine Hand auf seinen Arm und drücke zu. „Nein."

Seine Muskeln spannen sich unter meinem Griff an, aber er macht keinen Schritt auf ihn zu. *Gottseidank.* Brayden muss meine Kämpfe nicht führen. Ich wusste, worauf ich mich einließ, als ich wieder nach Jackson Harbor gezogen bin. Dass ein Ruf wie meiner nicht nur vergeht, weil es acht Jahre her ist.

Erst als Tom durch die Tür verschwunden ist, dreht Brayden sich zu mir. Er mustert mich einen Moment, bevor er sich wieder setzt. „Was wirst du tun?"

Ich schüttele den Kopf. *Es ist drei Wochen vor Weihnachten, und er schmeißt uns raus.* Noah hat sich so gefreut, Weihnachten in einem Haus zu verbringen – mit einem

Schornstein, durch den der Weihnachtsmann „richtig" kommen könnte. Und ich habe dummerweise zu seiner Aufregung beigetragen, indem ich ihm von all den coolen Dingen erzählt habe, die wir tun würden. Jetzt muss ich ihm sagen, dass wir Weihnachten in einem Hotel verbringen werden.

„Das Einzige, was ich tun kann." Ich schiebe das Essen weg, denn mein Appetit ist ebenso verschwunden wie die Aussicht auf einen entspannten Abend. „Ich werde anfangen, zu packen ... und ein anderes Zuhause für uns finden."

„Ich kann nicht glauben, dass er das tatsächlich macht. Was für ein Mistkerl."

„Es ist, wie es ist." Ich schlucke die Emotionen hinunter, die aus mir herausbrechen wollen. *Raste nicht aus.* „Aber danke, dass du dageblieben bist. Es war nett ..." *einen Freund zu haben.* Ich sage es nicht. Ich weiß nicht, ob Brayden mich so sieht. Ich bin seine Angestellte. Ich bin die Frau, mit der er einmal geschlafen hat. Ich bin die Stiefschwester seiner Schwägerin. Aber Freunde? Vielleicht ist es seltsam, dass ich in New York so einfach mit ihm ins Bett gesprungen bin, mich aber zu verletzlich fühle, ihn als „Freund" zu bezeichnen.

Typisch Molly.

Vielleicht habe ich mich in den letzten acht Jahren nicht so sehr verändert, wie ich gedacht habe. Tom denkt anscheinend nicht so, oder er hätte nicht versucht, sich an mir zu vergreifen.

„Jederzeit", sagt Brayden.

Ich mag es nicht, wie er mein Gesicht mustert – als

könnte er all meine Gedanken und zerbrochenen Stücke sehen, die ich hinter meiner Fassade verstecke. Ich hebe das Glas an, aber mein Magen dreht sich, und ich stelle es wieder ab, bevor ich einen Schluck trinken kann. „Bis morgen im Büro, okay?", frage ich, um das Thema zu wechseln, aber es ist wirklich eine dumme Idee. Brayden ist nicht die Art von Kerl, die nicht auftaucht. Gar nicht.

Er nickt. „Ich werde da sein."

Ich werfe meine Tasche über die Schulter und gehe zur Bar, wo ich Jake andeute, dass ich meine Rechnung bezahlen will.

„Molly?"

Ich drehe mich zu Brayden, der die Stirn runzelt.

„Du musst es nicht allein durchstehen."

Ich schließe die Augen bei dem Angebot in seinen Worten. Er wird mir helfen. Seine ganze Familie wird helfen. Das ist es, was die Jacksons tun. Er schuldet mir nichts. Und doch ...

„Sie muss was nicht allein durchstehen?", fragt Jake, als er mir die Rechnung gibt.

Brayden dreht sich zu seinem Bruder. „Mollys Vermieter hat sie rausgeworfen. Er will, dass sie bis Ende der Woche auszieht."

„Was für ein Arschloch", murmelt Jake.

Brayden nickt zustimmend, aber ich bemerke sie kaum, als ich an Noahs Gesicht denke, während ich ihm erkläre, dass unsere Weihnachtspläne sich geändert haben. Wenn meine Mutter ihr Haus nicht verkauft und in eine kleine Wohnung gezogen wäre, hätten wir dort bleiben können.

Aber bei dem Gedanken, im Haus meines Stiefvaters zu schlafen, will ich kotzen. Vielleicht ist es ein Segen, dass ich nicht bei ihr einziehen kann, weil ich nicht weiß, ob ich es schaffen würde. Aber wenn es bedeutet, Noah den Weihnachtsmorgen zu schenken, von dem er geträumt hat, hätte ich es getan. Auch wenn es bedeutet, dass ich mich den Problemen stellen muss, vor denen ich in den letzten zehn Jahren davongelaufen bin.

KAPITEL ZWEI

BRAYDEN

„*D*as ist es." Ich führe meine Mutter in den neuen Zapfraum von Jackson Brews. Sie wollte ihn nicht sehen, bis er fertig war, aber nach Monaten der Bauarbeiten sind wir endlich soweit. Donnerstag ist unsere Eröffnung, und ich will, dass sie den Ort, den wir unserem Vater widmen, sieht, bevor wir ihn für die Allgemeinheit zugänglich machen.

Sie sieht sich mit großen Augen um. Die lange, polierte Walnussholz-Bar hat einen Rand aus glänzendem Holz, und die Barstühle stehen vor den Fenstern, die den Hafen überblicken. Der dunkle Fliesenboden passt zu den Wänden in gedämpftem Türkis. Sie nimmt jedes Detail in sich auf, und die Emotion in ihrem Augen erfüllt mich mit Stolz.

„Was denkst du?", schaffe ich, sie zu fragen.

Eine große Tafel mit unserem Angebot reicht von einem Ende der Bar bis zum anderen, und darunter ist ein Schild mit einer Widmung.

In liebevoller Erinnerung an Frank Jackson, der es gewagt hat, seinen Träumen nachzujagen.

Mama presst eine Hand auf ihre Brust. „Oh, dein Vater wäre so stolz auf dich."

„Es ist alles dank ihm." Meine Stimme klingt wie Schleifpapier. Ich habe egoistischerweise beschlossen, sie allein herzubringen, statt es mit der ganzen Familie zu tun. Meine Geschwister werden ihre Chance haben, während der Eröffnung mit ihr zu feiern.

Mama schüttelt den Kopf. „Oh, nein, Brayden. Das ist alles dank dir. Dank allen meinen Kindern. Aber zum Großteil dank dir und Jake. All die Arbeit, die ihr in den kleinen Traum eures Vaters gesteckt habt, hat es zu etwas Größerem gemacht, als er es sich jemals erhofft hat." Sie wischt sich über die Wangen, über die Tränen fallen. „Und jetzt ist Levi auch ein Teil der Hinterlassenschaft. Euer Vater wäre so stolz."

Die Küchentür schwingt auf, und ein dunkler Schopf flitzt an uns vorbei, die kleinen Arme und Beine geben alles. „Du kannst mich nicht fangen!", schreit Noah.

Molly taucht hinter ihm auf, ihr Gesicht strahlend vor Freude, als sie ihrem Sohn hinterherjagt. „Willst du wetten?"

Er läuft zurück und will hinter die Bar rennen, aber Molly schlingt ihre Arme um ihn, bevor er an ihr vorbeikommen kann. Sie hebt ihn vom Boden und schwingt ihn herum. Er kichert wie besessen. „Schneller! Schneller!"

Ich bin mir bewusst, dass meine Mutter neben mir steht – wie sie mir dabei zusieht, wie ich Molly ansehe –, und ich beruhige mich, um ihr nicht zu zeigen, was dieser Anblick mit mir macht. Mollys Liebe für Noah verwandelt ihr Gesicht von schön zu strahlend. Und vielleicht ist es, weil ich gerade an meinen Vater gedacht habe oder weil meine Mutter hier ist, dass meine Emotionen an die Oberfläche kommen. Aber Molly so zu sehen und die Verbindung zwischen ihr und ihrem Sohn zu sehen, macht etwas mit mir. Es erinnert mich daran, dass sie nicht nur die schöne Frau ist, die ich eines Nachts in mein Zimmer gebracht habe. Und sie ist nicht nur meine Angestellte. Sie ist ein wunderschöner, komplizierter Mensch, der zu einem der strahlendsten Teile meines Lebens geworden ist, ob sie es weiß oder nicht.

Und sie ist komplett tabu.

Meine Brust verengt sich vor Verlangen, was ich ignoriert habe, seit sie hergezogen ist. Es ist schwer, etwas zu ignorieren, das mit jedem Tag wächst.

Molly sieht uns endlich und erstarrt. Sie war so in ihrer Zeit mit Noah verloren, dass sie an uns vorbeigerannt ist. Etwas dieser bloßen Freude vergeht und wird durch Zurückhaltung ersetzt. „Oh, hallo." Sie setzt ihren Sohn ab. „Tut mir leid. Wir wussten nicht, dass sonst jemand hier ist. Noah ist gerade aus der Vorschule gekommen, und wir wollten gemeinsam in meinem Büro zu Mittag essen, bevor ich ihn zu Veronica fahre." Sie hält seine Hand, als würde sie versuchen, die wilde

Energie ihres Sohns in Zaum zu halten, da sie jetzt ein Publikum haben.

„Wie geht es dir, Kathleen?"

Noah winkt uns mit seiner freien Hand zu. „Wieso weinst du?", fragt er meine Mutter. „Bist du traurig?"

Sie schüttelt den Kopf. „Es geht mir gut."

„Weil es in Ordnung ist, traurig zu sein", sagt Noah, als er ernst nickt. „Mama hat gesagt, dass es okay ist, zu weinen. Sogar für Jungs."

Mama strahlt Molly an, und wenn meine Mutter nicht bereits halb verliebt wäre in meine Angestellte, dann wäre sie es nach Noahs Worten auf jeden Fall. „Deine Mama hat recht, aber das sind Freudentränen."

Noah runzelt die Stirn, als würde er versuchen, es zu verstehen. „Wieso?"

„Weil ich so viel Freude in meinem Herzen habe, dass sie mir aus den Augen kommt", erklärt meine Mutter.

„Oh. Alles klar." Noah nickt, als wäre er zufrieden mit der Antwort und bereit für etwas Interessanteres.

„Ich habe meiner Mutter den Zapfraum gezeigt", sage ich zu Molly. „Ich wollte, dass sie sich alles vor der Eröffnung ansehen kann."

Molly hebt Noah hoch, und der Junge wickelt sich um seine Mutter, sein Kopf auf ihrer Brust, wie ich es in den paar Monaten, seit sie hergezogen sind, oft gesehen habe. „Hast du die Banketträume gesehen?"

Mama schüttelt den Kopf. „Ich bin zum ersten Mal hier. Ich wollte warten, bis alles fertig war."

„Ich kann dich herumführen", bietet Molly an.

Meine Mutter grinst. „Gerne, falls du Zeit hast."

Das Bankettzentrum hat seinen eigenen Eingang auf der gegenüberliegenden Seite des Gebäudes, aber Molly führt uns durch die Küche und zeigt uns alles, was sie bis ins kleinste Detail vorbereitet hat. „Ich habe den Chefkoch frühzeitig an Bord gebracht, damit er mir helfen konnte, die Küche zu gestalten", erklärt sie. „Zusätzlich zu den Tellern für den Zapfraum wollten wir Essen für bis zu zweihundertundfünfzig Gäste auf dieser Seite anbieten, also brauchten wir ein Design, das uns mit beidem hilft, ohne zu viel Platz einzunehmen, da wir ganz schön viel für ein Gebäude am Wasser zahlen."

Meine Mutter sieht mich an, eine graue Augenbraue gehoben. Meine Geschwister haben über die letzten Monate genug Kommentare abgegeben, damit ich weiß, was sie denkt.

„Das ist Mollys Projekt", sage ich, als ich die Frage in ihren Augen lese. „Sie hat die Entscheidungen getroffen. Ich habe nicht gelogen, als ich gesagt habe, dass ich mir nicht noch mehr Verantwortungen aufbürde."

„Glaub ihm nicht." Molly lacht und schiebt Noah auf die andere Seite, als sie uns zum Flur führt, der hinter der Küche und dem Zentrum liegt. „Er erkundigt sich nach allem, was ich hier tue, also ist das hier auf *jeden Fall* eine weitere Verantwortung." Sie zuckt mit den Schultern. „Aber es ist wahr, dass er mir Freiheiten gegeben hat und ich das letzte Wort hatte. Ich weiß, es ist ein Wunder."

Mama schnaubt. „Ha, das kannst du laut sagen. Aber vielleicht brauchte er nur jemanden wie dich in seinem—"

„Ich arbeite daran", sage ich, während ich meine

Mutter warnend ansehe. Ich habe keine Lust, gegen ihre Verkupplungsinstinkte anzukämpfen.

„Die Büros sind auf dieser Seite", sagt Molly und deutet zu den Türen. „Levis, meins und Braydens."

„Du hast endlich ein Büro, das nicht in deinem Haus ist", murmelt Mama und drückt meine Hand. „Wird aber auch Zeit."

Ich wollte nie ein Büro in der Bar, sogar als Jake mir seine Wohnung angeboten hat. Es schien einfacher und leiser, von zu Hause aus zu arbeiten, aber kein Büro zu haben, hat Meetings über die Jahre erschwert. Als wir dieses Gebäude entworfen haben, hat Molly vorgeschlagen, dass ich hier ein Büro haben und Treffen im kleinen Konferenzraum halten könnte. Es hat Sinn gemacht, und es scheint gut zu klappen.

„Am Ende des Flurs ist eine Treppe", erklärt Molly. „Sie führt zum Mitarbeitereingang der Dachterrasse und zu den Umkleide- und Pausenräumen im Keller."

Noah windet sich in ihren Armen. „Runter", sagt er und windet sich stärker, bis Molly ihn auf den Boden stellt.

„Auf der anderen Seite des Treppenhauses", sagt sie und deutet dahin, „ist ein Abstellraum, und dahinter eine kleine Küche, die zu zwei weniger großen Partyräumen und einem kleinen Konferenzraum führt. Auf der gegenüberliegenden Seite ist die große Bankethalle."

Ich führe sie hin und öffne die Tür, als Noah an mir vorbeiflitzt, um den großen, leeren Raum zu betreten. Die Lichter sind aus, aber eine Wand aus Fenstern übersieht den See und verleiht dem Raum genug Licht, um das große Zimmer zu erleuchten.

„Oh, es ist wunderschön!" Mama sieht sich um, als würde sie sich vorstellen, wie es für eine Hochzeit aussehen würde. Der Raum gefüllt mit Tischen und feinen Tischdecken, die weitentfernte Nische als Tanzfläche, die rustikalen Holzbalken mit Tüll umhüllt. Ich konnte mir sowas nie gut vorstellen, aber sobald der Raum bereit war, hat Molly einen Fotografen eingestellt und alles eingerichtet, um Fotos für die Webseite zu schießen. Potenzielle Kunden müssen ihre Vorstellungskraft nicht nutzen. Sie können sehen, wie jedes Detail vorbereitet wurde, um diese Eleganz zu schaffen.

Noah rast zur Nische am Ende des Zimmers und wackelt mit dem Hintern. „Hier kann man tanzen!"

Molly grinst, und ein kleines Geräusch entkommt ihr, als würde sie sich ein Lachen verkneifen. „Das ist richtig, Noah."

„Komm und tanz mit mir, Kathleen!", ruft er.

Meine Mutter sieht ihn mit derselben Freude an, die sie in den Augen hat, wenn sie mit meiner Nichte Lilly zusammen ist. „Du hast tolle Arbeit geleistet, Molly", sagt sie, und ich bin mir nicht sicher, ob sie das Zentrum oder Noah meint. Wahrscheinlich beides, und ich kann ihr nur zustimmen.

„Danke", sagt Molly.

Mama folgt Noah in die sonnige Nische, und Molly sieht zu mir. „Ich hoffe, es stört dich nicht, dass ich ihn hergebracht habe. Ich wollte etwas Zeit mit ihm verbringen, bevor ich mir Häuser ansehen gehe. Ich dachte nicht, dass jemand hier sein würde."

„Es macht mir nichts aus." Ich schiebe die Hände in meine Taschen. „Du suchst nach einem Haus?"

„Zumindest zur Miete. Es gibt nicht viel in meinem Budget. Nachdem ich mich online umgesehen habe, habe ich nicht viel Hoffnung." Sie zuckt seufzend mit den Schultern. „Kann nicht schaden, zu schauen, oder?"

„Richtig." Ich folge ihrem Blick zu meiner Mutter, die wie ein Hühnchen tanzt. Noah lacht so sehr, dass er vor Freide zu Boden fällt. „Sag mir Bescheid, falls du Hilfe brauchst."

Sie schüttelt den Kopf. „Wird schon gut gehen. Wir haben Schlimmeres überstanden."

Ich weiß, dass es wahr ist, aber es bedeutet nicht, dass es mir gefällt.

Etwas von der Sorge weicht von ihrem Gesicht, als sie ihren Sohn mustert. „Komm, Noah. Wir müssen los."

Der Junge verschränkt die Arme und schmollt. „Aw, wieso, Mama?"

„Weil Veronica wartet."

Er strahlt bei der Erwähnung seines Babysitters und rennt zu seiner Mutter.

„Ich werde hinter mir abschließen", sage ich.

Molly nickt und ruft meiner Mutter zu: „Es war schön, dich zu sehen, Kathleen."

„Dich auch, Molly", erwidert meine Mutter. „Tschüss, Noah."

„Viel Glück", sage ich, als ich zusehe, wie Molly und ihr Sohn gehen.

„Tschüss, Brayden!", ruft Noah mir über seine Schulter zu.

Ich bemerke nicht einmal, dass meine Mutter auf mich zukommt, bis sie an meiner Seite steht. „Sie ist eine tolle Frau", sagt sie sanft.

„Ich weiß."

„Und eine gute Mutter."

Ich nicke. „Das stimmt."

„Und sie sieht dich an, als wärst du das Beste auf der Welt."

Ich runzele die Stirn. Meine Mutter sieht, was sie sehen will. „Bitte versuch nicht, mich zu verkuppeln."

Mama lacht einfach und schüttelt den Kopf, während sie zurück zum Zapfraum geht. „Ich habe Hunger, Brayden. Kann ich dich dazu überreden, eine alte Frau zum Essen auszuführen?"

MOLLY

„Es tut mir so leid", sagt Teagan und runzelt die Stirn, als sie ihr Bier ansieht.

„Wieso entschuldigst du dich?" Ich trinke ein Viertel meines Glases und seufze. Es war ein langer Nachmittag, den wir damit verbracht haben, die besten Miethäuser und -wohnungen in Jackson Harbor abzuklappern. Es hat sich herausgestellt, dass Noahs Schornstein mein geringstes Problem ist, denn kaum etwas war verfügbar, und mein Budget ist lächerlich. „Du hast mich gewarnt, dass es nicht viel gibt."

„Das beutetet nicht, dass ich nicht gehofft habe, ein paar versteckte Schätze darunter zu finden. Manchmal sehen sie auf Fotos schlimmer aus, aber das Potenzial ist klar zu erkennen, wenn man sie anschaut."

„Diesmal leider nicht. Wenn überhaupt, dann sollte ich mich bei dir entschuldigen. Du hast einen freien Nachmittag verschwendet."

„Ich hatte meine eigenen selbstsüchtigen Gründe", sagt sie. „Ich habe einen tollen Wecker und brauche keinen Vierjährigen, der mich aufweckt."

Ich lache. „Ich verspreche, dass Noah und ich nicht bei dir wohnen werden. Dafür gibt es ja schließlich Hotels."

Teagan runzelt die Stirn, und ich weiß, dass sie darüber genauso unglücklich ist wie ich.

Heute war ein schwerer Tag. Als ich aufgewacht bin, musste ich die altbewährte Schwere bekämpfen, um meine Routine durchzuziehen. Es sollte einfacher sein. Wir haben meinen beschissenen Stiefvater vor zwei Monaten begraben, und ich muss mir endlich keine Sorgen mehr machen, dass er von meinem Sohn erfährt. Mein Stiefbruder Colton ist aus der Entzugsklinik zurück, und ich bereite mich auf das erste große Event im Bankettzentrum von Jackson Brews vor. Trotz meiner bevorstehenden Obdachlosigkeit ist alles wundervoll. Und doch bin ich heute Morgen mit einer Einsamkeit aufgewacht, die den ganzen Tag nicht verschwunden ist.

Jake kommt aus der Küche und seine Laune ist so

toll, dass er fast hüpft. „Lächelt, Mädels", sagt er, als er sich gegenüber von uns gegen die Bar lehnt. „Es schneit. Wir haben Bier. Das Leben ist toll."

Ich bin nicht in der Stimmung, zu lächeln, aber ich kann nicht anders, als ihm zu gehorchen, als ich sehe, dass er das neue Jackson Brews T-Shirt trägt. Wie ich mir gedacht habe, ist Brayden der Einzige, der nicht denkt, dass das Motto lustig ist.

„Du kannst gut reden", sagt Teagan. „Du wirst an Weihnachten nicht obdachlos sein wie die arme Molly."

Jake verzieht das Gesicht, als er sich zu mir dreht. „Scheiße. Ich bin ein Arschloch. Ich hab's vergessen."

Ich verdrehe die Augen. „Bei ihr hört es sich so an, als würden Noah und ich Weihnachten unter einer Brücke verbringen. Es wird schon gut gehen." Daran erinnere ich mich ständig selbst – es ist nicht ideal, aber es wird schon gut gehen. Es wird uns immer gut gehen, meinem Jungen und mir. Es ist nicht mehr als ein weiterer Stolperstein auf dem Weg, der Noah zum besten kleinen Jungen gemacht hat, den ich kenne.

„Hey!" Teagan stupst mich mit dem Ellbogen an. „Ruinier diese Schuldgefühle nicht."

„Kein Glück gehabt?", fragt Jake.

Ich schüttele den Kopf. „Vielleicht habe ich zu hohe Ansprüche, aber …"

„Ich habe gesehen, dass da ein kleines Haus in der Crawford-Straße ist", sagt er. „Es ist nahe am Park."

Ich verkneife mir das Zittern bei der Erinnerung an das kleine zwei Schlafzimmer-Haus voller Ratten auf der östlichen Seite der Stadt. „Ich habe es gesehen. Nein, danke."

Ava kommt aus der Küche und streicht mit der Hand über ihren Babybauch. Wenn Jakes Augen und Laune nicht verraten, was er und seine Frau in der Küche getan haben, dann tun es Avas rote Wangen. Die Frischvermählten können die Hände nicht voneinander lassen, und ihre Schwangerschaft hält sie nicht davon ab.

Sehnsucht überkommt mich plötzlich und unerwartet. Meine Schwangerschaft war lang und einsam und voller Angst vor der Zukunft. Noah war jedes Gefühl wert, aber die Freude eines Kindes ohne all die Momente des Terrors und der Selbstzweifel zu haben ...

Ich schiebe meinen Neid beiseite und lächele. Mir zu wünschen, ein bisschen von dem zu haben, was sie hat, ändert nicht, was ich für sie will und wie sehr ich mich darüber freue, dass sie und Jake endlich zueinander gefunden haben.

„Worüber redet ihr?", fragt Ava.

„Molly war heute auf Wohnungssuche." Er winkt jemandem an einem Tisch in der Ecke zu. „Es gibt nichts Gutes."

Und dann steht Brayden plötzlich neben mir. Brayden, der heute Morgen mit seiner Mutter so süß war. Brayden, der nicht genervt war, dass ich mein wildes Kind ins Büro gebracht habe und stattdessen gestrahlt hat, als er Noah herumrennen sehen hat. Ich habe nicht einmal realisiert, dass er da war.

„Wie war's?", fragt er.

„Schlecht", sagt Jake.

„Das Haus in der Crawford-Straße war nicht schlecht", erklärt Teagan. „Wenn dir die Ratten nichts ausmachen."

Jake tut so, als würde er in seine Hand kotzen.

„Ich habe gehofft, du hättest Glück gehabt." Brayden mustert mich, als hätte ich einen schrecklichen Unfall erlitten und er würde nach Verletzungen suchen. „Ist alles in Ordnung?"

„Mach dir keine Sorgen." Guter Gott, wenn ich noch einen bemitleidenden Blick in meine Richtung sehe, raste ich aus. Ich fühle mich wieder wie sechs Jahre alt, als mir gesagt wurde, dass mein Vater nicht nach Hause kommt. Ich *hasse* Mitleid. Ich ziehe eine Schule voller Arschlöcher vor, die mich „Blowjob-Molly" nennen.

„Was für ein Kerl schmeißt seine Mieter vor *Weihnachten* raus?" Avas sonst lächelndes Gesicht ist von Wut verzerrt. „Hat er wirklich *gerade erst* herausgefunden, dass seine Nichte eine Bleibe braucht?"

„Wer weiß?" Ich zucke mit den Achseln. Ich schäme mich zu sehr, um zuzugeben, was ich für den wahren Grund meines plötzlichen Rauswurfs halte. „Vielleicht kann ich es bei Noah wieder gut machen, indem ich für uns ein Hotel mit einem Pool finde."

„Das Hotel neben der Autobahn hat einen Pool. Und eine Rutsche", sagt Jake.

Brayden schüttelt den Kopf. „Haben sie nicht wegen Asbest geschlossen?"

Ich verziehe das Gesicht und atme tief ein. „Dann halt wo anders. Es gibt viele Ferienhäuser in der Stadt. Eins davon ist doch sicherlich verfügbar." Ich kann meine

Kreditkarte heulen hören, als ich daran denke den Ferientarif in Jackson Harbor zahlen zu müssen.

„Wieso ziehst du nicht einfach bei Brayden ein?", fragt Ava.

Ich erstarre, und Brayden tut es mir gleich. Es ist genug, um mir zu sagen, was er wirklich davon hält. „Sei nicht dumm", sage ich und versuche, ihre Worte abzuwinken, als hätte sie sie nie gesagt – weil ich es der Stimmung zwischen meinem Chef und mir vorziehe.

„Er ist ganz allein in diesem riesigen Haus", sagt Jake und dreht sich zu seinem Bruder. „Du würdest Molly und Noah wahrscheinlich nicht einmal bemerken."

Ich bin umgeben von Verrückten.

Ich bin mir ziemlich sicher, dass alle Jacksons wissen, dass Brayden und ich letztes Frühjahr in New York miteinander geschlafen haben. Geheimnisse sind in dieser Familie ein Luxus. Man würde denken, dass jemand *verstehen* würde, wieso das keine gute Idee ist.

„Der Grund, wieso du keinen Mietvertrag mit Tom unterschrieben hast, ist, weil du ein Haus kaufen wolltest, oder?", fragt Ava. „Wenn du temporär bei Brayden einziehst, musst du dir keine Sorgen darum machen, irgendwo einzuziehen, bis du ein Haus kaufen kannst."

„Es wäre ideal", sagt Teagan sanft und unterbricht ihre Stille. Aber die Art, wie sie mich ansieht, sagt mir, dass sie versteht, wieso es genauso kompliziert wäre.

Ich begegne Avas Blick und versuche, zu kommunizieren, wieso es keine gute Idee ist. Bin ich die Einzige, die bemerkt hat, dass Brayden verstummt ist? Gott, er versucht wahrscheinlich verzweifelt, eine höfliche Art zu finden, um Avas naives Angebot vom Tisch zu räumen.

Ich tue es, bevor er die Möglichkeit hat. „Ich würde mich nicht aufdrängen wollen."

„Wir wollen nicht, dass du Weihnachten in einem Hotel verbringst", sagt Jake.

Ava stimmt *sehr hilfreich* zu. „Das Letzte, was du willst, ist das ein Ferienhaus all deine hartverdienten Ersparnisse auffrisst, bevor du ein Haus findest. Bei Brayden zu wohnen, ist eine logische Lösung. Und da du das Geld für die Miete weglegen kannst, wirst du schneller ein Haus kaufen können."

„Noah und ich werden schon etwas finden."

Ava lehnt sich ernst vor. „Die Jacksons werden dich und Noah so oder so zu ihrer Hütte mitschleppen. Es ist ihre – *unsere* Art", sagt sie, als sie sich daran erinnert, dass sie jetzt auch zu den Jacksons gehört. „Es gibt genug Platz für alle, ob du es willst oder nicht."

„Und das ist wirklich lieb." Ich blicke Ava weiterhin an. Ich kann spüren, das Brayden mich beobachtet, doch ich will nicht sehen, was in seinen Augen geschrieben steht.

Ich erfinde etwas darüber, dass ich Noah abholen muss, bezahle meine Rechnung und eile aus der Bar, bevor sie mich davon weiter überzeugen können, und bevor Braydens Stille weiter durch mich schneiden kann.

Die Wahrheit ist, dass der Gedanke daran, unter demselben Dach zu schlafen wie mein Chef und jeden Morgen aufzuwachen und ihn zu sehen ... Ich will keine

Mutter sein und meinen Sohn abholen. Ich will meine heißeste Unterwäsche anziehen und trinken.

Egal, wie sehr ich mit Brayden schlafen will, ich sollte es nicht. Und ich sollte mich vor allem nicht vor die Versuchung stellen, während ich die einsamste Zeit des Jahres vor mir habe.

KAPITEL DREI

BRAYDEN

*D*ie Tür war kaum hinter Molly zugefallen, und ich dachte noch daran, wie ihre Hüften in diesem gutsitzenden, schwarzen Rock schwingen, als meine Schwägerin mir auf die Schulter schlägt. „Du Arsch!"

Mir fällt bei Avas untypischem Verhalten die Kinnlade hinunter, und ich sehe hilfesuchend zu Jake, der mich aber nur genauso wütend ansieht. „Was habe ich getan?"

Jakes Augenbrauen schießen hoch, und Ava tut so, als würde sie ihr Haar rausreißen.

Teagan springt vom Hocker und schüttelt den Kopf. „Ich halte mich da raus." Sie schwingt ihre Tasche über die Schulter. „Gute Nacht."

„Wo hälst du dich raus?", frage ich.

Aber sie flüstert nur: „Viel Glück" und verzieht sich.

„Gott." Ava sieht mich finster an, dreht sich um und geht grollend in die Küche. „Ich bin zu emotional für diese Scheiße", ertönt, bevor sich die Schwingtüren hinter ihr schließen.

Jake sieht in die Richtung seiner Frau, bevor er mich mitleidig anblickt. „Ich wollte dich nicht so in die Ecke drängen. Ich habe angenommen, du würdest zustimmen."

„In die Ecke drängen?" Ich muss heute ziemlich langsam schalten, weil ich jetzt erst realisiere, wieso Ava wütend ist. Ich streiche mit einer Hand durch mein Haar. „Mir macht es nichts aus, ob Molly und Noah bei mir leben." Ist eh unwichtig, oder? Der Ausdruck auf Mollys Gesicht schrie, dass sie lieber Glas essen würde. Und Gott, sie hat mir klargemacht, wo wir stehen. Unsere gemeinsame Nacht war ein *Fehler*. Ich bin ihr Chef und sonst nichts. Sie will vergessen, dass wir diese Grenze jemals überschritten haben. Ich habe verdammt schwer daran gearbeitet, alles richtig zu machen.

„Wenn es dir nichts ausmacht, wieso hast du dann nichts gesagt?", fragt Jake.

Ich sehe meinen Bruder düster an. „Hast du je daran gedacht, dass es *ihr* unangenehm ist? Vielleicht will sie nicht bei mir leben."

Ava schreit laut genug aus der Küche, dass die ganze Bar sie hört. „Du hättest trotzdem etwas sagen können."

Jake verkneift sich das Grinsen, als es aus seiner Frau herausplatzt.

Ich rolle meine Schultern zurück. Ava ist unglaublich lieb, und ich mag es nicht, dass ihre Wut sich gegen mich richtet. „Ich habe nicht realisiert, dass meine Stille ein Problem war, wenn sie sowieso eine andere Lösung vorzieht." Ich senke meine Stimme, damit Ava mich nicht hören kann. „Komm schon, du kannst mir nicht sagen, dass du nicht siehst, dass Ava uns verkuppeln will." Ganz zu schweigen davon, was unserer Mutter bei diesem Arrangement einfallen würde. Verdammt, wenn Molly und Noah bei mir einziehen ... Mama würde es *lieben*.

Ava kommt mit einem Teller Pommes aus der Küche, aber ihr Schmollmund beweist, dass sie mir noch nicht verziehen hat.

Jake zuckt mit den Schultern. „Vielleicht, aber ich bin mir nicht sicher, ob es eine bessere Lösung gibt. Sie und Noah müssten im Kinderzimmer schlafen, wenn sie bei uns einziehen. Sie könnte bei Levi leben, schätze ich."

Ava schlägt ihm auf den Arm. „Ernsthaft? Ellie und Molly freunden sich gerade erst miteinander an seit diesem ganzen Mist mit Colton. Molly würde auf keinen Fall bei Levi einziehen, wenn die Leute darüber lästern würden."

Jake runzelt die Stirn. „Alle wissen, dass Levi in Ellie verliebt ist."

Ava zuckt mit den Schultern. „Die Leute können Arschlöcher sein, die viel mehr Interesse an einer interessanten Geschichte haben als an der Wahrheit. Molly weiß das besser als alle anderen. Und außerdem werde ich mich nicht zwischen Ellie und Levis Wiedervereinigung stellen."

„Da stimme ich dir zu", murmele ich. Ellie und Levi sind momentan nicht zusammen, nachdem Ellie ihr Gedächtnis verloren und Levi sich in die Freundin seines besten Freundes verliebt hat. Wir wissen alle, dass es nicht mehr lange dauern wird, bis sie sich erlaubt, mit ihm zusammen zu sein. Aber er gibt ihr den Raum, um den sie ihn gebeten hat. Molly da reinzubringen, ist eine schreckliche Idee.

„Shay würde sie gerne bei sich einziehen lassen, aber alle drei in ihrer kleinen Wohnung?" Jake schüttelt den Kopf. „Ich schätze, Nic und Ethan könnten Mama ins Gästezimmer umquartieren, und Molly und Noah könnten die Wohnung hinter Ethans Garage haben."

Ava quiekst protestierend, und ich sehe Jake ernst an. „Mama zieht nirgends hin. Das ist unnötig." Ich muss den Rest nicht laut aussprechen – dass mir der Gedanke nicht gefällt, dass sie alle die Stufen in Ethans Haus hochgehen muss, auch wenn ihre Chemo vorbei ist und sie offiziell in Remission ist. Sie ist trotzdem immer noch schwächer, als sie es zuvor war, und wird schneller müde. Sie hat sich letzten Sommer den Knöchel gebrochen und uns alle erschreckt. Ich werde es auf keinen Fall riskieren, dass sie sich auch noch eine gebrochene Hüfte zuzieht.

Jake nickt. „Ich schätze, Carter könnte–"

„Halt die Fresse, bevor ich dir eine verpasse."

Jake legt eine Hand auf seine Brust und tut auf unschuldig. „Es tut mir so leid. Gibt es einen Grund, wieso du nicht willst, dass deine schöne *Angestellte* bei deinem flirtenden Bruder einzieht?" Er verzieht das Gesicht, während er seinen Nacken kratzt. „Ich hätte schwören können, dass du gesagt hast, du wärst nicht mehr an ihr interessiert."

Ich habe gesagt, dass ich nichts mit ihr *anstreben* würde. Nicht, dass ich nicht interessiert bin. Aber ich werde Jake nicht den Unterschied erklären, wenn er so sehr versucht, dass ich mich wie ein Arschloch fühle. „Ich werde ihr klarmachen, dass sie gerne bei mir leben kann, aber ich kann dir jetzt schon sagen, dass sie wahrscheinlich lieber Ratten riskiert, als im selben Haus zu schlafen wie ich."

Jakes Lippen zucken. „Wenn du meinst."

MOLLY

„Mit dem Eisfest haben wir Hochsaison. Sie wären überrascht darüber, wie viele Menschen ihre Ferien in Jackson Harbor verbringen wollen."

Ich kneife mir in den Nasenrücken und zähle bis fünf. Ich habe dasselbe Gespräch heute bereits ein halbes Dutzend Mal geführt, während ich versuchte, einen besseren Preis zu verhandeln. „Ich verstehe. Ich dachte nur, da wir ein oder zwei Monate bleiben würden ..."

„Wenn Sie zwei Monate im Voraus zahlen, kann ich Ihnen zehn Prozent anbieten", sagt die Frau. „Aber es ist das Beste, was ich tun kann."

Zwei Monate bei dem Tarif wären wie eine Abriss-
birne für meine lächerlichen Ersparnisse, die ich zusam-
mengekratzt habe, seit wir hergezogen sind. Ich habe
einen guten Job, aber all die Monate, die ich arbeitslos in
New York verbracht habe, haben meine Finanzen so in
Mitleidenschaft gezogen, dass ich mich noch nicht ganz
erholt habe. „Ich werde darüber nachdenken und Sie
morgen zurückrufen."

„Alles klar. Es tut mir leid, dass ich keine besseren
Neuigkeiten habe, aber es macht den Besitzern nichts
aus, dass das Haus während der Feiertage leer steht. Sie
genießen es ab und zu aus der Stadt herzukommen, also
sind sie nicht sehr motiviert, den Preis zu senken."

„Ich verstehe." Ich schlucke schwer. Weihnachten in
einem Hotelzimmer zu verbringen scheint immer wahr-
scheinlicher. „Ich werde mich melden."

Wir legen auf, und ich schließe die Augen, während
ich tief durchatme. Vielleicht hat Jackson Harbor mich
weich werden lassen. Ich bin schon mit Schlimmerem
zurechtgekommen, als vor den Feiertagen unzuziehen.
Ich werde es schon hinbekommen.

Aber mir ist viel zu bewusst, dass ich Noah noch
nicht davon erzählt habe, und vielleicht sollte ich das.
Stattdessen habe ich beschlossen, dass ich warten werde,
ihm davon zu erzählen, bis ich weiß, wo wir hingehen
werden. Ich will ihm nichts versprechen, was ich nicht
einhalten kann.

Ich schalte meinen Computer aus, schnappe mir
meine Tasche und mache mich auf den Weg. Ich habe
einen Termin mit einem Kerl, der versucht, sein Haus zu

verkaufen. Es ist die letzte Möglichkeit, bevor wir Weihnachten entweder im Hotel oder auf dem Sofa meiner Mutter verbringen müssen.

Ich betrete den Parkplatz und ziehe meinen Mantel zu, um mich vor dem kalten Wind zu schützen. Der Winter vergisst nie, in Jackson Harbor Einzug zu halten Er besucht uns gerne im November, um uns daran zu erinnern, was er anrichten kann, und dann bleibt der Winter ab dem frühen Dezember da. Dieses Jahr hat Noah sich so sehr darauf gefreut, einen Schneemann in unserem Vorgarten zu bauen, dass der Schnee auf meinem Auto mich daran erinnert, was auf dem Spiel steht.

„Molly." Braydens tiefe Stimme stoppt mich, als ich mein Auto erreiche.

Ich drehe mich langsam um. „Hey, was ist los?"

Ich richte meine Augen auf sein Gesicht. Nicht auf die starke Brust, die so warm unter meiner Wange war, und nicht auf die Hände, die mich überrascht haben, als er mich zum ersten Mal berührte – rauer, als ich mir von einem Mann, der den ganzen Tag am Schreibtisch sitzt, vorgestellt habe.

„Ich wollte es dir nur selbst anbieten. Bei mir einzuziehen, meine ich. Ava hat recht. Ich habe mehr als genug Platz, und es macht Sinn."

Es macht Sinn. Kaum eine begeisterte Einladung.

Ich kann es in seinen Augen sehen. Er ist genauso zögerlich wie ich. „Danke, aber ich bin mir nicht sicher, ob es eine gute Idee ist."

„Hast du eine bessere Option gefunden?"

„Ich habe ein paar vielversprechende Ideen."

Er hebt eine Augenbraue, bevor er flüstert: „Lügnerin."

Das Wort bringt mich zurück zu unserer Nacht in New York, als ich ihn Lügner genannt habe, weil er so getan hat, als hätte die SMS von Ethan nichts bedeutet.

„Okay, vielleicht nicht vielversprechend, aber ich habe Möglichkeiten." Vielleicht ist es unlogisch, aber ich hasse Tom dafür, dass er mir nicht vor einem Monat gesagt hat, dass ich ausziehen soll. Weihnachten muss man sich als alleinerziehende Mutter sowieso schon selbst übertreffen und dieses Jahr habe ich neben den Feiertagen auch noch die Eröffnung des Bankettraums sowie mein öffentliches Debüt für meine neue Rolle bei Jackson Brews. Ich will es nicht versauen, aber ich fühle mich mehr als nur etwas überfordert. „Es ist zu viel, Brayden."

„Nein, ist es nicht. Überhaupt nicht. Ich habe reichlich Platz."

Ich schlucke schwer. Ich weiß, dass er das hat. Er lebt in dem riesigen Haus, in dem seine Eltern ihn und seine fünf Geschwister großgezogen haben. Als seine Mutter ausgezogen ist, um in der Wohnung hinter Ethans Garage zu leben, war niemand bereit, das Haus zu verkaufen. Anscheinend ist Brayden temporär eingezogen, aber die Familie trifft sich dort weiterhin sonntags und an allen Feiertagen, die sie nicht in der Familienhütte verbringen können.

„Du siehst mich an, als würde ich dir ein Zimmer in meinem Kerker anbieten."

Ich schüttele den Kopf. „Tut mir leid. Nein. Ich meine, es ist übertrieben nett von dir." Ich will die Frau sein, die ihm in die Augen sehen kann, während sie sagt, was gesagt werden muss. Aber das bin ich nicht. Also sehe ich auf den Riss im Bordstein. „Ich habe gedacht, nach unserer Nacht in New York—"

„Verdammt." Etwas wie Wut blitzt in seinem Gesicht auf, und er sieht zum Verkehr im Lakeshore Drive. „Trotz dem, was du über unsere Nacht und meine Gründe, dich einzustellen, denkst geht es *nicht* darum, dich ins Bett zu kriegen."

Ich bin so ein Arschloch. „Brayden—"

„Ich bereue es, wie ich mich verhalten habe. Und dass meine Entscheidung dich denken lassen hat—"

„Stop!" Ich will verzweifelt, dass wir die Molly und der Brayden sind, die nicht über die Nacht reden und *niemals* über die Anschuldigungen sprechen, die ich ihm an den Kopf geworfen habe. „Bitte. Können wir einfach ..."

Als er sich wieder zu mir dreht, ist sein Ausdruck vorsichtig. „Einfach was, Molly?"

„So tun, als hätte ich das nicht gesagt?" Ich schlucke schwer, aber das Schamgefühl verschwindet nicht. „Ich habe nie geglaubt, dass du mich eingestellt hast, um mich ins Bett zu kriegen, und ich verspreche, dass kein Teil von dir sowas glauben würde."

„Gut." Er nickt, aber das Gespräch hat alte Verletzungen an die Oberfläche gebracht — Schmerz, für den *ich* verantwortlich bin −, und ich fühle mich bei dem Anblick so klein und unwürdig. „Also wirst du es dir überlegen?"

„Ich habe Angst, dass es komplizierter wird, als wir wollen, falls wir unter demselben Dach schlafen."

Er stopft die Hände in die Taschen und wippt vor und zurück, und als ich ihn ansehe, zucken seine Mundwinkel amüsiert. „Bin ich so unwiderstehlich?"

Ich schnaube. „Fick dich."

„Nein, ich verstehe es. Wenn es dich so von deiner Arbeit ablenken würde, mich in deiner Nähe zu haben, oder dich in Versuchung bringen würde−"

„Ich komme schon damit zurecht." Ich komme jeden einzelnen Tag damit zurecht, *dankevielmals.*

Er hält meinem Blick stand. „Dann zieh ein. Du und Noah könnt den zweiten Stock für euch allein haben, solange ihr ihn braucht. Ich gehe nie nach oben, also musst du dich nicht um eine plötzliche Verführung sorgen."

Ich verdrehe die Augen. „Ich mache mir keine Sorgen um eine *plötzliche Verführung.*"

„Worum dann?"

Ich suche nach einem logischen Einwand, finde aber keinen. Der einzige Grund, nicht bei Brayden zu wohnen, ist, dass ich mich zu ihm hingezogen fühle und nicht denselben Fehler machen will wie in New York. Damals war es ein Fehler, weil er mein Chef ist. Jetzt ist er mehr. Er ist ... mein Freund. Die Bezeichnung macht mir etwas Angst, aber es ist wahr. Als alleinerziehende Mutter brauche ich seine Freundschaft mehr als das

Knistern zwischen uns. „Ich mache mir Sorgen, dass ich dich ausnutze."

„Tust du nicht. Überhaupt nicht."

„Dann werde ich es in Erwägung ziehen. Danke."

Er grinst – ein *echtes* Grinsen, das selten ist und sein ganzes Gesicht verwandelt. Wärme breitet sich von meinem Bauch bis in meine Finger und Zehen aus. Dieser Kerl lächelt nicht oft genug. „Gern geschehen." Er sieht zu meinem Auto. „Wohin geht's?"

„Ich schaue mir ein anderes Haus an. Es ist eins dieser mieten-um-zu-kaufen-Häuser außerhalb der Stadt. Der Weg zur Arbeit ist nicht zu weit, und wir könnten sofort einziehen."

„Willst du, dass ich mitkomme?"

Für einen Moment stelle ich mir vor, wie es wäre, Brayden als mehr als nur meinen Chef oder Freund in meinem Leben zu haben. Wie es wäre, einen Partner zu haben, der mir hilft, Entscheidungen zu treffen, wenn ich überfordert bin … Wie es wäre, von ihm so angesehen zu werden, wie seine Brüder ihre Frauen ansehen. „Nein, ist schon gut." Ich zwinge mich zu einem Lächeln. „Ich habe seit der Uni selbst Wohnungen angesehen. Ich schaffe das schon."

„Brauchst du Hilfe beim Packen?"

Ich schüttele den Kopf. „Ich habe nicht viel, also sollte es nicht zu schlimm sein. Aber ich werde mir einen Umzugswagen leihen und könnte etwas Hilfe gebrauchen, um die Möbel aufzuladen, falls du denkst, dass du deine Brüder überreden kannst."

Er schüttelt den Kopf. „Spar dein Geld. Mit Levis und Jakes Autos werden wir es schon schaffen."

„Danke", sage ich. Aber es fühlt sich nicht gut genug an. Ich weiß, dass es nicht genug ist.

„Was auch immer du brauchst, Molly", sagt er sanft. „Ich meine es ernst."

Trotz der Kälte auf meinen Wangen schmelze ich dahin.

KAPITEL VIER

BRAYDEN

VOR SIEBEN MONATEN ...

„*D*as hier ist gut." Molly stupst das Verkostungsglas zurück zum Barkeeper. „Aber ich denke, es würde besser schmecken, wenn der Hopfen etwas dezenter wäre." Sie dreht sich zu mir, ihre Wangen gerötet von all den Kostproben, ihre Augen strahlend nach einem erfolgreichen aber langen Nachmittag. Sie ist wunderschön, und jedes Mal, wenn sie mich ansieht, fühle ich mich zu ihr hingezogen – eine magnetische Anziehungskraft, die stärker sein könnte als meine Willenskraft.

„Ich stimme zu", sage ich und nicke zu meiner

eigenen Kostprobe. „Ich schmecke tolle Zitrusnoten, aber sie gehen verloren."

„Ich mag IPAs so gern wie jedes andere Mädchen, aber manchmal versuchen Brauereien, einander fürs hopfigste Bier auszustechen."

Der Barkeeper – mein Kumpel Raine aus meiner Unizeit – grinst Molly an, als wäre er ein verliebter Schuljunge. Sie hat diesen Effekt auf Männer. „Diese Hipster-Arschlöcher kommen rein und versuchen, mir zu sagen, dass das, was sie in ihren Kellern brauen, besser ist, weil es einen höheren IBU-Gehalt hat."

Molly zuckt mit den Schultern. „Ich meine, es ist möglich. Ich habe ein paar tolle selbstgebraute Biere genossen, aber IPAs? Die sind schwierig."

„Klar", sagt Raine, „ich auch. Ich habe auch welche probiert, die wie die Sohle von ungewaschenen Sportsocken schmecken."

Ich verziehe das Gesicht bei der Beschreibung. „Ich leider auch."

Raine lässt sich etwas zurückfallen und beobachtet meine neueste Angestellte. Er sieht zweifellos ihr breites Lächeln und ihre blauen Augen und die Kurven unter ihrer professionellen Kleidung. Ich widerstehe dem Drang, näher an sie heranzurücken – einen Anspruch auf etwas zu erheben, das mir nicht gehört. Molly ist meine Angestellte, und unser Trainingstag war erfolgreich. Sie hat den perfekten Charakter für den Verkaufsbereich. Sie strahlt, ohne zu aufdringlich zu sein, und informiert, ohne eine Besserwisserin zu sein. Sie hat auch das Gesicht dafür. Sie könnte mir in die Eier treten, wenn ich es zugebe, aber ein hübsches Gesicht spielt eine wichtige Rolle bei einem Verkauf. Ich habe vor langer Zeit gelernt, dass Manager viel offener sind, wenn sie hübsche Frauen treffen statt mich.

„Ich habe mich gefragt, ob du je über Sara hinwegkommst", sagt Raine. „Es ist gut, es selbst zu sehen."

Molly sieht mich fragend an, aber ich schüttele nur den Kopf. Ich bin mir nicht sicher, wieso mein alter Freund ausgerechnet jetzt von Sara redet. „Es ist zehn Jahre her." Ich schnappe mir die nächste Probe – ein dunkles, reiches Porter – und rieche daran, bevor ich das Glas zu meinen Lippen führe.

„Sieht aus, als hätte alles so geklappt, wie es sollte." Sein Blick wandert zu Molly und dann wieder zu mir. „Wie lange seid ihr schon zusammen?"

Ich verschlucke mich an meinem Bier und Molly grinst.

„Sehen wir aus wie ein Paar?"

Raine hebt eine Augenbraue. „Scheiße. Seid ihr das nicht?"

„Nein." Ich huste das Bier aus meiner Luftröhre. „Überhaupt nicht." Ich könnte schwören, dass ich Schmerz in Mollys Gesicht erkenne. *Ernsthaft?* Sie weiß doch sicherlich, dass ein Kerl wie ich sich überschlagen würde, um mit ihr zusammen zu sein. „Ich bin immer noch in Jackson Harbor. Molly lebt in Brooklyn."

Raine verschränkt die Arme. „Sie liebt Bier und hat ein Gesicht wie ein Engel, und du wirst ein paar hundert Kilometer zwischen euch stehen lassen?"

„Eher tausend", murmele ich und versuche nicht

einmal, so zu tun, als hätte ich nicht darüber nachgedacht.

„Ich bin seine Angestellte", sagt Molly schnell, aber ich sehe, wie sie in ihr Bierglas starrt. Die Art, wie sie meinen Blick meidet. Diese ganze Situation ist ihr peinlich, und ich fühle mich wie ein Arschloch, weil ich Raine unsere Art von Beziehung nicht gleich klargemacht habe.

„Verstanden", sagt er, aber der Blick, den er mir schenkt, besagt, dass er es überhaupt nicht tut und stattdessen denkt, dass ich mich an sie ranmachen soll.

Ich wünschte, ich könnte es. Gott, ich habe den ganzen Tag darüber nachgedacht. Sie ist ... verführerisch. Mit jedem Lachen, das ihr über die Lippen kommt, und jedem Mal, wenn ihre Wangen erröten, denke ich daran.

Molly deutet mit dem Daumen über ihre Schulter. „Funktioniert die alte Jukebox tatsächlich?", fragt sie Raine.

Er greift nickend in ein Einmachglas hinter dem Tresen und legt ein paar Münzen auf die Bar. „Viel Spaß."

Sie nimmt sich die Münzen mit einem unterdrückten Lächeln, rutscht vom Hocker und geht zur Jukebox am anderen Ende des Raums. Ich beobachte jeden Schritt.

„Es tut mir leid", sagt Raine. „Falls ich es unangenehm gemacht habe, meine ich ..."

Ich schüttele den Kopf. „Mach dir keine Sorgen."

„Sie sieht dich nicht an, als wärst du nur ihr Chef."

Ich hebe eine Braue und warte darauf, dass er erklärt, was er damit meint, aber er zuckt nur mit den Achseln und hilft einem anderen Kunden.

Molly starrt das musikalische Angebot an, während

sie ihre Finger in den Nacken drückt, als würde sie versuchen, einen Knoten zu lösen.

Ich trinke mein Probeglas aus, bevor ich auf sie zugehe. Da Raine unser Gespräch bereits in eine unangenehme Richtung gelenkt hat, können wir auch gleich den Rest ansprechen.

Ich stehe neben ihr, als sie zu *Purple Rain* blättert und die Lieder des Albums studiert. „Prince?"

„Meine Mutter ..." Sie schluckt und schüttelt den Kopf. „Bevor meine Mutter und Nelson zusammengekommen sind, waren wir in ihn vernarrt. Wenn ich nach Hause gekommen bin, hat sie *Purple Rain* angemacht, und wir haben in unserem Wohnzimmer zu jedem Lied auf diesem Album getanzt. Wir haben gelacht und Luftgitarre gespielt." Sie blinzelt die Tränen zurück. „Wir hatten damals nicht viel. Musik war meine Belohnung." Sie wirft die Münzen in die Maschine und drückt ein paar Knöpfe. „I Would Die 4 U" ertönt.

„Gute Wahl."

Sie lächelt mich an, bevor sie den Blick zur Jukebox senkt. „Sie sind alle eine gute Wahl."

„Wir haben nie darüber geredet", sage ich sanft.

So, wie sie sich verspannt, muss ich *es* nicht definieren. Sie weiß, wovon ich rede. Vor acht Jahren, als sie noch ein Kind war, habe ich sie total betrunken auf einer Party gefunden und nach Hause gebracht, bevor ihr etwas zustoßen konnte. „Ich dachte nicht, dass du darüber sprechen wolltest."

„Sollten wir es jetzt tun?"

Sie zuckt mit den Schultern. „Ich bin mir nicht sicher.

Ich würde es wahrscheinlich lieber mit all den anderen Erinnerungen beiseiteschieben und vergessen."

„Kein Problem. Wenn es das ist, was du willst."

Sie sieht mich an und diese blauen Augen brennen sich in meine Seele. Ich frage mich, was sie sieht. „Ich glaube, ich will ..." Ihre pinken Lippen verziehen sich zu einem verführerischen Lächeln. „Abendessen."

„Das kann ich auch regeln."

MOLLY

Ich war achtzehn, als ich mit Brayden Jackson ins Bett gestiegen bin. Er war siebenundzwanzig. Es war nicht das erste Mal, dass ich einem Mann meinen Körper aus Dankbarkeit angeboten habe, aber es war das erste Mal, dass es abgelehnt wurde. Jetzt, acht Jahre später, ist Brayden mein neuer Chef, und jedes Mal, wenn ich ihn ansehe, denke ich an diese Nacht und meine *Erleichterung*, als er mich bei den Handgelenken gegriffen und mich davon abgehalten hat, seine nackte Brust zu berühren. Es hätte mir peinlich sein sollen, aber stattdessen war ich dankbar, dass mich *ein Kerl, ein Mal* als mehr als eine Dorfmatratze angesehen hat. Das er irgendwie verstanden hat, dass ich nicht wirklich geben wollte, was ich anbot.

„Also, was denkst du?", fragt Brayden. Er nickt der Kellnerin höflich zu, als sie unsere Teller abräumt, und lehnt sich zurück. Mit diesen intensiven Augen und dem

Dreitagebart sieht er aus, als gehöre er in ein Magazin. Seine Ärmel sind bis zu den Ellbogen hochgerollt und zeigen die festen Muskeln seiner Unterarme, und die beiden oberen Knöpfe seines Hemdes stehen offen.

„Über die Stelle?" Ich brauche einen Moment, bis ich über seinen Sexappeal hinwegkomme und mich aufs Professionelle konzentriere. Um ehrlich zu sein, will ich dringend wissen, was er über die Nacht von vor acht Jahren denkt und ob er immer noch glaubt, dass ich ein dummes, leichtsinniges Mädchen bin, das gerettet werden muss. „Es macht Spaß."

Der Tag war geschäftig und gleichzeitig ermüdend und aufregend. Wir haben Bars, Alkoholfachhandlungen und Brauereien besucht und über Jackson Brews Bier geredet. Nachdem er mich vorgestellt hat, ließ Brayden mich das Gespräch führen, wobei ich über die Lücken in ihren Angeboten sprach und Jackson Brews als eine Ergänzung zu ihrem Sortiment vorschlug.

„Du hast mich beeindruckt." Er lehnt sich auf beide Arme, seine Augen strahlend. „Ich dachte, ich würde einspringen müssen und ihnen von unseren weniger beliebten Bieren erzählen oder zumindest ein paar Fragen beantworten, aber ich glaube, dass du mich überhaupt nicht gebraucht hast."

„Naja, du hast mir genug zum Studieren gegeben, dass ich eine Doktorarbeit über Jackson Brews schreiben könnte." Ich grinse. Es war toll, etwas anzugeben und ihm – *und mir* – zu beweisen, dass ich diese Möglichkeit verdiene. Ich weiß, dass die Jacksons einer alleinerziehenden Mutter einen Job geben würden, auch wenn es einen finanziellen Nachteil für sie bedeuten würde. Aber wenn Mitleid mir zu einer Anstellung verschafft, will ich einen so verdammt guten Job leisten, dass sie es nie bereuen werden.

Sein Handy vibriert auf dem Tisch neben ihm, und er legt seine Hand darauf. „Macht es dir etwas aus, wenn ich kurz nachsehe?"

„Natürlich nicht."

Er hebt es auf und öffnet den Bildschirm. Ich nutze die Gelegenheit, um die harten Züge seines Gesichts zu studieren. „Jake fragt, wie es läuft", sagt er, während er ihm antwortet.

Mein Lächeln schwindet etwas, als er seinen Bruder erwähnt. Ich war früher so in Jake verliebt. Ich habe nie mit einem der Jackson-Brüder geschlafen, aber Brayden ist nicht der Einzige, mit dem ich ins Bett gesprungen bin.

Was für eine Hure. Typisch Molly.

Braydens Aufmerksamkeit ist immer noch seinem Handy gewidmet, und er bemerkt meine Stimmungsschwankung nicht. „Und Ethan hat ein Video von meiner Nichte geschickt, in dem sie für ‚Schweinchen Wilbur und seine Freunde' übt." Er lacht, und die kleinen Fältchen in seinen Augenwinkeln spreizen sich mit seinem Lächeln. „Komm her. Du musst dir das ansehen."

Ich schlucke schwer und stehe auf, bevor ich mich neben ihm niederlasse.

Er neigt den Bildschirm etwas zu mir und dreht die Lautstärke auf, damit ich hören kann, wie das kleine Mädchen ihre Rolle als Fern einübt, ihre Stimme so dramatisch, als würde sie für den Broadway vorsingen. Als ich Brayden ansehe, ist sein Ausdruck sanft, und seine Augen sind voller Liebe.

„Sie ist süß", sage ich. Dann, weil es so fremd und wundervoll ist, füge ich hinzu: „Familie bedeutet dir alles, oder?"

Er nickt. „Alles."

Ich sehe wieder zum Bildschirm, als eine weitere Nachricht von Ethan aufblitzt.

Ethan: *Ich hoffe, heute Abend läuft alles gut. Tu dir einen Gefallen und flirte mit ihr. Du musst auch mal etwas Spaß haben in—*

Ich kann den Rest nicht lesen, weil Brayden flucht und das Handy wegzieht. „Tut mir leid."

„Flirte mit ihr?", frage ich. „Mit mir?"

Röte steigt über seinen Hals bis zu seinen Wangen, und wenn er nicht so verdammt heiß wäre, würde ich ihn hinreißend nennen. „Ethan ist nur ... Es bedeutet nichts."

Ich lecke mir über die Lippen. „Lügner."

Er schluckt schwer und mustert mich, bevor sein Blick auf meine Lippen fällt. „Ich wünschte, du würdest nicht für mich arbeiten, denn dann könnte ich ehrlich sein." Er dreht sich weg und mustert das Foto, das über unserem Tisch hängt. „Ich habe offensichtlich zu viel getrunken, ansonsten hätte ich das nicht gesagt."

Mein Herz rast. Ich habe ein paar Bier mit meinem Abendessen getrunken und ein paar am Nachmittag verkostet. Meine Haut ist warm, mein Körper entspannt. Vielleicht ist das der Grund, wieso ich näher zu ihm gleite. Oder vielleicht ist es nur, weil ich es liebe, wie er mich angesehen hat, bevor er sich wegdrehte.

Ich hebe meine Hand zu seinem Gesicht und genieße den Dreitagebart unter meinen Fingerspitzen. Ich drehe sein Gesicht vorsichtig zu mir. „Sei ehrlich. Tu für einen Moment so, als würde ich nicht für dich arbeiten. Ich will wissen, was du denkst."

Sein Blick fällt auf meinen Mund, und seine Zunge leckt über seine Unterlippe. Der Anblick lässt die Schmetterlinge in meinem Magen flattern. „Du willst wissen, wie sehr ich dich will?"

Ich lege eine Hand um seinen Hals und streiche mit meinen Lippen gegen seine. Nur einmal. „Ich habe mich dir vorher schon angeboten, Brayden."

Sein Adamsapfel bewegt sich ruckartig, als er schluckt. „Du warst ein Kind."

„Ich war achtzehn. Legal."

„Du warst betrunken."

Ich streiche mit meinen Fingern durch sein Haar und sehe ihm in die Augen. „Das hat sonst niemanden aufgehalten."

Als er mich in dieser Nacht bei einer Party gerettet hat, habe ich ihn als den kalten ältesten Jackson-Bruder angesehen. Alle Jackson-Jungs waren und sind immer noch verdammt hinreißend, aber während seine Brüder humorvoll waren und immer gelächelt und Witze gerissen haben, war Brayden stets zu ernst. Zu hart. Aber als er mich von der Party weggezogen hat und den Jungs, die mich mit billigem Wodka zugekippt und wie Hunde umzingelt haben, war da eine Zärtlichkeit in seinen

Augen. Ich habe ihn angefleht, mich nicht nach Hause zu bringen. Ich hatte von einem Mann wie ihm kein Mitgefühl erwartet. Ich habe ein Leben gelebt, in dem ich gelernt habe, keine Zärtlichkeit und kein Mitgefühl zu erwarten. Vor allem nicht von Männern.

Ich schlucke schwer und denke an die Nachricht, die Braydens Bruder ihm geschickt hat. „Willst du mich?"

Er schnaubt und mustert mich. „Mehr, als du dir vorstellen kannst."

Ich lehne mich vor. „Dann tu etwas."

Seine Hand ist heiß, seine Fingerspitzen sengend, als er meinen Oberschenkel unter dem Tisch berührt und bis zum Saum meines Kleides gleitet. „Bist du betrunken, Molly?"

Mein Mund streicht über sein Ohr, als ich flüstere: „Ich hatte genug, um mutig zu sein, aber nicht so viel, dass ich nicht weiß, was ich tue."

Eine Hand greift meinen Oberschenkel und die andere fährt in mein Haar. Er dreht meinen Mund zu seinem und küsst mich. Seine Lippen sind sanft und fordernd, und ich glaube, ich stöhne, als seine Zunge auf meine trifft. Er ist Hitze und Hunger, und sein Kuss entzündet ein Feuer in mir, das ich seit Jahren nicht mehr gespürt habe.

Ich ignoriere die Stimme in meinem Kopf, die „Schlampe", „leicht zu haben" und „Hure" schreit. Die, die all die Worte widerhallt, die mir in Jackson Harbor an den Kopf geworfen wurden. Ich verbanne diese Stimme und drücke mich gegen Brayden. Ich liebe das Gefühl seiner harten Hände, die über meinen Oberschenkel gleiten und schmachte nach mehr. Nach allem, was er mir geben will.

Heute Nacht werde ich so tun, als wäre ich es wert, weil dieser Mann morgen nach Hause fliegt und es egal sein wird, dass er jemanden verdient, der besser ist als ich. Es wird egal sein, dass ich niemals mehr als ein One-Night-Stand sein werde.

BRAYDEN

„Lass uns verschwinden", flüstert Molly gegen meinen Mund. Sie ist so verdammt süß, dass ich kaum denken kann.

Ich zeichne ihren Kiefer nach, und sie erzittert. „Wo willst du hingehen?"

„Dein Zimmer", sagt sie. Mein Daumen fährt höher, und ihr stockt der Atem. „Ist es nahe?"

„Ein paar Straßen entfernt." Gott, ich habe nie sowas gemacht. Ich bin nicht die Art von Mann, der seine Hand in der Öffentlichkeit unter den Rock einer Frau schiebt, aber ihre Haut ist so sanft, und ich liebe die Geräusche, die sie bei jeder Berührung von sich gibt. Ich kann es kaum erwarten, die Hitze zwischen ihren Beinen zu spüren und ihr Stöhnen in meinem Mund zu schmecken. Ich habe mich noch nie so gefühlt. Mir ist scheißegal, wo wir sind. „Bist du dir sicher?"

Sie lacht. „So sicher."

„Du bist nicht betrunken?" Ich habe sie das bereits gefragt, aber es ist wichtig.

Sie saugt mein Ohrläppchen zwischen die Zähne, und Blut rast in meinen Schwanz. „Ich weiß, was ich tue."

Ich werfe Geld auf den Tisch, und wir eilen aus dem Restaurant. Die Straßen sind nass, und Regen fällt auf die Gehwege, also halten wir unter dem Vordach an.

„Ich werde uns ein Taxi rufen", sage ich, als ich sie an meiner Seite halte.

„Ich werde nicht schmelzen."

„Nur zur Warnung", meine Stimme ist rau vor Verlangen, „wenn du mit mir mitkommst, habe ich vor, dich zum Schmelzen zu bringen." Ein Teil meines Gehirns warnt mich, dass es zu schnell ist. Dass ich sie verschrecken werde, wenn ich nicht langsam mache. Aber zum ersten Mal in meinem Leben ignoriere ich diese Stimme und konzentriere mich auf die Frau vor mir.

„Das klingt wie ein Versprechen."

Ich mustere sie, und mein Blick bleibt auf ihren Beinen hängen, als ich mich an die Hitze ihrer Haut erinnere und daran denke, wie nah meine Hände an ihrer Mitte waren. „Oh, es ist ein Versprechen, Molly."

Sie nimmt meine Hand und verschränkt ihre Finger mit meinen. Sie lächelt und kichert auf dem Weg zum Hotel, und ich kann nicht aufhören, sie zu berühren – eine Hand auf ihrem Ellbogen, als wir die Straße überqueren, ein Arm um ihre Taille geschlungen, als wir das Hotel betreten, ein schneller Kuss auf ihren Handrücken, als wir auf den Aufzug warten, und dann ein langsamer, inniger Kuss auf ihren Hals, als wir zu meiner Suite hochfahren.

Nachdem ich uns mit der Schlüsselkarte Eintritt verschafft habe, öffne ich die Tür und folge ihr hinein. Die Tür schwingt kaum zu, als sie ihren nassen Pullover abstreift, den Reißverschluss ihres Kleides runterzieht und es von ihren Schultern und auf den Boden fallen lässt.

Als sie auf mich zukommt, trägt sie nichts als einen Satin-BH, ein passendes Spitzenhöschen und die pinken High Heels, die ich mir hinter meinen Schultern verschränkt vorstelle. „Gott, du bist wunderschön." Mein Herz rast, und mein Puls pocht in meinen Ohren. „Jedes Mal, als du in den letzten paar Jahren nach Jackson Harbor zurückgekommen bist, wollte ich es dir sagen."

„Wieso hast du es dann nicht getan?"

Ich grinse und gehe auf sie zu, bevor ich eine Hand auf ihre Hüfte lege. „Du hast mir kaum eine Chance gegeben. Du kommst nur selten zu Besuch, und wenn du es bist, bleibst du nur ein oder zwei Tage."

Etwas blitzt in ihren Augen hervor, das ich nicht verstehe – ein Geheimnis –, aber sie blinzelt, und es ist verschwunden. „Ich habe die letzten acht Jahre damit verbracht, zu glauben, dass du mich nicht magst."

„Wieso zum Teufel würdest du so etwas denken?"

„Ich bin damals in dein Bett geklettert. Du hast dich nicht von mir berühren lassen."

Ich habe sie mit nach Hause gebracht, weil sie mich angefleht hatte, sie nicht nach Hause zu bringen. Ich habe gedacht, dass sie Angst hatte, Ärger zu bekommen, weil sie getrunken hatte, also stimmte ich zu und ließ sie mit einer Decke auf meinem Sofa schlafen. Sie war immer noch betrunken, als sie mich eine Stunde später aufweckte, eine Hand auf meiner Brust, ihr Mund auf meinem Hals. „Meine Reaktion hatte nichts damit zu tun, was ich wollte."

„Hmm." Ihre Finger gleiten zu meinem Hemd, und sie knöpft es langsam auf. „Hat dir jemals jemand gesagt, dass du zu nobel bist?"

Ich lege meine Hände auf ihre, damit sie kurz innehält. „Ich bereue es nicht. Du warst wunderschön, und ich war ... in Versuchung." Ich will nicht einmal zugeben, wie verführerisch sie war. So sexy, aber zu verdammt jung. Legal, ja. Aber es ging nicht ums Gesetz. Es ging darum, mich am nächsten Morgen im Spiegel ansehen zu können. Aber ich habe diese Nacht nie vergessen, oder die Art, wie sie sich an mich geschmiegt hat, als ich meine Arme um sie geschlungen und geflüstert habe: *„Schlaf, Molly."*

Sie sieht mir in die Augen, bevor ihr Blick zu meiner Kehle fällt. Kann sie meinen Pulsschlag sehen? „Versucht genug, dass du daran gedacht hast?" Ich halte ihre Handgelenke immer noch, also stellt sie sich auf die Zehenspitzen und leckt über meine Halsschlagader. „Weil ich das habe. Ich bin an dem Tag nach Hause gegangen und habe mich in der Badewanne berührt, während ich mir deine Hände vorgestellt habe."

Lust rauscht durch meine Venen bei der Vorstellung, und ich lasse ihre Hände los. „Ich habe damals daran gedacht und auch danach, aber es ... war anders in meiner Vorstellung."

„Du wolltest mich nüchtern."

„Ja." Ich senke meinen Kopf und fahre mit der Nase über die Seite ihres Halses. Sie zischt bei dem Kontakt und drückt sich gegen mich, während sie meine Jeans aufknöpft. „Das ist so viel besser."

Sie schluckt schwer und tritt zur Seite. „Auf dem Bett." Ihre blauen Augen mustern mich, dunkel vor Lust. „Ich brauche eine Chance, um mich zu beweisen."

Ich schmunzele, ziehe mein Hemd aus und steige aufs Bett, bevor ich mich gegen das Kopfteil lehne und meine Hände hinter meinem Kopf verschränke, um zuzusehen, wie sie ihre Schuhe auszieht und nach dem Verschluss ihres BHs greift.

Das Satin gleitet über ihre Schultern und auf den Boden, bevor sie aufs Bett zukommt, jede Bewegung feminin und anmutig und voller sexuellem Selbstbewusstsein. Sie setzt sich auf meine Hüften. „Ist das in Ordnung?"

„Denkst du, es gäbe eine Chance, dass ich dich diesmal stoppe?"

Sie drückt ihren Rücken durch und bewegt ihre Hüften, um sich gegen meine pochende Erektion zu reiben. „Ich hoffe nicht."

Ich schiebe eine Hand in ihr Haar und ziehe sie für einen Kuss runter. Ich küsse sie fest und innig und versuche, sie wissen zu lassen, dass ich nicht gehen werde. Ich bin genau da, wo ich sein will.

Sie windet sich auf mir, und Wollust überkommt

mich. Ich will mehr. Ich will sie näher. Muss ihre Hitze spüren.

Ich greife zwischen uns, um mich meiner Jeans zu entledigen, und sie ist auch dort. Wir sind ein Chaos aus Händen, als wir gemeinsam daran arbeiten, sie auszuziehen. Als wir die Jeans auf den Boden werfen, sitzt sie neben mir auf den Knien, und wir lachen gemeinsam. Und dann setzt sie sich wieder auf mich. „Erinnere mich nächstes Mal daran, dass du dich ausziehen musst, *bevor* du ins Bett kommst."

„Nächstes Mal werde ich *dich* ausziehen." Ich senke meinen Kopf und lecke über ihre Brustwarze.

„Ich bin noch nicht nackt", sagt sie atemlos.

„Aber ich mag dich so." Ich ergreife ihre Taille und fahre mit dem Daumen über die Spitze auf ihren Hüften. „Ich kann dich so zum Kommen bringen."

Sie keucht, die Hände in meinem Haar, und ich sauge ihre Brustwarze in meinen Mund. Als sie sich diesmal gegen meinen Schwanz bewegt, kann ich ihre Hitze spüren und wie feucht sie ist. Sogar durch unsere Unterwäsche.

Ich ziehe sie an mich, und sie bewegt sich schneller, und als ihre Nägel sich in meinen Schultern vergraben, weiß ich, dass ich so kommen könnte – mit der Reibung zwischen uns.

Ich werfe sie auf die Matratze und küsse mich an ihrem Körper hinunter.

„Brayden." Sie greift nach mir, aber ich hebe meinen Kopf zwischen ihren Beinen hervor und lächle.

„Das war es wert, zu warten", murmele ich. Ich senke

mein Gesicht und sauge durch den Stoff an ihrer Klitoris. Sie stöhnt und hält sich an der Decke fest, als sie sich gegen meinen Mund presst.

Sie ist so verdammt wunderschön, als sie so unter mir liegt, aber ich will sie kosten. Sie fühlen. Auf meiner Zunge. Also ziehe ich ihr Höschen aus und werfe es auf den Boden.

„Ich dachte, du wolltest mich durch mein Höschen zum Kommen bringen", murmelt sie.

„Nächstes Mal." Ich hake meine Arme unter ihre Beine und öffne sie, bevor ich den Mund auf ihre Oberschenkel senke und mit den Lippen über ihre zarte Haut fahre. Dann mit meiner Zunge, dann meinen Zähnen. Als ich meinen Mund endlich zwischen ihre Beine bringe, halte ich mich aufrecht und ... sehe sie einfach an. „Du bist wunderschön. Von Kopf bis Fuß."

Sie bebt, als ich meine Lippen auf ihre Klitoris lege. Ihre Hüften winden sich, und sie schreit meinen Namen. Mit den Händen auf ihren Oberschenkeln halte ich sie runter und koste jeden Zentimeter mit meiner Zunge. Ich bin berauscht von ihr. Von dieser Nacht. Von ihrem Wimmern und Stöhnen und Flehen, als sie unter meiner Zunge vor Lust vergeht...

„Bitte", murmelt sie. „Gott, Brayden ..."

Ich stoße zwei Finger in sie und spüre, wie ihr Körper sich gnadenlos verkrampft, als ein Orgasmus sie überkommt.

Ich bleibe zwischen ihren Beinen und streichele sie sanft, bis sie wieder runterkommt.

„Komm her." Sie greift mich bei den Handgelenken und führt mich zu sich.

Ich lege mich auf sie – zwischen ihre Oberschenkel – und umrahme ihr Gesicht mit den Händen. Sie ist errötet, und ihr Haar ist verwuschelt. „Du bist perfekt."

„Bin ich nicht. Ich–"

Ich drücke meinen Mund auf ihren und küsse ihre Proteste weg. Sie öffnet sich unter mir, und ich werde heißer, je mehr sie sich auf meinen Lippen kostet. Als ihre Hüften sich heben, um meinen zu begegnen und sie in meinen Mund stöhnt, ziehe ich meine Boxershorts aus und schnappe mir ein Kondom aus meiner Jeans.

Molly sieht zu, wie ich es mir überziehe, und männlicher Stolz steigt in mir auf, als ich sehe, wie erwartungsvoll und gleichzeitig befriedigt sie ist. Ihre Augen sind auf mir, als ich auf sie steige, und sie sieht nicht weg, als ich langsam in sie gleite.

„Du fühlst dich ..." Ich schlucke schwer und kneife die Augen zu. Ich will noch nicht kommen, aber der Orgasmus droht mich zu überwältigen. „So gut an", beende ich murmelnd. Ich bewege mich tiefer und tiefer, bis ihr Körper sich mir anpasst und ich mich völlig in sie presse.

„Brayden", flüstert sie in mein Ohr. „Brayden, wie kann ...? Wieso fühlt es sich so ...?"

Ich küsse ihren Hals. „So gut an. Für mich auch."

Wir finden leicht unseren gemeinsamen Rhythmus, und ich verliere mich in ihr. Sie riecht wie Erdbeeren und etwas Berauschendem. Ihre Nägel graben sich in meine

Schultern, und sie verkrampft sich erneut mit einem Orgasmus.

„Komm für mich." Ich stoße tiefer und halte mich am letzten bisschen Selbstkontrolle fest, als mein eigener Höhepunkt zu kommen droht. „Ich will spüren, wie du um mich herum kommst."

Die Worte lassen sie kommen, und sie gehorcht, der Hals durchgedrückt, ihre Stimme laut in dem sonst stillen Zimmer. Als ihr Orgasmus ihren Körper erstarren lässt, folge ich ihr.

Und dann kommen wir langsam runter und küssen einander zärtlich.

Ich kümmere mich um das Kondom, und als ich zurück zum Bett komme, ist sie halb eingeschlafen. Ich ziehe Molly in meine Arme und genieße, wie unsere Körper zueinander passen.

Das nächste Mal will ich sie in meinem Bett haben, nicht in einem sterilen Hotelzimmer wie Fremde und heimliche Liebhaber. Nächstes Mal werde ich es langsam angehen lassen und ihr zeigen, wie oft ich darüber nachgedacht habe. Nächstes Mal und das Mal danach. „Wann kann ich dich wiedersehen?", flüstere ich ihr ins Ohr.

Sie summt, presst sich gegen mich und schläft ein.

KAPITEL FÜNF

MOLLY

GEGENWART ...

*D*ie Tische sind gedeckt. Die Wassergläser sind gekühlt und bereit. Die Küche ist bereit, Gerichte in zwanzig Minuten zu servieren. Die Mitarbeiter sind passend gekleidet und kennen ihre Aufgaben, und ich bin zu achtzig Prozent sicher, dass sie ihre Aufgaben machen können – achtzig Prozent, weil es unser erstes Event ist und die Hälfte der Kellner noch nie ... gekellnert haben.

Ich sehe mich ein letztes Mal im Raum um und zucke zusammen, als ich einen Handabdruck auf einem Fenster erspähe, der mit Sicherheit meinem Sohn angehört. *Scheiße.*

„Austin, lauf und bring mir Glasputzmittel." Ich deute zum Handabdruck. „Ich glaube, das Putzpersonal hat da etwas übersehen."

„Alles klar, Frau Molly."

Ich zucke zusammen, korrigiere ihn jedoch nicht. Ich glaube, er will höflich sein. Austin ist ein süßer Junge, achtzehn und ist fast mit der Schule fertig – derselben, bei der ich mit seinem Bruder Gabe meinen Abschluss gemacht habe. Ich habe einiges *mehr* getan mit seinem Bruder, wovon ich das meiste am liebsten vergessen würde. Aber es stellt sich heraus, dass Austin viel weniger faul und respektvoller ist als Gabe, und da er Erfahrung im Kellnern hat, freue ich mich, ihn eingestellt zu haben.

Er geht auf den Ausgang zu und schießt ein Foto von dem leeren Raum.

Ich runzele die Stirn. „Wofür ist das?"

Er grinst, während seine Finger über den Bildschirm fliegen. „Sieht klasse aus mit dem Tischgedeck und so. *Schick*. Was ist der Hashtag für Jackson Brews? Ich will es auf Instagram posten."

Oh, verdammt. Das ist schon lieb. „Der Hashtag ist *wasimJacksonBrewspassiert*", sage ich. Ich hätte selbst daran denken sollen, aber mit allem, was vor sich geht, ist es mir entfallen. „Danke, Austin."

Er zwinkert mir zu. „Kein Problem, Frau Molly." Er steckt das Handy in die Tasche seiner schwarzen Hose und verschwindet in die Abstellkammer.

Ich habe meine Liste mit den Erledigungen auf dem Tisch liegen gelassen und fühle mich etwas unsicher ohne sie, also gehe ich hin, obwohl ich mir fast sicher bin, dass alles abgehakt wurde.

Ich stelle fest, dass es nichts mehr zu tun gibt und lasse mich in meinen Stuhl fallen, bevor ich realisiere, dass es ein Fehler ist. *Was für ein Tag.* Gott, ich würde alles dafür geben, die Lichter auszumachen und meine Augen für zwanzig Minuten zu schließen.

„Ist alles in Ordnung?"

Ich hebe meinen Kopf und finde Brayden in der Türschwelle vor. „Alles ist gut. Super, um ehrlich zu sein. Ich glaube, wir sind schon bereit."

Er legt den Kopf zur Seite. „Du siehst müde aus."

Ich runzele die Nase. „Danke."

Brayden schüttelt den Kopf. „Ich wollte dich nicht beleidigen. Ich mache mir nur Sorgen. Du hast viel zu tun momentan."

Es war ein langer Tag. Nachdem ich bis nach Mitternacht gepackt habe, bin ich um vier Uhr dreißig aufgewacht und hier um sechs Uhr angekommen, um sicherzustellen, dass das Putzpersonal alles gemäß meinen Standards gereinigt hat. Aber irgendwie habe ich die Fenster nicht gesehen. Ich werde mit ihnen sprechen müssen.

Ich habe meine morgendliche Pause verpasst, weil ich das Küchenpersonal beobachtet habe, obwohl sie wahrscheinlich ohne mich ausgekommen wären. Ich bin müde, aber ich habe in der Vergangenheit oft volle Tage mit wenig Schlaf gearbeitet. Was Brayden in meinem Gesicht erblickt, ist wahrscheinlich weniger wegen physischer Erschöpfung und eher, weil ich nervös bin, das hier zu versauen.

Ich schüttele mich etwas und sehe mir meine Liste zum dritten Mal an, um sicherzugehen, dass ich nichts vergessen habe. „Es geht mir gut." Ich zwinge mich zu einem Lächeln, aber ich bin zu müde, um es überzeugend zu machen. „Ich verspreche, dass ich frischen Lippenstift auftragen werde, damit unsere Gäste nicht denken, dass du mich überarbeitest."

Sein Blick fällt auf meinen Mund. „Ich glaube nicht, dass du es brauchst."

Ich schnaufe und schnappe mir meine Tasche. „Du wirst von meiner innerlichen Schönheit geblendet."

Er antwortet nicht, aber was kann er schon sagen? Stattdessen verengt er die Augen und fragt: „Wie war das Haus, das du dir gestern angesehen hast?"

„Beschissen. Ich brauche nichts Vornehmes, und ich weiß es besser, als mir bei meinem Budget etwas Großartiges vorzustellen, aber eine funktionierende Heizung während eines Winter in Jackson Harbor muss schon sein."

Brayden lacht. „Snob."

Ich tue es ihm gleich. „Tja."

„Hast du über mein Angebot nachgedacht?"

Oft. Unaufhörlich. Zu viel. Ich habe an die möglichen Komplikationen gedacht, die ein Einzug in Braydens Haus mit sich bringen würden. Das ist teilweise der Grund, wieso ich gestern so lange wach geblieben bin. Ich wusste, dass ich nicht schlafen würde, also habe ich entschieden, etwas zu packen.

Ich beiße mir auf die Unterlippe. Ich weiß, was ich tun muss. Was die beste Entscheidung für mich und meinen Sohn ist. „Es wäre nur temporär."

„Ich weiß."

„Und du musst mir versprechen, dass du mir sagst, falls wir dir im Weg sind."

„Versprochen."

„Ich möchte, dass der Weihnachtsmann Noah am fünfundzwanzigsten im Haus besucht – Geschenke unter dem Baum und sein Strumpf über dem Kamin. Das ganze Ding. Wenn es nicht zu viel ist. Weil er vier ist, und Weihnachten bedeutet ihm alles und–"

„Kein Problem, Molly."

Ich nicke. „Und ich glaube, wir sollten uns darauf einigen, dass wir nicht miteinander schlafen werden." Er reißt die Augen auf, aber ich führe fort: „Weil wir das bereits getan haben und wissen, dass es eine schlechte Idee ist und alles nur komplizieren würde. Und ich weiß, dass man zu Weihnachten besonders einsam sein kann und wir vielleicht in Versuchung geraten werden und es dann bereuen könnten. Weil ich deine Angestellte bin, und du bist mein Chef, und ich mag diesen Job, also würde ich ihn lieber nicht opfern, um ein paar Orgasmen zu haben."

„Das sind eine Menge Gründe"

Ich schlucke schwer. „Ich habe mehr." Aber egal, wie viele Dinge ich zu meiner Liste hinzufüge, ich habe immer noch Angst, dass ich es nicht schaffen werde. Weil er *er* ist, und ich ... Ich habe mich nie als schwach angesehen, aber unsere Nacht in New York hat bewiesen, dass ich wenig Selbstkontrolle habe, wenn es um diesen Mann geht.

„*Brauchst* du mehr?"

Vielleicht. Wahrscheinlich. Aber er braucht bestimmt keinen Grund, also ist es egal. „Sind wir uns einig?"

„Wir werden nicht miteinander schlafen", sagt er, aber ich könnte schwören, dass sein Blick auf meinen Mund fällt. Ich denke sofort an unsere gemeinsame Nacht – seine Augen auf meinen Lippen, eine Hand auf meinem Oberschenkel unter dem Tisch in der Bar. Denkt er auch daran?

Lust überkommt mich bei der Erinnerung. Ich schließe die Augen und mir kommen tausende mehr in den Kopf. *Sein Kopf zwischen meinen Beinen. Sein schelmisches Grinsen. Der Geruch von ihm, als er zurück ins Bett kam und mich in seine Arme zog.*

Als ich ihn wieder ansehe, blickt er mich besorgt an. Macht er sich Sorgen, dass ich Gefühle für ihn habe? Oder dass ich vielleicht zu viel daran gedacht habe, mit ihm zu schlafen, und er damit keinen Moment verschwendet hat?

„Du siehst wirklich müde aus. Soll ich irgendetwas tun, bevor die Party beginnt?"

Oh. *Das.* Arbeit. Nicht heiße, unter-dem-Tisch, super versaute Mastubierdinge. „Alles gut." Ich räuspere mich und kann die Reifen praktisch quietschen hören. Ich lege den Gang um. *Arbeit.* „Wenn du Herr Yuseki begrüßen würdest, sobald er ankommt, wäre das toll. Ich glaube, er vertraut mir, aber er ist etwas altmodisch mit diesem ganzen ‚Die Frau hat die Kontrolle'-Ding."

„Wir werden ihn gemeinsam begrüßen", sagt er, und etwas der Anspannung, die ich den ganzen Tag mit mir herumgetragen habe, verschwindet. Weil Brayden seine Arbeit ernst nimmt und ja, er will genauso wie ich, dass es gut klappt. Aber er vertraut mir und will, dass Herr Yuseki – ein potenzieller großer Kunde – das versteht. „Bin gleich wieder da."

Er verschwindet, und ich durchwühle meine Tasche nach meinem Lippenstift. Ein Blick in den kleinen Spiegel in meiner Hand, und ich kann erkennen, dass er recht hat. Ich sehe beschissen aus. Wie eine Frau, die viel zu viel zu tun hat und zu stur ist, um es zuzugeben. Mein Chef ist nicht der Einzige, der nicht gerne delegiert.

Als Brayden zurückkommt, hat er eine heiße Tasse Kaffee in einer Hand und ein Glas Wasser in der anderen. „Koffein und Hydration", sagt er und stellt sie auf meinen Schreibtisch. „Mittagessen, heute Abend die Eröffnung des Zapfraums und dann geh *schlafen*. Wenn du Hilfe beim Packen brauchst, kann ich vorbeikommen."

„Ich glaube, du hast bereits genug zu tun, ohne meine Sachen zu packen."

Er zuckt mit den Achseln. „Vertrau mir, ich habe genug Geschwistern bei ihren Umzügen geholfen, dass ich praktisch ein Profi bin."

Ich grunze. „Wieso bist du so *nett?*"

Seine Lippen zucken, als würde er gegen ein Lächeln ankämpfen und den Kampf verlieren. „Sollte dein Chef lieber ein Arschloch sein?"

„Wenigstens weiß ich, wie ich mit Arschlöchern umgehen muss. Ich habe *jahrelange* Erfahrung."

Er schüttelt langsam den Kopf. „Trink deinen Kaffee, Molly. Ich werde dich rufen, sobald Herr Yuseki ankommt."

*A*uf Jackson Brews", sagt Nic und hebt ihr Glas „ in die Luft. „Und einen weiteren riesigen Erfolg."

„Prost!", sagt Teagan und stößt mit Nic an.

Der Zapfraum ist so voll, dass die Mädels und ich unser Bier genommen und uns in einem der kleineren Zimmer des Bankettzentrums versammelt haben. Ich wollte eigentlich den Verkostungsraum und das Zentrum betreuen, aber als sich zeigte wie viele Leute Interesse haben, unser Gebäude für ihre Veranstaltungen zu nutzen, wurde schnell klar, dass wir jemanden für jede Position brauchten. Da Levi vor kurzem in den Ruhestand gegangen ist und nun nicht mehr an Motocross-Rennen teilnimmt, um dem Familienunternehmen zu helfen, hat es perfekt gepasst. Heute Abend bedeutet es, dass ich mich mit meinen Freundinnen entspannen kann, während er sich um alles kümmert.

Freunde. Wärme breitet sich bei der Erkenntnis in mir aus. Ich habe Jahre damit verbracht, Jackson Harbor um jeden Preis zu meiden – meine Familie und Vergangenheit mit eingeschlossen. An manchen Tagen fühlt es sich wundervoll an, so eine tolle Gruppe von Freunden als Belohnung für meine Rückkehr zu haben.

„Und auf Molly", sagt Nic. „Ich habe gehört, dass das Mittagsevent problemlos gelaufen ist."

Ich lächele. „Herr Yuseki hat bereits drei weitere Mittagessen gebucht, also würde ich sagen, dass es erfolgreich war."

„Das ist klasse", sagt Shay. „Gute Arbeit."

„Okay", sagt Teagan und sieht sich am Tisch um. Sie deutet zu Ava, die nicht aufgehört hat zu gähnen, sobald wir uns an den Tisch in diesem stilleren Raum gesetzt haben. „Du bist schwanger und willst meistens nicht nach acht Uhr unterwegs sein." Sie dreht sich nach rechts und deutet zu Nic. „Und deine Hochzeit ist in zwei Wochen, was bedeutet, dass du bald wahrscheinlich auch schwanger sein wirst."

Nic zuckt mit den Schultern. „Würde mir nichts ausmachen, aber ich will erst die Uni beenden."

„Also", fährt Teagan fort, „habt ihr Kühe tollen Sex und süße Babys und ich ..."

„Äh, hallo?" Shay deutet mit dem Daumen auf sich. „Bin ich unsichtbar, oder was?"

„Natürlich nicht, aber deine Doktorarbeit bekommt mehr von deiner Aufmerksamkeit als irgendein heißer Kerl."

Shay zuckt zustimmend mit den Schultern. Sie ist Braydens einzige Schwester, und ich habe nicht sehr viel Zeit mit ihr verbracht, seit ich zurückgezogen bin, aber ich mochte sie schon immer. Sogar als die Hälfte unserer

Schule über mich gelästert hat, war Shayleigh Jackson immer freundlich.

Ich räuspere mich und hebe eine Hand. „Kein toller Sex hier. Ich bin Single, weißt du doch."

„Aber du hast einen süßen Sohn, also halt die Klappe."

„Du willst ein Kind?", frage ich mit gehobener Augenbraue.

Teagan verzieht das Gesicht, und ihr Haar schwingt um ihr Gesicht herum. „Nein. Ich jammere nur, dass meine tollen, ledigen Freundinnen nicht mehr ..."

„Toll?" Ava runzelt die Stirn. „Ich fühle mich nicht sehr toll, um ehrlich zu sein. Ich bin so müde und aufgeblasen. Ich habe meine halben Flitterwochen verschlafen. Ich meine, wenn wir nicht ..."

Shay hält die Hand hoch. „Wir wissen, was du meinst." Sie erzittert. „Ich brauche wirklich Freundinnen, die nicht mit meinen Brüdern schlafen."

„Ich finde es aufregend", sagt Nic. „So viele tolle Sachen passieren."

Teagan nickt. „Ich freue mich für alle. Ich will nur nicht, dass ihr mich vergesst, wenn ihr eure Kinder zum Spielen herumkutschiert und so."

Nic legt einen Arm um Teagan und drückt sie. „Wir werden dich nicht vergessen."

„Wie steht's mit der Hochzeit?", fragt Teagan sie.

Ich räuspere mich. „Solltest du nicht die offizielle *Hochzeitsplanerin* fragen?"

Nic strahlt. „Ich bin so aufgeregt. Ich kann nicht glauben, dass ich vor dem Leuchtturm heiraten werde.

Lilly nennt es die *Frozen*-Hochzeit und ist versucht, mich davon zu überzeugen, meine Haare zu bleichen, damit ich wie Elsa aussehe." Sie schüttelt den Kopf und ihre Liebe für das kleine Mädchen steht ihr ins Gesicht geschrieben. „Mach dir keine Sorgen. Wir werden die Zeremonie kurz halten, damit ihr nicht wirklich erfriert."

Ich lächele Nic an – meine Freundin und erste Braut, die mir mit ihrer Hochzeitsfeier vertraut. „Dann werden wir herkommen und feiern. Es wird perfekt sein."

Jake taucht in der Türschwelle der kleinen Küche auf, ein Tablett mit „The Jackson Five" in beiden Händen. „Ich dachte, ihr Mädels würdet euch hier verstecken." Er kommt auf den Tisch zu und stellt die Getränke ab.

„Gott, ich vermisse Bier", flüstert Ava.

Jake zwinkert ihr zu. „Es ist es wert."

„Wahr." Sie wird rot, als seine gierigen Augen sie mustern, als hätte er sie seit einem Monat nicht mehr berührt und wir hätten sie *nicht* gerade vor dreißig Minuten beim Rummachen in der Küche erwischt.

Jake sieht widerwillig weg und dreht sich zu mir. „Hattest du Erfolg bei deiner Suche nach einem Haus?"

Ich schüttele den Kopf. „Gar nicht."

„Was wirst du tun?", fragt Ava sanft.

Ich bin ernsthaft überrascht, dass die Neuigkeiten noch nicht die Runde gemacht haben. Lauffeuer breiten sich langsam aus im Vergleich zum Jackson-Telefonbaum. „Brayden dachte, dass deine Idee Sinn ergibt und hat mir angeboten, dass Noah und ich kurzzeitig bei ihm einziehen können. Ich werde seine Hilfe annehmen. Nur, bis ich etwas anderes finden kann. Ich habe Noah heute Nachmittag davon erzählt, und er freut sich darauf."

„Gut." Jake lächelt mich an. „Das freut mich."

„Wenn man vom Teufel spricht", sagt Ava.

Brayden steht in der Tür, seine Hand auf Noahs Schulter. „Sieh mal, wer hier ist."

„Mama!", ruft Noah und rennt auf mich zu.

Ich grinse, drehe mich in meinem Stuhl und öffne meine Arme, um ihn auf meinen Schoß zu ziehen. „Wie war dein Tag, Kleiner?", frage ich, als ich meine Nase in seinem Haar vergrabe. Er riecht wie tränenfreies Shampoo und Play-Doh.

„Ronica hat mich zum Spielplatz gebracht und ich bin durch den Schnee gerutscht!"

Meine Kinnlade fällt in übertrieben überraschter Geste runter, obwohl Veronica mich gefragt hat, bevor sie hingegangen sind. „Aber es ist so *kalt*! Und es hat den ganzen Tag geschneit? Bist du ein Eiswürfel?"

Er schüttelt den Kopf. „Nein. Ronica hat mich gezwungen, meine Mütze zu tragen." Er verschränkt die Arme und schmollt. „Ich hasse meine Mütze."

„Ich bin froh, dass sie es getan hat, sonst wärst du ein Schneemann."

Er kichert. „Stimmt nicht."

Ich spüre Braydens Blick auf uns und sehe auf. Er lächelt. *Wirklich.* Wärme strömt bei dem Anblick durch meine Adern, und als seine Augen auf meine fallen, verstummt alles, bis ich nur noch meinen eigenen Herzschlag hören kann.

„Ich habe gehört, ihr zieht um", sagt Ava zu Noah,

und ich könnte sie küssen, weil sie unseren Umzug wie das aufregendste Ding der Welt klingen lässt.

Noah zappelt auf meinem Schoß herum und lächelt seine Tante Ava an. „Wir ziehen bei Rayden ein! Er hat gesagt, dass ich sogar in seinem alten Schlafzimmer ganz oben schlafen kann!" Er lenkt seine schönen, braunen Augen auf mich und wickelt eine kleine Hand in mein Haar. „Wie lange werden wir bleiben, Mama?"

„Ich weiß nicht genau. Auf jeden Fall bis nach Weihnachten."

Sein Gesicht strahlt, als er sich zu Brayden dreht. „Wir werden Weihnachten mit dir verbringen? Du wirst da sein, wenn der Weihnachtsmann kommt?"

Alle verstummen, als würden sie den Atem anhalten.

Braydens Blick kommt wieder zu mir, bevor er sich Noah widmet und nickt. „Ja."

„Wirst du mir helfen, meine Geschenke aufzumachen?"

Ich kitzele Noah. „Hey, wer hat gesagt, dass du dieses Jahr Geschenke bekommst?"

Mein Sohn windet sich, und sein Gekicher hallt durch den Raum. „Ich bekomme immer Geschenk, Dummerchen."

Das Gespräch wendet sich den Plänen für die Feiertage zu. Alle lächeln und sind entspannt, aber ich bemerke, dass Shay nicht lächelt. Nein, Braydens Schwester beobachtet mich, als wäre sie eine Bärenmutter und ich bin gerade zu nahe an ihr Junges getreten.

KAPITEL SECHS

„*D*u bist so viel härter im Nehmen als ich", sagt Shay. „Ich hasse es, im Schnee zu joggen."

Ich sehe weg von der strahlenden Weihnachtsbeleuchtung, um meine Schwester zu mustern, die gerade in der Küche ihren Kaffee umklammert. Es ist nicht einmal acht Uhr morgens, aber Shay hat in der Küche gewartet, als ich vom Joggen wiedergekommen bin. Ich habe sie Kaffee kochen lassen, während ich unter der Dusche war. „Ich renne gerne in der Kälte." Ich zucke mit den Schultern. „Es befreit meinen Kopf."

„Ich habe nach ‚Ich renne gerne' nicht mehr zugehört. Es ist in meinen Augen ein notwendiges Übel."

Ich hebe eine Augenbraue. „Du könntest mit Carter und mir bei CrossFit trainieren, wenn du es so sehr hasst. Es würde dir bestimmt gefallen."

Sie erzittert und zieht die Tasse gegen ihre Brust, als könne diese sie beschützen. „Damit ich Schwielen an den Händen bekomme? Nein, danke."

Ich lache. Ich habe nicht gefragt, wieso sie hier ist. Ich weiß, dass sie ihrer schwesterlichen Arbeit nachgeht und aufgetaucht ist, um mit mir zu reden, während sonst niemand bemerkt hat, dass etwas an mir nagt. Normalerweise bin ich dankbar für ihre Instinkte, aber heute habe ich keine Lust darauf.

Sie setzt sich neben mich aufs Sofa, beide Hände fest auf der Tasse, als sie ihre Beine unter sich zieht. Wir trinken und genießen die Stille des brennenden Feuers und ansonsten leeren Hauses.

„Bist du bereit, diese Ruhe aufzugeben?", fragt sie endlich, und als ich eine Augenbraue hebe, sagt sie: „Das Haus wird mit einem Vierjährigen kaum friedlich sein."

Ich schüttele den Kopf. „Das macht mir nichts aus. Noah ist ein toller Junge."

Meine Schwester legt den Kopf zur Seite, um mich zu mustern. „Hmm."

„Hör damit auf", knurre ich.

„Womit?"

„Hör auf, zu versuchen, zwischen den Zeilen zu lesen. Du hattest einen Grund, herzukommen. Wenn du eine Frage hast, dann stell sie."

„Wirklich? Du *lädst* mich dazu ein, dir persönliche Fragen zu stellen?"

„Wirst du das nicht so oder so tun? Bist du nicht hier, um meine Psyche zu evaluieren, bevor du mir erzählst, was ich tun sollte?" Ich winke sie ab. „Fang an."

„Okay, alles klar. Bist du dir sicher? Ich weiß, dass es Sinn ergibt, Molly hier leben zu lassen, aber wenn du etwas für sie empfindest—"

„Ich habe nie gesagt, dass ich etwas für sie empfinde."

„Das musstest du nicht. Ich kann sehen, wie du sie anschaust."

Ich grunze. „Du siehst, was du sehen willst."

Sie stößt meine Schulter mit ihrer an. „Komm schon, Brayden. Du hast praktisch eine neue Seite der Firma aufgezogen, damit du einen Grund hattest, um sie wieder nach Jackson Harbor zu bringen."

Ich öffne den Mund, um ihr zu widersprechen, schließe ihn aber. Ich habe immer geplant, den Verkostungsraum zu eröffnen, aber das Bankettzentrum wurde während eines Gesprächs mit Molly geboren, als ich in New York war. Eins unserer Treffen wurde in einem Eventzentrum gehalten, als sie zugegeben hat, wie sehr sie es genießt, Veranstaltungen für Wohltätigkeitsorganisationen zu planen. Sie hat gesagt, dass sie es führen wollte, falls ich jemals so ein Zentrum eröffnen sollte. Sie hat Spaß gemacht — letztes Frühjahr lebte ihr Stiefvater noch, was bedeutete, dass sie niemals zurückkehren wollte —, aber ich habe es nie vergessen.

Der Verkostungsraum wurde zu mehr, weil es eine gute geschäftliche Entscheidung war, aber vielleicht war es praktisch, dass diese geschäftliche Entscheidung uns einander näherbringen könnte. Ich kann nicht leugnen, dass ich es wollte, auch wenn sie eine klare Grenze gezogen hat. Ich wusste, wie schwer sie sich als alleinerziehende Mutter ohne eine Familie in der Nähe tat, und mochte den Gedanken, sie im Auge behalten zu können, um ihr zu helfen, falls sie mich brauchte.

Shay grinst mich an. „Du hast sogar diesen benebelten Ausdruck auf dem Gesicht, wenn du an sie denkst."

„Du bist die einzige Person, die zu denken scheint, dass sie mich so einfach entziffern kann", murmele ich. Und Gott sei Dank. Wenn alle meine Emotionen sehen könnten wie Shay, würde ich mich sehr verletzlich fühlen.

„Wenn ich *sie* nur entziffern könnte", sagt sie mit gerümpfter Nase. „Ich kann nicht entscheiden, ob sie einfach in der Klemme steckt, oder ob sie dir irgendwie gerne nahe ist."

„Vertrau mir, ihre Entscheidung hat nichts damit zu tun, was zwischen uns passiert ist."

„Was *ist* zwischen euch passiert? Du redest nie darüber."

„Ich hab's dir doch schon gesagt. Wir haben etwas getrunken und ... Dinge sind passiert, schätze ich. Es war nur eine Nacht." *Ein Fehler.* Gott, nichts daran hat sich wie ein Fehler angefühlt. „Kein großes Ding."

Shay zieht ihr Handy aus der Tasche und spielt damit rum.

„Was machst du?"

„Ich addiere all die Male, als du mit Frauen geschlafen hast, die dir nichts bedeuten."

Ich atme genervt aus. „Halt den Mund."

„Das ist echt schwer." Sie spitzt die Lippen und kräuselt die Augenbrauen, ihr Gesicht ein Bild der Nachdenklichkeit. „Was ist niemals plus nie?"

„Kennst du dich wirklich so gut mit meinem Sexleben aus, kleine Schwester?"

„Ich kenne *dich*." Sie sieht mich gezielt an, als würde sie mich dazu auffordern, ihr das Gegenteil zu beweisen. Aber das kann ich nicht. Ich bin kein One-Night-Stand-Typ. Ich fand sie nie toll. Als ich Molly auf mein Zimmer geführt habe, dachte ich, es wäre der Anfang von etwas.

Ich war ein Trottel.

Ich schlucke schwer. „Es macht Sinn, sie hier leben zu lassen. Ich habe mehr als genug Platz." Die Wahrheit ist, dass ich nicht weiß, wie Molly sich fühlt, aber von den zwei Optionen, die Shay mir gegeben hat, würde ich Ersteres schätzen.

„Es wird nicht seltsam sein?"

„Es ist ein großes Haus."

Shay trinkt einen großen Schluck, bevor sie den Kopf schüttelt. „Du bist so stur."

„Danke."

„Und ich fürchte, dass du Sturkopf verletzt wirst."

Ich muss lachen. Molly hat mir nie Grund gegeben, zu denken, dass wir eine Beziehung haben könnten – genau das Gegenteil, um ehrlich zu sein –, also bin ich mir nicht sicher, wieso Shay denkt, dass mein Herz in Gefahr sein könnte. „Es wird schon gut gehen."

„Das ist es, wovor ich mich fürchte. Es wird dir gut gehen, aber du wirst dir nie nehmen, was du wirklich willst."

Ich lege den Kopf zur Seite. „Ich weiß nicht, ob du mich vor Molly beschützen oder mich mit ihr verkuppeln willst."

Sie runzelt die Stirn und murmelt: „Ich habe es noch nicht entschieden."

Ich stehe auf und kneife Shays Nase, während ich den Kopf schüttele. „Ich bin ein erwachsener Mann, Schwesterherz. Vertrau mir, mein eigenes Leben im Griff zu haben."

MOLLY

„Ich bin jetzt schon so müde", sagt Bella und wimmert dramatisch, als sie auf dem Sofa im Pausenraum zusammenbricht.

Heute ist unser erster Samstag, und wir sind um fünf Uhr morgens angekommen, um uns fürs Frühstück für den örtlichen Kiwani-Club vorzubereiten. Mein Personal und ich haben früh zu Mittag gegessen und beenden unsere Pause, bevor wir uns auf die zweite Party des Tages vorbereiten – ein Mittagessen mit achtzig Personen für das Jackson Harbor Krankenhaus. Wir werden danach gerade rechtzeitig mit dem Aufräumen fertig sein, um zur Firmen-Weihnachtsfeier zu gehen.

„Du schaffst das schon", sage ich zu Bella, aber ich lächele, weil sie sich heute Morgen echt den Arsch aufgerissen hat. Sie hat es verdient, ein bisschen rumzuheulen. „Nur noch ein paar Stunden, und dann haben wir frei."

„Par-taaaay!", sagt Austin grinsend.

„Mein Vater lässt mich nicht zur Weihnachtsfeier

gehen", sagt Bella. „Er hat gesagt, dass jemand meines Alters nichts in einer Bar verloren hat."

Ich runzele die Stirn. Ich werde mit Brayden reden müssen. Jackson Brews schließt jedes Jahr die Türen, um eine Weihnachtsfeier für ihre Angestellten auszurichten, aber dieses Jahr haben wir zum ersten Mal minderjährige Angestellte. Vielleicht sollte die Feier nächstes Jahr in einem der Banketträume stattfinden.

„Das ist beschissen", sagt Austin. Er hat mit seinem Handy rumgespielt, legt es jetzt aber weg, um Bella anzusehen. „Du solltest trotzdem herkommen. Du bist achtzehn, oder?"

„Ja, aber ich lebe immer noch zu Hause."

„Na und? Was kann dein Vater dagegen tun?"

Ich atme ein und gehe in den Umkleideraum. Ich will zwar, dass Bella zur Party kommt, aber ich würde lieber nicht Teil eines Gesprächs sein, das sie davon überzeugt, sich ihrem Vater zu widersetzen.

Die Tür schwingt hinter mir zu und dämpft ihr Gespräch. Ich kann nicht anders, als zu lächeln, als ich mich umsehe.

Da wir wissen, wie lange Samstage im Catering- und Gastronomiegeschäft sein können, haben Brayden und ich entschieden, etwas des limitierten Platzes in unsere Angestellten zu investieren. Wir wollten, dass sie während der Pausen einen Ort zum Entspannen haben und sogar duschen können, falls sie es brauchen. Also haben wir zusätzlich zum Pausenraum diesen Umkleideraum gebaut.

Ich wühle durch meine Tasche, um meinen Lippenstift zu finden, zögere aber, als ich mein Spiegelbild sehe. Ich sehe so müde aus, wie Bella sich fühlt. Ich habe dunkle Augenringe, und meine Wangen sind blass. Es war eine lange Woche, aber wir sind fast fertig. Wenn ich in Betracht ziehe, wie alles mit den ersten Bankett-Veranstaltungen gelaufen ist, ist es das wert.

Ich trage etwas Pink auf meine Lippen auf, als die Tür aufschwingt und Austin reinkommt. „Alle anderen sind nach oben gegangen."

Ich nicke und freue mich, dass ich sie nicht daran erinnern muss, wann die Pause vorbei ist. „Ich komme gleich hoch."

Er räuspert sich und sieht mir etwas zu lange in die Augen.

Ich runzele die Stirn und drehe mich von seinem Spiegelbild zu ihm. „Ist alles in Ordnung?"

Er zögert, bevor er den Kopf schüttelt. „Ja. Es ist nur ..." Er lächelt. „Du bist eine tolle Chefin. Ich dachte, du solltest es wissen."

„Oh." Meine Schultern senken sich. Für einen Moment dachte ich, dass er etwas anderes wollte. Ich war wirklich besorgt, dass dieser *Jugendliche* mich allein finden wollte, während er mir nur ein Kompliment geschenkt hat. Mann, ich hab sie nicht mehr alle. „Danke, Austin."

„Gern geschehen." Er mustert mich, und seine Augen bleiben etwas zu lange an meinen Brüsten und Hüften haften. „Ich gehe jetzt nach oben."

Ich starre die Tür einen Moment an, nachdem sie sich schließt und versuche, das schleimige Gefühl nach diesem Austausch abzuschütteln. Er ist nur ein Teenager, der versucht, seiner Chefin zu schmeicheln. Jegliche Seltsamkeit stammt von meiner eigenen Vergangenheit.

Ich schüttele das Gefühl hab, notiere mir aber im Kopf, nicht allein mit ihm zu arbeiten. Zumindest nicht, bis dieses unangenehme Gefühl vergeht.

Ich habe ein paar Minuten, bevor ich die nächsten Gäste begrüßen muss, also mache ich mich auf den Weg in Braydens Büro. Ich muss ihm keine Rückmeldung geben, aber da er hier ist − *hust*, Workaholic, *hust* −, kann ich ihn wissen lassen, wie das Frühstück gelaufen ist. Ich halte ein paar Meter vor seiner Tür an, als ich eine weitere Stimme höre.

„Wenn Nic glücklich ist, bin ich es auch."

Ich lächele, als ich Ethan Jacksons Stimme höre. Er muss hergekommen sein, um über die Hochzeit zu reden. Ich weiß, dass ich wahrscheinlich niemals mit einem so einfachen Paar arbeiten werde wie ihm und Nic, also genieße ich es.

„Naja, falls du sonst etwas brauchst, musst du nur Bescheid sagen. Molly und ich werden uns darum kümmern."

Ich mache einen weiteren Schritt auf die Tür zu, als Ethan sagt: „Wo wir von Molly sprechen ... Es geht dir gut damit? Ich weiß, dass du sie nicht einstellen wolltest, aber sie scheint tolle Arbeit zu leisten."

Ich mache einen Schritt nach hinten. *Er wollte mich nicht einstellen?*

„Ich glaube, es ist okay." Brayden ist kurz still, und ich runzele die Stirn. *Okay?*

„Du musst dich nicht vor mir verstellen", sagt Ethan sanft. „Ich verstehe es. Ich habe bemerkt, wie du sie ansiehst."

Brayden grunzt und murmelt etwas, bevor er sagt: „Sie ist nur so ..."

Ich bin erstarrt und warte. Ich weiß, dass ich nicht hören will, was er zu sagen hat, aber ich kann mich nicht von der Stelle bewegen.

„An meinen schlechten Tagen wünsche ich mir, dass ich sie nie eingestellt hätte", sagt Brayden. „Aber ich versuche zum Großteil nicht so ein egoistisches Arschloch zu sein. Sie ist in tausend Stücke zerbrochen und weiß es nicht einmal. Wenn ich gewusst hätte, was mit ihr los ist, hätte ich nie—"

Ich gehe einen Schritt zurück, dann noch einen. Ich will nichts mehr hören. Schamgefühl rauscht in meinen Ohren. Ich taumele den Flur entlang zum Bankettraum, wo die anderen Wassergläser auffüllen.

Ich bringe eine zitternde Hand zu meinen Lippen. Ich hasse es, dass jemand mich als gebrochen ansieht, aber der Gedanke, dass *Brayden* mich so sieht – dass er denkt, meine Vergangenheit könnte meine Arbeit beinträchtigen? Die Worte sind so schwer, dass ich meine Lungen kaum füllen kann.

Denk später darüber nach.

Ich schließe den Schmerz weg und konzentriere mich auf meine Arbeit, für die mein Chef mich nie einstellen wollte.

BRAYDEN

„Du wünschst, du hättest nie mit ihr geschlafen?", fragt Ethan sanft.

„Ich wünschte, ich hätte es nicht übereilt. Ich war nur ein weiteres Arschloch, das mit ihr geschlafen hat, und es war viel zu einfach, zu gehen."

„Und jetzt zieht sie bei dir ein."

Ich begegne den Augen meines Bruders und suche nach dem, was er nicht sagt. Meine jüngeren Brüder waren immer Freunde – ihre eigene Einheit –, und Ethan und ich standen einander nahe, aber dann ging unser Leben auf und ab. Gott, meine Arbeit kam in den Weg. Oder vielleicht war es, dass er seine Frau verloren hat, und ich es gehasst habe, ihr nicht helfen zu können. Wir haben gerade erst begonnen, uns wieder näherzukommen, seit Nic in sein Leben getreten ist.

Ethan weiß von meiner Nacht mit Molly – mehr als alle anderen –, und weiß, wie sehr ich wünschte, dass daraus mehr entstanden wäre.

Ich streife mit einer Hand durch mein Haar und starre zur Decke. Ich rede nicht gerne von meinen Gefühlen, aber verdammt, wenn mich jemand verstehen kann, dann ist es Ethan. „Zuerst war die Anziehungskraft größtenteils körperlich. Aber sie mit Noah zu sehen und ständig mit ihr zu arbeiten … Gott, sie ist die beste Angestellte, die ich je hatte, und ich weiß, dass wir sie brauchen. Ich *weiß* es. Aber ich frage mich, was passiert wäre, wenn ich sie nicht eingestellt hätte."

„Wenn du sie nicht eingestellt hättest, wäre sie immer noch in New York."

Ich seufze. „Das sind Details. Es ist nur, dass ihr ihre Arbeit am wichtigsten ist, und ich wünschte, dass es nicht so wäre. Ich weiß, dass ich es nicht wollen sollte."

Ethan reißt die Augen auf. „Wow."

„Was?"

„Ich kann nicht glauben, dass Brayden ‚der Arbeitssüchtige' Jackson wünscht, er könnte sich eher auf seine persönlichen Interessen konzentrieren als auf die geschäftlichen."

Ich zucke mit den Schultern. „Es ist meine eigene Schuld." Wenn ich es langsamer angegangen wäre und wir nicht die Nacht miteinander verbracht hätten, würde sie mich jetzt wahrscheinlich anders sehen.

„Ich verurteile dich nicht. Hey, es ist erfrischend, Bruderherz. Du verdienst ein Leben, das mehr bietet als Papierkram."

„Es ändert nichts. Sie arbeitet für mich, und sie will keine Beziehung mit ihrem Chef." Sie hat das mehr als klar gemacht.

Ethan verschränkt die Arme und grinst mich an. „Du weißt, dass Nic meine Angestellte war, bevor sie zu meiner Freundin wurde. Vielleicht ist es nicht ideal, aber wenn du sie wirklich willst und sie dich, dann bin ich mir sicher, dass ihr es hinbekommen werdet. Wenn es echt ist, ist es die Risiken wert."

Mein Blick fällt auf den Flur hinter meinen Bruder, als könnte ich sie magisch dazu bringen, dort aufzutauchen. Ich sehe sie fast jeden Tag, aber wenn sie mir so nahe ist, fühlt es sich an, als würde ich aufwachen. Und wenn sie es nicht ist, ertappe ich mich dabei, mir Ausreden ausdenken, um sie zu sehen. „Ich bin mir nicht sicher, ob sie mich auch will."

Ethan zuckt mit den Achseln. „Sie zieht bei dir ein. Ich kann mir keine bessere Gelegenheit vorstellen, um es herauszufinden."

KAPITEL SIEBEN

MOLLY

ormalerweise trinke ich Bier. Nicht dieses massenproduzierte Zeug. Gott, nein. Ich arbeite für Jackson Brews, und Bier mit dem Wort „Lite" zu trinken, bedeutet wahrscheinlich, dass ich gefeuert oder verstoßen werden könnte. Nein. Ich liebe Bier, wie ich Kunst liebe – komplex, aufwendig, vollmundig und vielschichtig. Porters, Stouts, fruchtige Biere.

Aber heute Abend habe ich das Bier übersprungen und mich für Tequila entschieden. Ein Kurzer, als ich bei der Jackson Brews-Weihnachtsfeier angekommen bin und einer jedes Mal, wenn ich daran gedacht habe, dass Brayden sich wünscht, mich nie eingestellt zu haben. *Zerbrochen.*

Ich trinke meinen fünften Kurzen ... einer für jede

Stunde, die vergangen ist, seit ich ihn mit Ethan reden gehört habe.

Ich stupse der Bedienung mein leeres Glas zu. Sie ist eine Kellnerin im Howell's, aber die Jacksons haben sie für heute Abend eingestellt, damit keiner ihrer Angestellten während der Weihnachtsfeier arbeiten muss. Es ist für die Hälfte von uns eine Arbeitsveranstaltung und für den Rest ein Familientreffen.

„Ich kann nicht." Die freundliche Frau beißt sich auf die Lippe und sieht zu jemandem hinter mir, bevor sie ihre Augen wieder auf mich richtet. „Ich muss den Befehlen folgen."

Ich drehe mich um und finde Brayden vor. Er hat entschieden, dass ich genug hatte, und sieht mich mit demselben sorgenerfüllten Blick an, den er mir zugeworfen hat, seit ich reingekommen bin und angefangen habe, mich zu betrinken.

Er kommt rüber und nickt Kitty zu, was sie zur anderen Seite des Tresens laufen lässt. „Alles in Ordnung?"

Die Sorge in seinen Augen und seine Worte ... *Gott hilf mir*. Der Tequila schwappt in meinem Magen. *Arme Molly*. Ich würde lieber finster von hunderten Frauen angesehen werden, als bemitleidet zu werden. Ich dachte, ich hätte diese Stelle verdient, auch wenn ich sie zuerst als Gefallen ergattert habe, aber Brayden sieht es immer noch als Mitleidsstelle für eine gebrochene Frau. „Es geht mir gut, also kannst du aufhören, mich so anzusehen."

„Du hast mich den ganzen Abend gemieden."

„Ich habe dich nicht gemieden. Ich habe gefeiert."

Ich zwinge mich zu einem Lächeln. „Deswegen sind wir hier, oder nicht? Um zu feiern, wie erfolgreich Jackson Brews dieses Jahr war?"

Er sieht mir so lange in die Augen, dass ich mich wegdrehen oder zumindest zusammenzucken will, aber ich bin zu stur und hebe nur mein Kinn.

„Wenn es dir so *unangenehm* ist, mich so zu sehen, werde ich nach Hause gehen. Du musst es mir nur sagen."

„War alles okay im Bankettzentrum?"

Ich grunze und erwische mich dabei, wie ich nach dem leeren Glas greife. „Überraschend gut, wenn man alles bedenkt." *Wenn man bedenkt, dass du mich nie einstellen wolltest. Wenn man bedenkt, dass du die Entscheidung bereust.*

Er runzelt die Stirn. „Wenn man was bedenkt?"

„Hast du keine Angestellten, die du umschmeicheln musst? Oder vielleicht Neuangestellte, die du ins Bett kriegen willst?" Es ist beschissen, und ich bereue die Worte, sobald sie über meine Lippen kommen.

Etwas blitzt in seinen Augen auf. „Du bist eine fiese Betrunkene, Molly."

Als er weggeht, bleibe ich auf meinem Arsch, statt ihm hinterherzulaufen, wie ich es eigentlich will. Gott, er hat mich gerettet, als er mich eingestellt hat, also sollte ich dankbar sein − ob es aus Mitleid war oder nicht.

Ein Mann setzt sich neben mich. Er ist gut gebaut und groß. Vielleicht nicht so sehr wie Brayden, aber trotzdem beeindruckend. Sein hellbraunes Haar fällt über ein Auge, und als er es zurückstreicht, kann ich nicht anders, als seine Hände zu bemerken. Große

Hände. Gutaussehende Hände. Brayden hat auch tolle Hände – groß und etwas rau.

Denk nicht an Brayden. Er will dich nicht. Nicht einmal als Angestellte. Du bist gebrochen.

Also konzentriere ich mich auf diesen neuen, sehr attraktiven Mann neben mir, als er das Menü auf der Tafel studiert.

„Was ist gut?", fragt er, ohne mich anzusehen.

„Kommt darauf an." Ich würde gerne denken, dass meine Worte heiß klingen statt betrunken und undeutlich. „Was magst du?"

„Blonde", sagt er, bevor er sich vom Menü wegdreht und mich ansieht. Ich hebe eine Augenbraue, und er lacht, bevor er das Gesicht verzieht, als ich mein Haar über die Schulter werfe. „Ich meine, blonde Biere. Naja, aber auch ..." *Verdammt.* Wird er etwa rot? „Jap." Er hält mir seine Hand entgegen. „Ich heiße Jason, und ich schwöre, ich verhalte mich normalerweise nicht so seltsam."

Ich nehme seine Hand. Groß. Warm. Sanfter als Braydens, aber–

Ich unterbreche meine Gedanken, bevor ich mich wieder reinsteigern kann. Die Nacht mit meinem Chef ist sieben Monate her, und ich kann immer noch nicht aufhören, andere Männer mit ihm zu vergleichen. Eine Nacht mit seinen Händen und seinem Mund, und mein Körper hat entschieden, dass er der goldene Standard ist, an dem ich alle anderen messen muss. *So nervig.*

„Ich heiße Molly."

„Du bist die, die das Bankettzentrum managt", sagt Jason mit einem Lächeln auf den Lippen.

„Jap. Und du? Verkaufsmanager?", frage ich. Es ist eine begründete Vermutung, da es eine Firmenveranstaltung ist. Wir haben Verkaufsmanager im ganzen Land.

„Ich bin ... nicht wirklich ein Angestellter." Er grinst und winkt zu den Schanksäulen hinter dem Tresen. „Kann ich dich auf einen Drink einladen?"

„Alles ist umsonst", sage ich und weigere mich zuzugeben, dass er es nicht könnte, auch wenn ich es wollte. *Weil mein Chef denkt, dass er mich betreuen muss.*

Er verzieht das Gesicht und schüttelt den Kopf. „Richtig. Tut mir leid." Da ist dieses Grinsen schon wieder.

Bevor ich weiß, was ich tue, sehe ich mich nach Brayden um. Ich habe seine Gefühle verletzt und sollte mich entschuldigen. Oder ihm danken, dass er mich nicht feuert, obwohl ich so gebrochen bin. Oder vielleicht sollte ich einfach nach Hause gehen, bevor ich etwas Dummes anstelle. Oder schlimmer – etwas Dummes mit *jemandem* anstelle.

„Du kommst aus Jackson Harbor, oder?", fragt Jason. „Wo warst du?"

Ich tue mein Bestes, meine Emotionen beiseitezuschieben, die jedes Mal aufkommen, wenn ich daran denke, dass Brayden seinem Bruder gesagt hat, dass er es bereut, mich eingestellt zu haben. Ich lenke meine Aufmerksamkeit auf den Mann vor mir und schenke ihm ein großes Lächeln. „Ich habe die letzten acht Jahre in New York verbracht. Du?"

BRAYDEN

Molly tanzt mit Jason Ralston. Sie *tanzen* miteinander, als wären wir in einer Disko und nicht in einer verdammten Bar. Ihre Arme sind um seinen Nacken geschlungen, und sie lacht, als wäre er der lustigste Kerl, den sie jemals kennengelernt hat. *Verdammt toll.*

Ich versuche, sie nicht so anzustarren, aber es ist schwer, nicht wütend zu sein. Sie hat mich gemieden, seit sie durch die Türen gekommen ist, aber Jason Ralston bringt sie zum Strahlen?

Carter haut mir zwischen die Schulterblätter. „Du starrst, Bruder."

Ich reiße meine Augen von Molly. Von ihren langen Beinen, die ich in diesem kurzen, roten Kleid sehen kann. Von ihren Hüften, die im Takt zur Musik schwingen. Von ihrem Grinsen, das Jason gewidmet ist. Ich dachte, sie war beschäftigt, als sie mich auf der Arbeit gemieden hat, aber sie hat mich kaum begrüßt, als sie hergekommen ist, und es wurde schlimmer, nachdem sie Tequila getrunken hat.

Ich habe sie die ganze Zeit im Auge behalten, aber vielleicht etwas mehr, seit Jason angekommen ist. Ich *dachte*, dass niemand etwas bemerkt hat. Aber anscheinend lag ich falsch.

„Sie scheinen sich echt gut zu verstehen, hm?", fragt Carter und sieht Molly und Jason mit gerunzelter Stirn an.

„Scheint so." Ich schüttele den Kopf und widme meine Aufmerksamkeit dem Rest der Gäste. Wir haben die Bar geschlossen, viel gegessen, getrunken, getanzt und allen Geschenke gegeben für ihre Arbeit dieses Jahr. Es war nie mein Ding, aber dieses Jahr habe ich mich darauf gefreut. Ich bin mir nicht sicher, wieso. Habe ich gedacht, dass Molly und ich heute Abend miteinander Zeit verbringen würden? Dass sie die Meinung ändern und *mich* endlich so ansehen würde?

Jason flüstert Molly etwas zu, bevor er auf die Toilette verschwindet.

„Bin gleich wieder da", murmele ich zu Carter. Mein Bruder kräuselt die Lippen und leg den Kopf zur Seite. Sein Ausdruck sagt „Tu nichts Dummes", aber er ist schlau genug, es nicht zu sagen.

Ich will ihn nicht auf der Toilette heimsuchen, also warte ich im Flur auf Jason. Er strahlt wie ein Weihnachtsbaum, als er mich sieht, während ich ihn finster anblicke. „Brayden!"

Ich nehme seine ausgestreckte Hand und schüttele sie fest. „Danke, dass du heute Abend gekommen bist."

„Gerne, Mann. Gerne."

Ich atme tief ein. Es ist seltsam, aber ich werde nicht den Mund halten, wenn ich merke, wie er Molly ansieht, und weiß, wie viel sie getrunken hat. „Hast du Molly getroffen?"

„Ja. Gott, sie ist fantastisch, oder? Sie wird sich echt toll schlagen. Ich weiß es einfach."

Klar. Tu so, als hättest du mit ihr aus geschäftlichen Gründen geredet. „Da stimme ich dir zu", sage ich kalt.

Jason legt den Kopf zur Seite. „Aber du bist nicht hergekommen, weil du über ihre Arbeitsmoral reden willst", sagt er. „Seid ihr ... miteinander involviert?"

Ich huste. *Scheiße.* „Nein. Überhaupt nicht. Wir sind ... Freunde." Ich glaube, ich hasse dieses Wort.

Seine Schultern senken sich. „Das ist gut, weil sie nicht die Hände von mir lassen kann."

Meine Hände ballen sich zu Fäusten. „Äh, sie hatte einen schlechten Tag." Ich habe keine Ahnung, was passiert ist, dass sie nach dem Tequila gegriffen hat, aber sie ist normalerweise nicht so. Etwas ist falsch.

Er verengt die Augen. „Scheiße. Was ist passiert?"

Ich weiß es nicht. Sie redet nicht mit mir. „Ist egal. Mein Punkt ist, dass sie heute Abend nicht sie selbst ist ..." *Fass sie nicht an?* Ja, ich bin mir ziemlich sicher, dass Molly mir die Eier abschneiden würde, wenn ich diese Grenze überschreite. „Wenn ihr etwas miteinander anfangt, ist heute Abend nicht der richtige Zeitpunkt."

Jason steckt die Hände in seine Hosentaschen. „Ich war noch nie ein geduldiger Mann."

„Sie ist betrunken." Mein unausgesprochenes „*Arschloch*" hängt zwischen uns in der Luft. Jason ist nicht dämlich. Ich bin mir sicher, dass er es in meinen Augen sehen kann.

Er haut mir auf die Schulter. „Ich bin mir sicher, dass sie es zu schätzen weiß, dass du sie im Auge behältst. Wie ein großer Bruder, richtig? Mach dir keine Sorgen, Bray."

Bray. Ich hasse es. Nur Arschlöcher wie er, die denken, dass ihr Geld sie dazu berechtigt, nennen mich

Bray. Aber ich kann sonst nichts sagen. Ich habe ihn gewarnt. Habe ihm meine Bedenken mitgeteilt. Jetzt kann ich nur hoffen, dass er auf mich hört oder dass Molly ausnüchtert und keine Entscheidungen trifft, die sie morgen bereuen wird.

Als ich zurück zur Party komme, stehen Molly und Jason an der Bar, und sie trinkt – nein, *ext* – Jasons Bier. Das ist das Letzte, was sie braucht, aber wenn ich mich einmische, wird Jason denken, dass ich versuche, mich zwischen sie zu stellen.

Carter sieht ihnen auch zu und schaut mich mit gerunzelter Stirn an. „Ich weiß, dass wir diesen Hund und sein Geld für die neue Abfüllanlage brauchen, aber ich hoffe, das bedeutet nicht, dass ich ihn mögen muss."

„Ist das die Ecke der Singles?" Shay schiebt sich zwischen Carter und mich.

Carter seufzt. „Scheint so."

„Bin ich eine schlechte Schwester, weil ich sie etwas hasse?", fragt sie.

Ich folge ihrem Blick zu Jake und Ava. Es scheint, als hätten sie es Molly und Jason gleichgetan, weil sie ihr Billiardspiel beendet haben, um zu tanzen. Jakes Hände sind auf seiner Frau – auf ihren Hüften und dann ihrem gerundeten Bauch.

„Das ist kein Hass", sagt Carter und lächelt bei dem Anblick des Paars. „Das ist Eifersucht."

„Sie sind so perfekt", sagt Shay. „Ich werde das niemals finden. Aber nachdem ich aufgewachsen bin und gesehen habe, wie Mama und Papa einander geliebt haben, kann ich mich nicht dazu bringen, mit weniger zufrieden zu sein."

„Und das solltest du nicht", sagt Carter sanft.

Ich sehe, wie Molly Jason in die Küche zieht. „Wo gehen sie hin?", murmele ich.

Shay drückt mitfühlend meine Schulter. Wenn ich meine Gefühle für Molly vor meiner Familie verstecken will, habe ich offensichtlich nicht viel Erfolg. „Ich habe nicht gewusst, dass sie sich kennen."

„Wer sagt, dass sie das tun?", fragt Carter.

„Hat Ralston entschieden, ob er investiert?", fragt Shay.

Ich zucke mit den Schultern, weil ich nichts sagen kann, während ich daran denke, was Molly mit ihm in der Küche tut.

„Du kannst gehen", sagt Carter. „Du hast deine Arbeit als Chef geleistet, und Shay und ich können uns um den Rest kümmern."

Ich schenke meinem Bruder einen dankbaren Blick. Wenn ich bleibe, riskiere ich es, Jason von Molly zu zerren. Ich will sie davon abhalten, etwas zu tun, das sie morgen bereuen wird, aber ich weiß, dass ich wie ein überfürsorglicher Vater rüberkommen werde – das Letzte, was ich für sie sein will. „Ich glaube, das ist eine gute Idee."

Ich schiebe eine Hand in meine Hosentasche und halte meine Schlüssel fest, als ich zur Küchentür blicke. Ich habe hinten geparkt, aber ich bin reflektiert genug um zu wissen, dass es eine schlechte Idee wäre, Molly und Jason auf dem Weg nach draußen zu begegnen.

Shay scheint meine Gedanken zu lesen. „Vielleicht solltest du durch den Vordereingang verschwinden."

„Du hast recht."

Sie stupst mich mit der Schulter an und lächelt. „Ich werde dich morgen beim Umzug sehen."

Ich werfe Carter einen Blick zu. „Stell sicher, dass sie nicht versucht, selbst nach Hause zu fahren."

Er nickt. „Natürlich."

KAPITEL ACHT

MOLLY

„Gott, du bist hübsch", flüstert der Kerl in mein Ohr. Ich blinzele, als sich mir der Kopf dreht und ich versuche, mich zu erinnern, wo und mit wem ich bin.

Mein Mund schmeckt nach Limetten und Tequila. Schlaf zerrt an mir, aber ich schüttele den Kopf, um die Spinnweben zu verjagen und versuche, mich auf den Kerl zu konzentrieren, auf dem ich sitze. Wir sind in einem Auto ... seinem Auto?

Er küsst über mein Brustbein und schiebt eine Hand unter mein Kleid, um mich durch meinen BH zu berühren. Ich konzentriere mich darauf, meine Gedanken zu sammeln, aber es ist wie Schneeflocken fangen. Sie schmelzen, sobald ich sie erreiche.

Sein Auto. Ja, das ist sein Auto, und er ist ... Ich blinzele ihn an, und er grinst. Ich habe ihn auf der Feier getroffen. Ich lächele zurück – betrunkener Stolz überkommt mich, als ich mich erinnere.

Wir sind in seinem Auto auf dem Parkplatz von Jackson Brews, und sein Name ist ... *Jason. Jason, der Blondinen mag.*

„Du bist mir sofort aufgefallen, sobald du reingekommen bist." Er zieht mein Kleid runter und fährt mit den Zähnen über meine Brust. „Wollte dich von dem Moment an, als ich dich gesehen habe."

Meine Augen flattern zu, und mein Kopf rollt zur Seite. Es ist verdammt kalt, aber meine Haut ist heiß. Zu viel. Ich habe zu viel getrunken. Und da sind viel zu viele Hände auf mir. Auf meiner Taille, dann meiner Brust. Auf meinem Arsch. Meinem Haar. Eine andere gleitet über meinen Oberschenkel.

„Stopp. Ich ..."

Er lehnt sich zurück und begegnet meinem Blick. „Alles in Ordnung?"

Ich schlucke schwer und nicke, als ich mich an meinen Tag erinnere. Daran, wie Braydens und Ethans Gespräch ein altbekanntes, hässliches Gefühl in meiner Brust aufsteigen lassen hat. Wie blühendes Unkraut, das die Sonne stiehlt. Ich wollte einfach nur alles vergessen. Und dann dieser Kerl ...

Ich presse meinen Mund auf seinen, um die Gedanken mit seiner Berührung zu vertreiben. Seine Hände machen weiter mit ihrer Erforschung, bevor er mein Kleid auf einer Seite runterzieht, um meinen Spitzen-BH zu entblößen.

„So heiß", murmelt er und senkt den Kopf.

Ich winde mich auf ihm, als er meine Brustwarze durch den Stoff saugt. Ich liebe, wie das Gefühl alles andere auslöscht. Er zieht an der anderen Seite, bis ich oben rum nichts außer meinem BH anhabe.

Ich bin gebrochen, und egal wie sehr ich es versuche, ich kann es nicht vergessen. Aber hier – in den Armen eines Fremden – kann ich alles vergessen. Ich kann sexy sein. Gewollt. Er bemitleidet mich nicht wie Brayden.

Der Gedanke lässt mich weinen, und ich presse meine Hände gegen Jasons Brust, um ihn wegzuschieben.

Er blinzelt mich an. „Was ist los?"

Ich steige von seinem Schoß und lasse mich auf dem Sitz neben ihm nieder. Scheiße. Was tue ich?

„Hey, es ist in Ordnung", flüstert er und greift nach mir.

Blowjob-Molly. Gott, ich habe mir versprochen, nicht mehr dieses Mädchen zu sein, aber hier bin ich und mache mit einem Fremden auf einem dunklen Parkplatz rum.

Ein weiteres Schluchzen überkommt mich. *Schlampe. Leicht zu haben. Hure.*

„Ist alles okay?", fragt er, die Augen weit aufgerissen. Panisch.

Ich greife nach dem Türgriff und werfe mich aus dem Auto, ehe ich auf Händen und Knien auf dem Asphalt lande. *Ich bin nicht mehr dasselbe Mädchen. Ich will sie nicht sein.*

Die kalte Luft trifft mich wie eine Million Nadeln.

Mein Kleid hängt um meine Taille, mein BH für alle zu sehen.

„Molly?"

Ich hebe meinen Kopf und sehe Brayden. Seine Nasenlöcher weiten sich, als er von mir zu Jason sieht, der gerade aus seinem Auto steigt. Ich habe keine Zeit, etwas zu sagen, bevor Brayden mit drei großen Schritten auf ihn zugeht und seine Faust nach ihm schwingt. Er trifft Jasons Kiefer hart genug, um ihn zu Boden zu schicken.

„Stopp!", schreie ich.

„Was hast du ihr angetan?" Ich habe nie so viel Drohung in Braydens Stimme gehört, und ich springe vom Boden und greife seine Arme, bevor er erneut zuschlagen kann. Er ist viel stärker als ich und könnte mich abschütteln, wenn er wollte. Aber das tut er nicht.

„Was zur Hölle?", ruft Jason und hält sein Gesicht.

„Er hat nichts getan." Ich ziehe Brayden weg von dem Auto. Er lässt sich von mir führen, aber sein finsterer Blick bleibt auf Jason gerichtet.

„Du bist halb ausgezogen, weinst und rennst vor ihm weg. Das klingt nicht nach nichts."

„Fick dich", sagt Jason. „Ich bin kein verdammter Vergewaltiger. Sie ist ohne Grund ausgeflippt."

„Wieso hat sie dann geweint?"

Jason wirft die Hände in die Luft. „Keine Ahnung." Er begegnet meinem Blick, und Schuldgefühle überkommen mich und überschwemmen fast die Schamgefühle, weil ich wieder zur alten Molly wurde. „Habe ich etwas getan, das dir Angst gemacht hat?"

„Es tut mir leid." Ich bin mir nicht sicher, mit wem ich rede. Vielleicht mit allen. Es ist so ein Desaster. Ich ziehe mein Kleid hoch, weil es verdammt nochmal eiskalt ist und ich Schnee auf den Beinen habe, nachdem ich auf Händen und Knien durch den Parkplatz gekrochen bin. „Ich hatte einen schlechten Tag und dachte, dass ich … Es tut mir leid."

„Sie ist offensichtlich betrunken, und du hast dich an ihr vergriffen", knurrt Brayden.

„Es geht mir gut." Ich ziehe an Braydens Ärmel. „Ich bin einfach nur betrunken und will nach Hause gehen."

„Du bist im Arsch, Jackson", murmelt Jason. „Ich werde unsere Partnerschaft überdenken müssen."

„Da bist du nicht allein", sagt Brayden.

Partnerschaft? Kalte Luft zieht um meine Haut und ernüchtert mich.

„Es tut mir leid." Ich weiß nicht, wie oft ich es gesagt habe, aber es ist nicht genug. Ich will nur, dass es vorbei ist. Ich will, dass heute Nacht nie passiert ist. Ich will den Tag zurückdrehen und Braydens Gespräch mit Ethan nicht belauschen.

„Steig ins Auto", sagt Brayden, ohne mich anzusehen. „Ich werde dich nach Hause bringen."

„Bitte", flüstere ich. „Es tut mir leid."

Als etwas der Anspannung in seinen Schultern weicht, lasse ich ihn los und steige in sein Auto. Brayden klettert in den Fahrersitz und macht den Motor an, ohne mich anzusehen.

„Wer war das?", frage ich.

Brayden beißt die Zähne zusammen und starrt nach

vorne. „Du warst halbnackt in seinem Auto, und du fragst mich, wer er ist?"

„Du weißt, was ich meine. Wer ist er für dich? Was ..." Ich schließe die Augen, als ich realisiere, dass ich früher hätte nachdenken sollen. Jeder auf dieser Feier hätte tabu sein sollen, weil alle etwas mit Jackson Brews zu tun haben. „Was ist seine Verbindung zu Jackson Brews?"

„Er ist ein Kapitalgeber. Er hat es in Erwägung gezogen, uns zu helfen, die Abfüllanlage zu vergrößern."

Ich beiße mir auf die Unterlippe. *Hat* ... Vergangenheit. Weil ich es vermasselt habe. Blowjob-Molly hat alles schon wieder vermasselt. Ich kann es Brayden nicht übelnehmen, dass er sich wünscht mich nie eingestellt zu haben, oder? „Ich werde es wieder gut machen", verspreche ich, auch wenn ich keine Ahnung habe, wie ich das tun kann.

Brayden fährt mit der Hand durch sein Haar. „Hat er dich verletzt oder versucht—"

„Ich habe bereits gesagt, dass er das nicht hat."

Er sieht mich mit einem unglaubwürdigen Blick an. „Du hast geweint."

Ich drehe mich weg und sehe aus dem Fenster zu den schönen Lichtern der Main Street. „Ich hatte einen schlechten Tag."

Er sagt nichts, bis wir vor meinem Miethaus ankommen und er den Motor abstellt. „Soll ich bleiben und mich um Noah kümmern?"

Mir gefriert das Blut in den Adern, und das Schamgefühl wird zu Wut. „Du denkst, ich komme so nach Hause zu meinem Sohn? Dass ich betrunken nach Hause gehe? Zu meinem vierjährigen Sohn?"

„Ich dachte auch nicht, dass du dich betrinken und einem potenziellen Investor an den Hals werfen würdest als wärst du ..."

Ich sehe ihn düster an. „Als wäre ich *was*?"

Er beißt die Zähne wieder zusammen. „Egal."

„Als wäre ich leicht zu haben? Als wäre ich eine Schlampe?"

„Du legst mir Worte in den Mund, die ich nie gesagt habe", sagt er.

„Du bist ein Arschloch." Ich steige aus dem Auto und eile ins Haus, obwohl ich weiß, dass Brayden mir nachkommt. Ich schließe die Tür auf und betrete das Haus, auch wenn meine limitierte Koordination mich etwas behindert.

Bevor ich die Tür hinter mir schließen kann, stoppt Brayden mich mit einer großen Hand. „Molly."

Ich hebe meine Augen, um ihn im Licht der Veranda zu mustern. „Noah übernachtet bei meiner Mutter."

Er nickt einmal, als er mich wortlos ansieht. Er ist so verdammt geizig mit seinen Worten, und es macht mich verrückt.

„Ich hätte nicht mehr als einen Drink gehabt, wenn er nicht sicher gewesen wäre. Ich bin vieles, Brayden, aber ich bin keine schlechte Mutter."

„Das habe ich nicht gesagt."

„Du hast es angedeutet." Ich schließe die Augen, als Übelkeit in mir aufsteigt. Mein Wohnzimmer ist voller Umzugskisten für morgen, und ich weiß nicht einmal, ob

Brayden immer noch will, dass ich bei ihm einziehe. Ich atme tief ein. „Es tut mir leid, wenn ich alles versaut habe mit Jason. Ich werde mit ihm reden. Ich werde es irgendwie wieder gut machen."

Brayden regt sich wieder auf. „Ich weiß nicht, ob ich will, dass du allein mit ihm redest." Er starrt mich an, als würde er erwarten, Verletzungen zu sehen. „Heute Nacht ... Es sah nicht gut aus."

„Ich weiß, aber er hat nichts falsch gemacht. Es ging mir gut, und dann ging es mir plötzlich nicht mehr gut, und ich wollte einfach nur weg." Ich verschränke die Arme und stelle mir vor, wie es für Brayden ausgesehen hat, als ich halb angezogen und heulend aus dem Auto geeilt bin. „Es war ein schlechter Tag."

„Geht es dir jetzt besser?"

Nein. Es geht mir nicht gut. Weil Brayden recht hat. Ich bin gebrochen, und ich kann nicht zusammengeflickt werden. Ich bin ein zertrümmerter Knochen, der geheilt ist, ohne richtig zusammengesetzt zu werden. „Es geht mir gut."

Ich sehe das Wort in seinen Augen – Lügnerin. Aber er sagt es nicht. Stattdessen nickt er mir einmal zu, sieht mich zum letzten Mal an, als würde er nicht glauben, dass ich nicht genötigt wurde, und sagt: „Gute Nacht."

„Gute Nacht." Und ich bin stolz auf mich, weil ich es schaffe, die Tür abzuschließen und ins Bett zu kriechen, bevor die Tränen zurückkommen.

*I*ch wache auf, als jemand andie Tür hämmert, und vergrabe mein Gesicht im Kissen.

Momente von letzter Nacht blitzen in meinen Gedanken auf. Der Tequila. Das Mitleid auf Braydens Gesicht. Der Kerl ...

Ich rolle mich vom Bett und presse eine Hand auf die Stirn, als ich mich daran erinnere, dass Brayden mich nach Hause gefahren und wie er die Zähne zusammengebissen hat, die Augen voller Wut. Es war so viel besser, als Mitleid in seinem Blick zu sehen, als er sich von mir verabschiedet hat.

Das Klopfen geht weiter, und ich zwinge mich, meine Augen zu öffnen, um auf die Uhr zu schauen. Acht Uhr morgens. Wer zur Hölle ist an einem Sonntag um acht Uhr ... *Scheiße!* Ich ziehe heute bei Brayden ein.

Ich steige aus dem Bett, eile zur Tür und ziehe sie auf.

Carter Jackson steht auf meiner Veranda und blinzelt mich an, bevor er sich umdreht und eine Hand über seine Augen legt. „Wir werden warten, während du dich anziehst", sagt er, und ich kann spüren, wie unangenehm es ihm ist.

Ich sehe an mir runter und zucke zusammen – ein T-Shirt, an das ich mich nicht erinnere angezogen zu haben und Shorts. Könnte definitiv schlimmer sein, aber wenn ich mich um mein Aussehen gekümmert hätte, bevor ich zur Tür gerast bin, hätte ich wenigstens eine Hose angezogen.

Auf dem Gehweg steht Brayden mit finsterem Ausdruck und mustert mich auf eine Weise die zu hundert Prozent missbilligend und überhaupt nicht sexuell ist. *Na super.*

„Kommt rein." Ich ziehe die Tür weiter auf. „Bin gleich wieder da." Ich will in mein Zimmer rennen und mich verstecken, aber mein Stolz zwingt mich, den Kopf hochzuhalten und mit dem Arsch zu wackeln als ich reingehe.

Sobald ich mein Zimmer erreiche, schließe ich die Tür hinter mir und ziehe mich schnell um, während ich versuche, das Pochen in meinem Kopf zu ignorieren, das mich anfleht, sie wegzuschicken und wieder ins Bett zu kriechen. Ich war die Idiotin, die sich gestern betrunken hat. Jetzt zahle ich dafür, indem ich mich wie tot und wieder aufgewärmt fühle, während ich umziehe. Aber es ist nicht genug der Bestrafung, wenn ich Braydens geschäftliche Beziehung mit einem potenziellen Investor verschissen habe.

Ich streiche mit einer Hand über mein Gesicht. Ich werde morgen mit Jason reden müssen. Ich werde mir seine Nummer irgendwo besorgen müssen, da ich bezweifle, dass Brayden sie mir geben wird. Ich muss mich entschuldigen und erklären, dass ich nicht aus seinem Auto gesprungen bin, weil er etwas falsch gemacht hat, sondern weil ich in Panik geraten bin.

Sobald ich eine Leggings und ein schlabberiges, langärmliges T-Shirt angezogen habe, putze ich mir die Zähne und käme mein Haar, bevor ich in die Küche gehe. Offensichtlich sind mehr Jacksons angekommen, während ich mich angezogen habe. Jetzt sind, zusätzlich zu Brayden und Carter, Levi, Shay, Jake und Ethan in meiner Küche. Wenigstens haben sie nicht *alle* meine Unterwäsche gesehen.

„Ich habe Kaffee mitgebracht." Shay schiebt eine Tasse in meine Hände. „Hab gedacht, dass du es brauchen könntest."

Ich lächele sie dankbar an und trinke einen langen Schluck. „Heirate mich", flüstere ich, und sie grinst als Antwort.

„Wie sieht der Plan aus?", fragt Carter.

„Ich würde sagen, wir laden die Möbel in den Truck und alles, was in den Lagerraum gehört", sagt Levi. „Dann kümmern wir uns um die Sachen, die in Braydens Haus gehören."

Ich kämpfe mein Unbehagen über die ganze Situation nieder und drehe mich zu der Gruppe. „Ich werde nicht viel ins Haus bringen. Klamotten und ein paar von Noahs Lieblingsspielzeugen. Ich habe sie beschriftet. Alles andere wird gelagert."

Die Brüder nicken und verteilen sich, um sich an die Kisten im Wohnzimmer zu machen.

Ich begegne Braydens Blick. Will er sein Angebot nach letzter Nacht zurücknehmen? Wenn seine Geschwister wüssten, dass ich vielleicht ihrem Familiengeschäft geschadet habe, würden sie mir dann immer noch helfen?

Brayden nickt mir kaum bemerkbar zu, als könne er die Fragen auf meinem Gesicht lesen.

„Bist du dir sicher?", frage ich sanft.

„Auf jeden Fall." Das ist klassisches Jackson-Verhalten. Uneingeschränktes Verständnis. Ich wurde von einem Stiefvater großgezogen, der alles mit Bedingungen verknüpfte, und ich wusste nie, was ich von dieser Gruppe und ihrer Barmherzigkeit halten sollte. Aber nach dem Schlamassel, den ich letzte Nacht kreiert habe, muss ich wissen, dass er nicht die Meinung geändert hat.

„Können wir kurz allein reden?"

Er nickt und folgt mir durch den Flur. Ich wollte ihn eigentlich in mein Zimmer bringen, aber ich drehe mich im letzten Moment zu Noahs Tür, weil die Vorstellung, ihn in meinem Zimmer zu haben zu ... intim erscheint.

Ich schließe die Tür hinter ihm. „Sollen wir wo anders hinziehen?"

„Nein. Ich habe dir bereits gesagt, dass ich mir sicher bin."

„Aber nach letzter Nacht ..." Ich werde rot. Ich habe Jahre damit verbracht, meine Identität zu ändern, und ein schlechter Tag hat mich wieder zurückgeworfen und zu einem dummen Mädchen gemacht. Ich schäme mich im nüchternen, verkaterten Morgenlicht. „Ich habe einen Fehler gemacht."

Er geht zu Noahs Schreibtisch und spielt mit den Power Rangers in der Kiste. „Ich auch. Ich hätte nicht annehmen sollen ... Ich hätte nichts annehmen sollen."

„Noah und ich können etwas anderes finden. Es gibt Hotels und ein paar Wohnungen, die ... akzeptabel sind." Ich schlucke schwer, als er sich umdreht. Er weiß, was ich von den anderen Optionen halte, und ich hasse das

Mitgefühl, das ich in seinen Augen sehe. „Wir schaffen es schon."

„Ich habe Noah bereits das Schlafzimmer im Dachgeschoss versprochen, und dass ich am Weihnachtsmorgen da sein werde, um zu sehen, was der Weihnachtsmann ihm mitgebracht hat." Er zuckt mit den Schultern. „Ich halte meine Versprechen."

Ich richte mich auf und versuche, zu verstecken, wie sein Versprechen an meinen Sohn mich dahinschmelzen lässt. Brayden wissen zu lassen, was ich für ihn empfinde – dass ich leicht mehr wollen könnte –, ist gefährlich. „Danke."

„Iss etwas zum Frühstück", sagt er. „Es wird dir mit deinem Kater helfen."

„Arschloch!", ruft Levi vom Flur. „Willst du herkommen und uns mit dem Sofa helfen, oder was?"

Brayden sieht amüsiert aus, als er mich ein letztes Mal mustert, bevor er sich zu seinen Brüdern gesellt.

KAPITEL NEUN

*M*it der Hilfe der Jacksons war der Umzug viel schneller erledigt, als ich erwartet habe, und wir bringen die letzten Taschen gegen Mittag in mein neues Schlafzimmer in Braydens Haus. Ich habe das Zimmer mit den hellblauen Wänden und einem dunklen Queen-size Mahagoni-Bett ausgewählt.

„Ich habe noch eine Kiste in deinem Auto gefunden", sagt Brayden hinter mir, als er sie auf dem Bettende abstellt. „Alles in Ordnung?"

„Sie ist in tausend Stücke zerbrochen und weiß es nicht einmal."

Wenn er mich nicht einstellen wollte, will er sicherlich nicht mit mir leben. Aber die Versprechen, die er Noah gegeben hat, sind genauso wichtig für mich wie für ihn, und Noah ein tolles Weihnachtsfest zu schenken, ist mir wichtiger als mein Stolz. Ich werde die Demütigung von Braydens Mitleid ertragen können, bis die Feiertage vorbei sind. Dann werde ich eine neue Stelle und ein anderes Zuhause finden.

„Alles ist super." Ich konzentriere mich darauf, meine Kleidung zu organisieren, die ich aufs Bett geworfen habe, während mir nur allzu bewusst ist, dass Brayden immer noch im Zimmer ist.

„Ist dir schlecht? Oder ist es irgendetwas anderes?"

„Ich wünschte nur, dass du uns nicht bei dir leben lassen müsstest." Ich zwinge mich, mich umzudrehen, um seinem Blick zu begegnen, während meine Wangen vor Scham rot werden. „Ich habe ein paar Hinweise auf Häuser, die am Anfang des Jahres vermietet werden sollen."

Er runzelt die Stirn. „Du musst dich nicht beeilen. Bleib so lange, wie du willst."

„Brayden, kannst du runterkommen und den Schinken schneiden?", ruft Kathleen.

„Ich komme gleich", antwortet er, ohne den Blick von mir abzuwenden. „Sag mit Bescheid, falls du etwas brauchst, ja?"

„Klar."

„Oh, und diese Kiste war nicht beschriftet. Wo willst du sie hinhaben?" Er klappt sie auf. „Sieht aus, als wären hier ein paar Waschlappen und ..." Er hebt den Stapel hoch und sieht in die Kiste, bevor er die Augen weit aufreißt. „Oh."

Sobald ich realisiere, welche Kiste er sich ansieht, werfe ich mich auf ihn und schlage eine Hand über seine

Augen. Ich habe die Kiste absichtlich in mein Auto gestellt – getrennt von den anderen. Und ich habe sie *vergessen*.

Braydens Brust hebt sich mit Gelächter, und ich will im Boden versinken.

Brayden Jackson hat gerade meine ganze Dildokollektion gesehen.

Er zieht meine Hand sanft weg und sieht mich mit schelmischen Augen an.

Ich quieke. „Schau nie wieder in diese Kiste."

Seine Lippen zucken. „Aber ich will wirklich, *wirklich* mehr sehen."

Ich hebe den Finger. „Wag es ja nicht."

Er presst seine Lippen zusammen, der Ausdruck amüsiert. Dann, als könne er nicht anders, fragt er: „Sind sie *alle* pink?"

„Halt die Klappe!" Meine Wangen *glühen*.

Seine Stimme ist ein sanftes Flüstern, als er sagt: „Molly, deine Wangen sind fast genauso pink wie deine Dildos."

Ich haue mit beiden Händen auf seine Brust. „Das hast du gerade nicht gesagt!"

„Dildos?" Er grinst. Nicht eins dieser kleinen Lächeln oder so, sondern ein *Grinsen*, und Gott, meine chemische Anziehungskraft zu diesem Mann bringt mich fast dazu, die Schlafzimmertür zuzuschlagen und ihn wie einen Baum zu besteigen. „Wenn dir das Wort nicht gefällt, soll ich lieber–"

Ich werfe meine Hand wieder über seinen Mund. „Sag es nicht. Wir haben uns geeinigt, dass wir eine professionelle Beziehung zueinander haben. Wir wollten es beide so. Also sag es nicht. *Denk* nicht einmal daran." Dann, als würde ich jetzt erst realisieren, dass meine Handfläche auf seinen Lippen ist, und mich an die Nacht in New York erinnert, lehne ich mich zurück.

Der warme Humor in seinen Augen wird zu Hitze. „Zuallererst", sagt er, seine Stimme glatt wie Stahl, „das waren deine Regeln, nicht meine. Ich habe dir zuliebe zugestimmt, aber nicht, weil *ich* das will." Er mustert mich von Kopf bis Fuß, und mein Herz rast so schnell, dass es sich anfühlt, als würde ein Kolibri versuchen, aus meiner Brust zu entkommen. „Zweitens, auch wenn ich versuche, nicht an dich mit deinen pinken Spielzeugen zu denken, würde ich kläglich scheitern." Er senkt den Kopf, und ich kann seinen Atem gegen mein Ohr spüren, als er sagt: „Ich denke bereits daran, und das werde ich noch für sehr lange Zeit tun."

Ich schlucke schwer und versuche, die Hitze in meinem Unterleib zu ignorieren. „Ich möchte lieber, dass du das nicht tust."

Mit einem Schulterzucken, das *„Das ist aber schade"* zu sagen scheint, verlässt er mein Zimmer.

Und sobald die Tür geschlossen ist, presse ich beide Hände auf meine heißen Wangen.

Ich nehme die Kiste und verstecke sie in der Ecke des Schranks, aber ich kann nicht aufhören, daran zu denken, wie Brayden mich angesehen und was er gesagt hat. *„Ich habe dir zuliebe zugestimmt, aber nicht, weil ich das will."*

Was bedeutet das? Gestern hat er seinem Bruder gesagt, dass er denkt, ich wäre gebrochen, aber jetzt will er mehr von mir? Ich verstehe nicht, was er für mich empfindet, aber etwas sagt mir, dass es gefährlich wäre, zu versuchen, es herauszufinden.

Meine Mutter ist mit Noah auf dem Weg hierher, also schiebe ich mein Schamgefühl und die Verwirrung beiseite und gehe ins Dachgeschoss, um Noahs Bett mit der Batman-Bettwäsche zu beziehen. Ich stelle gerade seine Lieblingskuscheltiere auf, als ich Noahs freudiges Kreischen höre. Ich grinse und eile die Treppe hinunter, aber Noah ist bereits auf dem Weg und ruft: „Ich will mein Zimmer sehen!", als er an mir vorbeifliegt.

Ich lasse ihn gehen und lächele meine Mutter an, die hinter ihm die Treppe hinaufkommt. „Er hat auf jeden Fall eine Menge Energie", sagt sie stolz.

„Wie hat er sich letzte Nacht benommen?"

„Perfekt, natürlich."

Ich schnaube. Noah könnte sich noch so schlecht benehmen, und meine Mutter würde immer noch denken, dass er perfekt ist. Und ich bin so dankbar. Dankbar für ihre unerschütterliche Liebe zu ihrem Enkelsohn. „Hat er die Nacht durchgeschlafen?"

„Er ist um drei Uhr aufgewacht, um etwas zu trinken, ist dann aber sofort wieder ins Bett gegangen. Er hat mir heute Morgen geholfen, Muffins zu backen, und hat drei gegessen, als sie noch heiß waren." Sie sieht zu meinem Schlafzimmer. „Es ist nett, dass dein Chef euch bei sich wohnen lässt."

„Das ist es." *Bitte frag nicht, ob es mehr bedeutet. Bitte zwing mich nicht, über meine Gefühle für Brayden zu sprechen.*

„Ich werde ein größeres Haus finden", sagt sie und

überrascht mich. „Sobald alles mit Nelsons Erbe geklärt ist." Ihr ruhiger Ausdruck verschwindet, sobald ihr der Name meines Stiefvaters über die Lippen kommt, und ich atme zittrig ein, während meine Augen brennen.

Ich hatte geplant, es für immer geheimzuhalten, was ihr Mann mir angetan hat. Ich wollte nie, dass sie herausfindet, warum ich mich jahrelang dreckig und allein und beschämt gefühlt habe – als wäre der Missbrauch meine Schuld gewesen. Als wäre es meine Schuld, dass er mich nach Jahren erneut vergewaltigt hat, als ich mir sicher war, dass ich ihm entkommen war.

„Ich werde ein Haus finden, damit du und Noah einziehen könnt, falls ihr wollt", sagt sie mit zittriger Stimme. „Ich hätte mir vor Jahren ein Haus kaufen sollen." Ihre Augen füllen sich mit Tränen, und ich wünsche mir erneut, dass ich sie vor dem Herzschmerz der Wahrheit hätte beschützen können. „Ich will dich nie wieder enttäuschen", flüstert sie, und die Worte ziehen an einem Faden in meinem Herzen und öffnen Emotionen, die ich verstecken will.

Es war so ein schwieriges Jahr. Mein Stiefvater verschwand und wurde umgebracht – seine dreckigen Geschäfte haben ihn schließlich eingeholt. Mein Stiefbruder Colton war der Hauptverdächtige, weswegen ich zur Polizei gegangen und zugegeben habe, dass mein Stiefvater mich jahrelang sexuell missbraucht hat.

Als Teenagerin war ich immer beschäftigt, um ihn nicht sehen zu müssen. Wenn ich nicht bei einer Sportveranstaltung war oder ehrenamtlich gearbeitet habe, war ich bei Partys wie der, von der Brayden mich gerettet hat

– betrunken und am Hals des Kerls, der mir ein Kompliment geschenkt hat. Als ich zur Uni gegangen bin, habe ich alles getan, um nicht in Nelsons Haus zurückzukehren. Ich habe Praktika angenommen und bin auf Schulreisen gegangen und habe beschissene Sommerjobs gearbeitet – alles, um nicht in seiner Reichweite zu sein. Aber in dem Sommer, nachdem ich die Uni abgeschlossen habe, hat er sich betrunken und mich festgehalten.

Ich habe fast fünf Jähre lang das Resultat dieser Nacht vor allen in Jackson Harbor außer meiner Mutter versteckt. Aber auch wenn meine Mutter wusste, dass ich schwanger war, hatte sie keine Ahnung, dass es Nelsons Kind war, bis ich es vor einem Monat gestanden habe. Davor habe ich ihr versichert, dass Noah das Resultat einer betrunkenen Nacht mit Colton war, und sie hat geglaubt, dass ich ihn ihm verheimlicht habe, weil ich meinen Sohn vor Coltons Sucht beschützen wollte. Ich habe Jahre damit verbracht, sie anzulügen und mich vor allen zu verstecken, und das nur, um sie zu beschützen.

Mir steigen Tränen in die Augen, und meine Kehle schnürt sich zu, als ich ihren Arm drücke. „Es war nicht deine Schuld, Mama."

Sie öffnet den Mund, um zu antworten, wird aber von dem Geräusch von stampfenden, kleinen Füßen unterbrochen.

Noah kommt um die Ecke und greift seine Oma beim Arm. „Komm und sieh dir mein Zimmer an!"

„Dein *temporäres* Zimmer", erinnere ich ihn. „Wir sind nur zu Besuch. Wir bleiben nicht für immer."

Er ignoriert mich und zieht meine Mutter nach oben. Sie lächelt mich an, bevor sie durch die Tür verschwinden.

Da Noah beschäftigt ist, entscheide ich mich, die Zeit zu nutzen, um mein Zimmer weiter einzurichten, aber ich trete kaum durch die Tür, bevor Shay am Treppenende steht und mich zum Mittagessen nach unten ruft.

„Ich komme", rufe ich zurück.

Ich gehe nach oben, wo Mama und Noah auf dem Boden sitzen, während mein Sohn etwas spielt. „Noah? Mittagessen ist fertig."

„Ich bin nicht hungrig!", sagt er, seine Augen auf den Power Rangers, die er durch die Luft fliegen lässt.

Ich lächele, da ich weiß, dass ich ein Ass im Ärmel habe. „Es gibt Zimtrollen."

Noah lässt die Power Rangers fallen und eilt die Treppe hinunter. Meine Mutter und ich folgen ihm lachend.

„Möchtest du bleiben?", frage ich, als wir unten ankommen, aber sie schüttelt nur den Kopf.

„Ich möchte nicht stören."

„Die Jacksons sagen immer, dass es für alle Platz gibt."

Sie zieht mich in eine Umarmung. „Das ist lieb, mein Schatz, aber ich habe ein paar Dinge zu erledigen. Bis später."

Ich erwidere ihre Umarmung und küsse ihre Wange, bevor ich mich zurücklehne, als Ava sich zu uns gesellt.

„Gehst du bereits, Jill?"

Meine Mutter nickt ihrer Stieftochter zu, bevor sie sie auch umarmt. „Ich kann ein anderes Mal zum Essen bleiben", verspricht sie. Als sie sich zurücklehnt, sind ihre Augen auf Avas wachsendem Bauch. „Du siehst super aus. Geht es dir gut?"

„Wundervoll."

„Mama!", ruft Noah aus der Küche. „Kann ich *zwei* Zimtrollen haben?"

Ich deute mit dem Finger zu meiner Mutter, bevor sie Ja sagen kann. „Wag es nicht", flüstere ich, bevor ich meinem zuckersüchtigen Sohn zurufe: „Nur eine!"

Mama lacht. „Ich hab' euch beide lieb", sagt sie zu Ava und mir, bevor sie durch die Tür geht.

Ava führt mich in die Küche, wo Jake Noah hilft, seinen Teller mit Essen aufzufüllen. Ich wusste, dass die Jacksons ihr typisches Sonntagsessen nach dem Umzug abhalten würden, aber ich dachte es wäre simpler, da sie den ganzen Morgen beschäftigt waren. Stattdessen haben sie ein Festmahl zubereitet. Die Kücheninsel ist voll mit verschiedenen Gerichten – Zimtrollen, Fruchtsalat, Bratkartoffeln, Schinken, Eiern, Würstchen und genug Bacon, um eine Kaserne zu versorgen.

Ich glaube, mir hängt die Kinnlade bis zum Boden, weil Shay lacht. „Wir sind sonntags Vielfraße", sagt sie. „Du wirst dich daran gewöhnen."

„Mehr Bacon", sagt Noah zu Jake, der bereits zwei Stücke auf den Teller meines Kindes gelegt hat.

Jake verwuschelt sein Haar, bevor er noch zwei hinzufügt. „Meine Art von Junge."

Noah geht mit seinem Teller ins Esszimmer und setzt

sich neben Ethans Tochter Lilly, als Jake mir einen Teller gibt. „Da es dein erstes Jackson-Familien-Brunch ist, musst du dich vollstopfen, bis dir fast schlecht ist."

Ich hebe eine Augenbraue und öffne den Mund, um ihm zu widersprechen, aber Nic ruft vom anderen Ende des Zimmers: „Es ist Tradition."

„Na, ich kann keine Tradition brechen, oder?" Ich fülle meinen Teller und folge den Jacksons zum riesigen Esstisch. Innerhalb von Sekunden sitzen alle und essen. Noahs Lächeln wird größer und größer.

Er hatte sowas nie – ein Familienessen mit einer so großen, glücklichen ... naja, Familie. Bis vor sechs Monaten war seine einzige Familie außer mir meine Mutter, und sie hat ihn nicht so oft gesehen, weil wir so weit weg gewohnt haben. Jetzt wissen alle von meinem Sohn und wieso ich ihn geheimgehalten habe.

Sogar als mein Herz schmerzt, weil ich ihm selbst keine so große Familie geben kann, weiß ich, dass ich niemals aufhören werde, dankbar zu sein für die Jacksons, und dass sie ihm zeigen, wie eine Familie sein sollte.

„Komm schon", sagt Jake und hält mir einen Teller mit Keksen vors Gesicht. „Du musst sie versuchen."

„Es sind seine besten Kekse", sagt Ava.

Sie riechen so gut, dass mir das Wasser im Munde zusammenläuft, aber ich habe gerade so viel gegessen und will nicht wissen, wie viele Kalorien in Jakes dekadenten

Keksen stecken. Ich tätschele meinen Bauch. „Weißt du, dass ich in den paar Monaten als Verkaufsmanagerin fünf Kilo zugenommen habe? Ich bin das Gewicht immer noch nicht losgeworden."

Carter mustert mich. „Ich finde, du siehst gut aus."

Meine Wangen werden rot, aber nicht, weil Carter mir ein Kompliment geschenkt hat, sondern weil Brayden die Zähne zusammenbeißt und etwas wie eine Warnung in seinen Augen hervorblitzt, als er sich zu seinem Bruder dreht. Es ist nicht das erste Mal, dass Carter mir ein Kompliment gemacht und Brayden sich angespannt hat. Ist es Eifersucht, oder will er einfach nicht, dass sein Bruder mit jemandem zusammen ist, der so *zerbrochen* ist wie ich?

„Er meint, dass du heiße Kurven hast", erklärt Shay. „Glückliche."

Ich lache. „Aber ich habe einen Schrank voll toller Sachen, und im Moment passt mir die Hälfte des Inhalts nicht. Ich würde das Gewicht lieber verlieren, als neue Klamotten zu kaufen."

„Wieso trainierst du nicht mit uns?", fragt Carter.

„Tu es nicht!" Shays Augen sind weit aufgerissen, und sie schüttelt den Kopf. „Es ist eine Falle!"

Carter schmunzelt. „Es ist keine Falle. Meine Brüder und ich trainieren gerne gemeinsam. Es ist für unsere Gesundheit."

Shay schnaubt. „Sie halten ihr Training für Wettbewerbe. Sie glauben, dass sie professionelle CrossFit-Athleten sind oder so."

„Es macht eine ansonsten langweilige Stunde im

Fitnessstudio viel besser", sagt Jake. „Komm mit uns mit."

Ich drehe mich zu Shay. „Es kann nicht so schlimm sein."

Sie verschränkt die Arme vor der Brust. „Tu, was du nicht lassen kannst. Nach dem letzten und einzigen Mal, als ich mit meinen Brüdern Sport getrieben habe, konnte ich eine Woche lang nicht die Treppe runtergehen. Ich musste mich wie eine neunzigjährige Frau am Geländer festhalten. Und auf der Toilette zu sitzen? Gott hilf mir."

Carter verkneift sich ein Lächeln, aber Brayden sieht mich mit gehobener Augenbraue an. „Also? Kommst du mit?"

Ich zögere, denn ich wusste nicht, dass Brayden mit seinen Brüdern trainiert. Ich habe aus irgendeinem Grund immer gedacht, dass er allein trainiert – vielleicht, weil er so privat ist –, aber jetzt Nein zu sagen, würde ihm den Anschein verleihen, dass ich ihn meide. „Es macht dir nichts aus?", frage ich Brayden. Er sieht mich bei der Arbeit, jetzt wohne ich bei ihm, und dann kann er auch noch nicht einmal trainieren, ohne die arme, kaputte Molly zu sehen.

Aber Brayden zuckt mit den Schultern, als wäre es nichts. Als hätte er Ethan nicht gesagt, wie sehr er es bereut, mich eingestellt zu haben. „Ich denke, es ist eine gute Idee. Aber mach langsam, damit du dich nicht verletzt."

„Wann fangen wir an?"

Carter grinst. „Kannst du uns morgen um acht im Studio treffen?"

Ich nicke. „Klar. Ich kann kommen, nachdem ich Noah zur Vorschule gebracht habe." Ich drehe mich zu Shay. „Kommst du mit? *Bitte?*"

„Nein. Einfach ..." Sie rümpft die Nase und schüttelt den Kopf. „Nein. Und wenn du dich die nächsten zwei Tage nicht bewegen kannst, brauchst du nicht zu mir kommen."

KAPITEL ZEHN

MOLLY

Shay hatte recht. Mit ihren Brüdern zu trainieren, war eine schreckliche Idee, und mein Montagmorgen hat mit fünfzehn höllischen Minuten begonnen. *Nur fünfzehn Minuten*, dachte ich, als sie ihr Training beschrieben haben. *Wie schlimm kann es schon sein?*

Ich lasse das Gewicht fallen und breche auf dem Boden zusammen. Meine Lungen brennen, und jeder Muskel in meinem Körper schreit, dass ich eine schlechte Entscheidung getroffen habe.

Notiz an mich selbst: Man *kann* in weniger als fünfzehn Minuten sterben. Und ich bin mir ziemlich sicher, dass ich das fast bin.

„Alles in Ordnung?"

Ich öffne meine Augen und sehe, dass Carter mich

angrinst. Ich würde ihn finster angucken, aber sogar mein Gesicht schmerzt. „Sehe ich aus, als wäre alles in Ordnung?"

Er gibt mir eine Wasserflasche und lacht. „Du hast dich gut geschlagen."

„Mach dich nicht über mich lustig", murmele ich, während ich mich aufrichte. „Ihr habt viel schwerere Gewichte gehabt und doppelt so viele Wiederholungen gemacht."

„Wir machen das schon eine ganze Weile", sagt Jake von seiner Stelle am anderen Ende des Raums. Ich fühle mich etwas besser, als ich sehe, dass er auch auf dem Boden ist. Er lehnt sich gegen die Wand, und seine Brust hebt und senkt sich, als er versucht, seinen Atem zu regulieren. Brayden und Levi wischen die Gewichte bereits ab, als wären sie nur kurz Joggen gewesen oder so. „Ernsthaft, am Anfang waren wir viel langsamer, und unsere Gewichte waren viel leichter."

Shay hat recht. Ihre Brüder machen aus allem einen Wettbewerb. Und sie haben alle versucht, den anderen zu übertrumpfen, aber Levi hat letztendlich gewonnen. Wenn meine zitternden Beine ein Indiz sind, schätze ich, dass sie auch recht hatte, als sie gesagt hat, dass ich morgen nicht laufen können werde.

Ich grunze und stelle mich auf. „Ihr seid böse. Ich hoffe, ihr wisst das." Ich kann spüren, dass Brayden mich beobachtet, ignoriere ihn jedoch. Ich habe ihn ignoriert, seit ich gestern eingezogen bin. Es war ziemlich leicht, da ich gestern Abend viel auszupacken hatte, aber heute

Abend werde ich nicht dieselbe Ausrede haben. „Ich muss duschen", sage ich.

„Kommst du morgen wieder?", fragt Carter.

Ich bin mir nicht sicher, ob ich morgen aus dem Bett kommen werde, aber ich sage: „Ich würde es um nichts verpassen." Und dann gehe ich zur Umkleidekabine und schiebe die Tür auf, als Brayden mich ruft und mir ein Handtuch gibt.

Wenn mein Herz nicht immer noch vom Sport wild pochen würde, hätte ich bei seinem Anblick Herzrasen – freier Oberkörper, verschwitzt, seine Shorts tief genug auf seinen Hüften, um die Muskeln seiner Hüftknochen zu offenbaren.

Ich bedanke mich murmelnd, greife nach dem Handtuch und sehe weg. *Er denkt, du bist zerbrochen. Alles, was er für dich tut, ist aus Mitleid.*

Mir wird bei der Erinnerung übel. Oder vielleicht muss ich dem Training dafür danken.

„Ist alles okay?", fragt er.

„Ich bin nicht tot, und das ist ja wenigstens etwas."

Er mustert mich – schnell und abschätzend –, und ich bin froh, dass er nicht sehen kann, wie sehr mein Arsch brennt. Mein Stolz würde damit nicht zurechtkommen. „Ich habe dir gesagt, dass du es langsam angehen lassen sollst."

Ich zucke mit den Schultern. „Es geht mir gut. Du musst mich nicht beschützen."

Er verengt die Augen, aber ich gehe durch die Tür, bevor er etwas sagen kann.

BRAYDEN

Ralston & Taylor Investments ist zwei Häuserblöcke von Jackson Brews entfernt. Es ist viel zu gut gelegen, um mich nicht am Montagmorgen bei Jason Ralston zu entschuldigen. Leider.

Ich will mich für nichts entschuldigen. Als Jason am Samstag zu unserer Weihnachtsfeier gekommen ist, war Molly bereits betrunken, und ob sie selbst in den Rücksitz seines BMWs steigen wollte, ist unwichtig. Betrunkene Frauen können ihre Zustimmung nicht geben. Mein Vater hat mir das beigebracht, bevor ich meinen ersten Schluck Alkohol getrunken habe. Klar, es ist nicht ganz Schwarz und Weiß, wenn man mit der Frau zusammen ist oder man selbst getrunken hat – Hallo, New York? –, aber es ist eine Regel, an die ich mich gehalten habe, und ich werde verdammt sein, wenn ich dieses Arschloch nicht dafür verurteile, nicht einmal einen Moment daran gedacht zu haben, ihr mehr Alkohol zu geben, obwohl ich ihn doch bereits gewarnt hatte, dass sie betrunken war, und dann mit ihr auf dem Rücksitz seines Autos in einem kalten Parkplatz rumzumachen.

Molly weiß vielleicht nicht, dass sie Besseres verdient, aber *ich* weiß es, und ich werde sicherstellen, dass Ralston es auch weiß.

Molly verhält sich distanziert, und meine Reaktion auf Jason ist zweifellos ein Teil des Problems. Ich werde mich um ihrer willen entschuldigen. Wenn es bedeutet, dass wir obendrein auch einen neuen Investor haben, dann ist das ein Bonus.

Die Rezeptionistin strahlt mich an, als ich durch die Tür trete. „Guten Morgen. Wie kann ich Ihnen heute helfen?"

„Guten Morgen. Ich bin hier, um Jason Ralston zu sehen."

„Darf ich ihm sagen, wer hier ist?"

Lieber nicht. Aber ich lächele, als wäre ich nicht hier, um den Kerl zu sehen, den ich vor zwei Nächten geschlagen habe. „Brayden Jackson."

„Ich werde ihm Bescheid geben." Sie deutet zu den Ledersofas im Wartebereich. „Setzen Sie sich, bitte, und machen Sie es sich bequem."

Ich nicke und gehe hin, setze mich aber nicht. Ich bin zu ruhelos, um still zu sitzen, also stelle ich mich vor die Fenster und sehe auf die Straße herab, wo zugeschneite Autos vorbeirollen und warm angezogene Fußgänger zu ihren Montagmorgen-Aktivitäten eilen.

„Folgen Sie mir bitte", sagt die Rezeptionistin hinter mir.

Es ist ein Machtspielchen, realisiere ich. Er will, dass ich zu ihm gehe, statt rauszukommen, um mich zu begrüßen. Ich habe gehofft, dieses Gespräch auf neutralem Boden zu führen – in einem Café oder so –, aber mein Temperament hat mich in diesen Schlamassel gebracht, also muss mein Stolz zur Seite treten, damit ich mich darum kümmern kann.

Sie führt mich in Jasons Büro, wo er bereits hinter seinem Schreibtisch auf mich wartet. Der Raum ist voller

Holzverkleidung, hat zwei Monitore und ein paar Ledersofas auf der gegenüberliegenden Seite. „Möchten Sie
etwas trinken?", fragt sie.

Ich schüttele den Kopf. „Nein, danke."

Sie verlässt das Büro mit einem Nicken und schließt
die Tür hinter sich.

Jason steht nicht auf. Er lehnt sich in seinem Stuhl
zurück und mustert mich. Ich kann nicht anders, als
zusammenzuzucken, als ich das Veilchen unter seinem
linken Auge sehe.

Ich schiebe die Hände in die Hosentaschen und sage:
„Ich bin gekommen, um mich zu entschuldigen."

Jason hebt eine Augenbraue, sagt aber nichts.

„Ich habe Molly aus dem Auto kriechen gesehen, und
es hat schlimm ausgesehen."

„Du hast Mutmaßungen angestellt."

„Ja."

„Realisierst du, wie beleidigend das ist? Dass du
denkst, ich hätte Molly oder *irgendeine* Frau ... genötigt?"

„Du hättest an meiner Stelle dasselbe getan."

Er öffnet den Mund, um mir zu widersprechen,
schließt ihn aber wieder und seufzt, als er mit einer Hand
durch sein Haar fährt. „Gott. Wahrscheinlich."

„Es tut mir leid, dass du ein blaues Auge hast, und ich
entschuldige mich für meine Annahmen."

Jason mustert mich, bevor er langsam nickt. „Ist in
Ordnung."

„Aber ich will nicht, dass du mit Molly ausgehst." Das
war ungeplant, aber sobald die Worte über meine Lippen
kommen, bin ich froh, dass ich sie ausgesprochen habe.

Er schiebt den Stuhl zurück und steht auf. „Wie bitte?"

„Sie hatte ein schwieriges Jahr und–"

„Molly kann selbst entscheiden."

Er hat recht. Ich *weiß*, dass er recht hat. Aber das stoppt mich nicht. „Sie verdient mehr, als du ihr bieten kannst."

„Du weißt einen Scheißdreck über mich."

„Du hast einen *Ruf*."

Er grunzt. „Sie auch."

Jede Zelle in meinem Körper will, dass ich mich auf ihn werfe, aber ich zwinge mich, stehen zu bleiben. Diesen Hundesohn zu schlagen, wird nicht helfen oder Molly dazu bringen, nicht mehr wütend zu sein oder Arschlöcher dazu bringen, Annahmen über sie anzustellen. „Das hast du nicht ernsthaft gesagt." Meine Stimme ist todernst.

Er kommt langsam um seinen Tisch herum und stellt sich vor mich. Als er anhält, schiebt er die Hände in seine Hosentaschen und spiegelt meine Stellung. „Weißt du, was der Unterschied zwischen dir und mir ist, Jackson?"

Ich halte seinem Blick stand, antworte jedoch nicht.

„Du willst so tun, als hätte sie keinen Ruf – dass die hübsche Blondine, der du hinterherläufst, nicht dasselbe Mädchen ist, dass vor der Hälfte der Jungs in der Schule auf die Knie gegangen ist."

Adrenalin pumpt durch meine Adern, und meine Hände ballen sich zu Fäusten. *„Hör auf."*

„Aber mich", sagt er, seine Stimme tief, „interessiert ihre Vergangenheit einen *Scheißdreck*."

„Dich interessiert nichts außer deinem Schwanz." Die Sache läuft nicht wie geplant. Ich bin hergekommen, um mich zu entschuldigen, aber jetzt tut mir sein blaues Auge nicht mehr leid. Ich würde ihm viel lieber das dazu passende Veilchen verpassen.

Sein Mund krümmt sich zu einem Grinsen. „Wir können nicht alle so perfekt sein wie du, Brayden. Und wenn du versuchst, Molly zu etwas zu machen, das sie nicht ist, glaube ich, dass du herausfinden wirst, dass sie sich genauso aus deinem Leben entfernen kann wie meine Cousine."

Ich zucke zusammen, als er Sara erwähnt, was er gewollt hat.

„Ist das wirklich, was du willst?", fragt Jason. „Dass eine weitere Frau sich fühlt, als müsse sie verschwinden, um dir und deinen unmöglichen Maßstäben zu entkommen?"

Er versucht, mich auf die Palme zu bringen. Versucht, mit mir zu kämpfen, weil Molly nicht hier ist, und er zurückschlagen kann. Aber seine Worte – die Erwähnung von Sara – lässt meine Wut abebben.

Ich drehe mich um und verlasse wortlos sein Büro.

KAPITEL ELF

BRAYDEN

„*W*illst du mit mir einen Film gucken?" Molly sitzt am Küchentisch mit ihrem Laptop und einer Tasse Tee und hat sich nicht von der Stelle bewegt, seit sie Noah vor eineinhalb Stunden ins Bett gebracht hat. Ich habe seither ein halbes Dutzend Gründe gefunden, um hereinzukommen, und sie hat es geschafft, den Augenkontakt jedes Mal zu meiden. Wenn ich versuche, ein Gespräch zu beginnen, bekomme ich einsilbige Antworten. Sie ist bereits seit der Weihnachtsfeier so distanziert, aber heute Abend war ihre Stille bemerkenswert.

„Nein, danke", sagt sie, ohne mich anzusehen.

Ich rolle mein Bier mit beiden Händen, während ich mich um Geduld bemühe. „Wirst du mir sagen, wieso ich nur Stille bekomme, oder soll ich raten?"

Mollys Tasse fällt auf den Tisch, bevor sie den Laptop schließt und mich anblinzelt. „Ich rede doch mit dir."

„Tust du das? Seit du eingezogen bist, meidest du es, mehr zu sagen, als du musst." Gott, ich bin so kindisch. Ich hätte den Mund halten und sie mich ignorieren lassen sollen, aber ich hasse es. „Geht es um Samstag? Weil ich Jason geschlagen habe?" Entweder das, oder mein Kommentar über ihre pinke Spielzeugsammlung hat sie verärgert.

Sie beißt sich auf die Unterlippe, als sie mich mustert, aber wenigstens sieht sie mich diesmal an im Vergleich zu der meisterhaften Ignoranz, die ich die letzten zwei Nächte gesehen habe. „Ein bisschen." Sie schluckt schwer. „Ich wollte bis nach Weihnachten nichts sagen, aber ich schätze, es ist nur fair, dich wissen zu lassen, dass ich nach einer neuen Stelle suche."

Angst lässt meinen Bauch verkrampfen. *Sie verlässt mich.* Ich zwinge mich, meinen Ausdruck neutral zu halten. „Wieso?"

Sie bleibt mehrere Herzschläge still, und ich kann sehen, wie sie mit sich ringt, während sie entscheidet, wie viel sie mit mir teilen will. „Ich habe dich am Samstag mit Ethan in deinem Büro gehört."

Ich erstarre, das Bier auf halbem Weg zu meinem Mund, bevor ich es langsam abstelle. *Scheiße.* Wenn sie gehört hat, was ich mit Ethan gesprochen habe, dann weiß sie, was ich für sie empfinde. Sie weiß, dass ich eine persönliche Beziehung zu ihr aufbauen will, obwohl wir miteinander arbeiten. Aber was zur Hölle, ich habe es ihr gesagt, als ich ihre kleine Kollektion gefunden habe, oder? „Hast du das?"

„Ja, und ich hätte die Stelle niemals angenommen, wenn ich gewusst hätte, dass du mich nicht wolltest."

Das ... *Was?* „Was genau hast du gehört, Molly?"

Sie mustert mich und schluckt schwer. „Ich habe gehört, wie er zu dir gesagt hat, dass du mich nicht einstellen wolltest. Und dass du dir wünschst, es nicht getan zu haben."

„Gott." Ich reibe mir über die Stirn. „Hast du den Rest gehört?"

„Wieso sollte ich das wollen?" Ihre blauen Augen füllen sich mit Tränen. „Ich bin wirklich stolz auf die Arbeit, die ich geleistet habe − als Verkaufsmanagerin und Bankettzentrummanagerin −, aber ich werde nicht an einer Stelle festhalten, wenn man mich dort nicht will. Nach Weihnachten werde ich dir helfen, meinen Ersatz einzuarbeiten, dann bin ich weg."

„Du brauchst diese Stelle." Ich lache, weil es so lächerlich ist. „Mehr als das, das Zentrum und die Ange-stellten brauchen dich. *Ich* brauche dich."

Sie blinzelt mich an, als würden diese Worte sie über-raschen. Ich muss der beschissenste Chef der Welt sein, wenn sie nicht versteht, was für eine Bereicherung sie ist.

„Ich kann dich nicht aufhalten, wenn du kündigen willst, aber tu es nicht, weil du denkst, dass es das ist, was ich will oder was fürs Geschäft am besten ist."

Sie schüttelt den Kopf. „Ich brauche dein Mitleid nicht, Brayden. Es ist wie Samstagnacht, als du ange-nommen hast, dass du mich beschützen musstest und−"

„Du warst betrunken, und ich habe ihm gesagt, dass er nichts anfangen sollte. Ich habe ihm gesagt, dass du betrunken warst, aber der Hundesohn hat dich trotzdem in sein Auto geschleppt."

Sie schiebt sich langsam vom Tisch und steht auf. „Du hast *was*?"

„Komm schon, Molly. Du hast Tequila gesüffelt, als wäre es deine Berufung. Du hättest dich nicht von ihm berühren lassen, wenn du nüchtern gewesen wärst, und das wusste er."

Sie kommt auf mich zu. „Bist du dir da so sicher, Brayden?"

„Ja, das bin ich. Du warst pissig und–"

Sie haut mit beiden Handflächen auf meine Brust ein. „Du weißt einen Scheißdreck über mich, und du hast kein Recht, ihm zu sagen, dass er mich anfassen oder nicht anfassen kann. Gott. Ich bin eine erwachsene Frau. *Ich* habe entschieden, zu viel zu trinken. Ich habe entschieden, mit ihm ins Auto zu steigen, und als ich meine Meinung geändert habe, habe *ich* entschieden, auszusteigen."

Du hast geweint. Ich schlucke die Worte hinunter und begegne der Wut in ihren Augen mit einem sturen Blick. „Jason hat einen Ruf. Er verführt Frauen und lässt sie fallen. Soll es mir leidtun, dass ich mich um dich sorge?"

„Ich will, dass du dich dafür entschuldigst, dich in mein Leben eingemischt zu haben. Du hattest nicht das Recht. Ich will nicht, dass du für mich Männer schlägst, und ich will nicht, dass du mir eine Stelle gibst, die du mir nicht geben willst. Hör auf, mich zu behandeln, als wäre ich eine zerbrechliche Puppe, die beschützt werden muss."

Ihre Hand schlägt wieder auf meine Brust, und ich balle meine Hände zu Fäusten, um sie nicht in meine Arme zu ziehen. „Ich habe nie gesagt, dass du zerbrechlich bist."

„Du hast recht. Du hast nicht gesagt, dass ich zerbrechlich bin. Du hast gesagt, dass ich *zerbrochen* bin."

Ich schließe die Augen und versuche, mich an meine genauen Worte zu erinnern und mir vorzustellen, wie es sich für sie angehört haben muss. Vor weniger als zwei Monaten habe ich den wahren Grund herausgefunden, wieso sie Jackson Harbor während der letzten acht Jahre gemieden hat. Sie hat nicht nur versucht, Noah vor allen geheimzuhalten. Sie hat ihren Sohn vor dem Mann beschützt, der sie den Großteil ihrer Kindheit missbraucht hat. Der Mann, der sie vergewaltigt hat, als sie von der Uni nach Hause gekommen ist. „Du hast ein brutales Jahr hinter dir, und ein Teil davon ist geschehen, weil *ich* dich zurückgebracht habe." Es ist wahr, wenn auch nicht die ganze Wahrheit. Ich hatte genug Zeit, um meine Rolle in ihrer Rückkehr zu bereuen. „Wenn du in New York geblieben wärst, wäre diese Scheiße mit deinem Vater nie passiert."

„Denkst du nicht, dass ich das weiß?", flüstert sie. „Denkst du nicht, dass ich realisiere, dass meine Rückkehr Colton ausrasten lassen hat? Aber es war meine Entscheidung, Brayden. Nicht deine. Ich hasse es, dass ich deine Familie in dieses Chaos involviert habe, als ich hergezogen bin, und es tut mir leid, dass Colton seinen

Süchten nachgegeben hat, nachdem er von meiner Vergangenheit erfahren hat, aber es war *meine* Entscheidung. Es war nicht deine Schuld."

„Du hattest eine schreckliche Kindheit. Wenn ich in New York gewusst hätte, was du durchgestanden hast, hätte ich nie–"

„Ich bin *froh*, dass du es nicht wusstest." Sie wirft eine Hand über ihren Mund, als würde sie versuchen, sich davon abzubringen, mehr zu sagen. „Ich wünsche, du hättest es nie erfahren."

Ich versuche, mir ihre Worte nicht zu Herzen zu nehmen, aber es schmerzt. Ich will, dass sie mich reinlässt – mir näherkommt –, und sie wünscht sich, dass ich nie über ihre Vergangenheit erfahren hätte. *Eine Erinnerung an eine dieser Grenzen, die sie gezogen hat, Jackson. Angestellte. Freundin. Nicht mehr.* „Bitte such nicht nach einer neuen Stelle – zumindest nicht wegen dem, was ich Ethan gesagt habe. Du bist unersetzlich."

„Kannst du mir in die Augen sehen und sagen, dass du mich nicht aus Mitleid für dich arbeiten lässt?"

Ich zögere nicht, bevor ich ihrem Blick begegne. „Ja. Ich habe dir das Vorstellungsgespräch aus Mitleid gegeben, ja, aber ich habe dich eingestellt, weil ich glaube, dass du eine gute Bereicherung bist. Ich habe dich gebeten, diese Stelle anzunehmen, weil ich mir sicher war, dass du in Jackson Harbor eine noch größere Bereicherung wärst. Und das bist du. Du bist verdammt gut, und wenn es nach mir geht, wirst du sehr lange für mich arbeiten."

„Also ging es um *mich* und nicht die Firma, als du

gesagt hast, dass du dir wünschst, mich nicht eingestellt zu haben?"

Um dich. Um mich. Um uns. „Ich hätte es nicht so ausdrücken sollen, wenn ich eigentlich sagen wollte, dass ich mir wünsche, dass du ein anderes Leben gehabt hättest – einfacher."

Sie haut mir auf den Arm. „Verdammt, Brayden. Ich war krank vor Sorge, dass du mich nicht mehr willst."

Das Problem war immer, dass ich dich zu sehr will. Wie kann sie das nicht wissen? Aber ich zucke mit den Schultern. „Ich schätze, du hättest bleiben sollen, um das ganze Gespräch zu *hören.*" Aber wenn sie das getan hätte, würde sie wissen, was ich für sie empfinde. Das würde sie verschrecken, und wenn ihre Wut über die letzten zwei Tage mir etwas gezeigt hat, dann ist es, dass ich sie nicht verschrecken will. Ich werde nehmen, was auch immer Molly mir anzubieten hat.

MOLLY

Brayden arbeitet *immer*.

Ich wusste, dass er viel arbeitet, aber ich hätte nie erraten, wie schwer es ihm fällt, aufzuhören, nachdem er nach Hause kommt.

Ich stecke den Kopf durch die Tür und finde ihn genau dort, wo ich ihn erwarte – vor seinem PC mit einem Notizbuch. „Willst du mit uns zu Abend essen?", frage ich. Er hat sich seit unserem Gespräch gestern komisch verhalten, und ich will es wieder gut machen. Einfacher. „Es ist nichts Tolles. Pommes, Hühnchen und Salat."

„Oh, hi. Tut mir leid, ich schätze, ich habe vergessen, dass ich Besuch habe."

Ich lächele. „Du musst uns nicht unterhalten, aber ich dachte, du könntest eine Pause gebrauchen."

„Klingt super. Lass mich alles ausmachen, und dann werde ich dir helfen."

„Schon gut. Du lässt uns bei dir leben. Ich kann dir wenigstens Abendessen kochen."

Er klickt seine Maus ein paar Mal, bevor er aufsteht und die Stirn runzelt, als er mein Jackson Brews T-Shirt sieht – das neue Design, das er hasst. „Oh Gott, die Brüder", murmelt er. „Was soll das bedeuten?"

Ich lache. „Ah, du willst Komplimente, oder?"

Seine Lippen zucken, und ich erwische mich dabei, wie ich den Atem anhalte und auf eins seiner seltenen Lächeln warte, aber es kommt nicht, also muss ich mich mit dem Strahlen in seinen Augen zufriedengeben. „Nur, wenn du mir eins machen willst."

„Ja, ja, tu so, als wären all die Frauen in der Stadt nicht verrückt nach den Jackson-Brüdern. Ihr seid heiß. Alle denken das."

„Alle? Was denkst du?"

Ich zucke mit den Schultern. „Objektiv gesehen, bin ich überrascht, dass die Frauen nicht in Flammen aufgehen, wenn ihr alle im selben Raum seid. Vor allem im Fitnessstudio." Weil sie dort schwitzen und keine T-Shirts tragen und ... *Heilige Scheiße*, ich könnte Stunden damit verbringen, einen verschwitzten Brayden mit freiem Oberkörper anzustarren. Das Versprechen dieses Anblicks ist das Einzige, was mich dazu gebracht hat, heute Morgen diese Hölle durchzustehen, statt zu Hause eine Tasse Kaffee zu trinken.

„Alle? Kein bestimmter Bruder?"

Ich schnaube. „Du hast keinerlei Schamgefühl, oder?"

Er mustert mich. „Vielleicht habe ich bemerkt, wie du Carter heute Morgen im Studio angestarrt hast."

Ich verdrehe die Augen. „Ich habe ihn *nicht* angestarrt. Ich habe finster dreingeblickt. Gott. Der Mann hat versucht, mich umzubringen. Schon wieder." Heute war mein dritter und schlimmster Tag. Wir haben mit schweren Kniebeugen begonnen – die meine Oberschenkel und Beine zerstört haben –, und dann sind wir Seil gesprungen, haben Kettlebells benutzt und Walking Lunges gemacht. Ich habe gedacht, es würde einfach sein, da die Gewichte leicht waren, aber ich lag so falsch. „Dieses Training sollte mich besser schnell heiß machen, ansonsten werde wieder zum Faultier."

„Wer will jetzt Komplimente?"

„Ach, halt den Mund. Die Waage lügt nicht."

Er mustert mich langsam von meinen Brüsten weiter zu meiner Yogahose, die ich angezogen habe, als ich heute nach Hause gekommen bin und meinen Zehen. Dann gleitet sein Blick langsam wieder nach oben. Meine Haut kribbelt unter meiner Kleidung, als würde jede Zelle die Hand heben und bitten, als nächstes untersucht zu werden. Und als er endlich meinem Blick begegnet, öffnet er den Mund, aber bevor er etwas sagen kann, kommt Noah in sein Büro.

„Rayden, guck was ich gemalt habe!" Er schiebt ein Blatt in Braydens Hände, bevor dieser sich auf die Knie hockt und das Bild ansieht. „Oh, wow. Erklär es mir. Wer sind diese Leute?"

„Du und ich." Er deutet auf die Zeichnung. „Und das ist der Weihnachtsmann."

„Das ist super. Du bist ein sehr talentierter Künstler."

„Du kannst es behalten", sagt Noah, seine kleine Brust vor Stolz ganz aufgeblasen.

„Bist du dir sicher?"

Noah nickt aufgeregt, und Brayden bringt das Bild zu dem Korkbord zwischen den großen Fenstern. Es ist gefüllt mit Arbeitsplänen, Marketingstrategien und Dokumenten, aber Brayden hängt das Bild meines Sohns genau in die Mitte.

Ich lege meine Hand auf meine Brust, als ein seltsames Gefühl in mir aufsteigt. Als wäre etwas in mir, wachsend und erstarrend. Hoffnung und Dankbarkeit und Angst.

„Ich werde es hier hinhängen, damit ich mich daran erinnere, dass wir bald Weihnachten haben, wenn ich von der Arbeit gestresst bin." Er beugt sich vor und hebt meinen Sohn in seine Arme. „Sollen du und ich das Hühnchen grillen, damit deine Mama sich bis zum Abendessen entspannen kann?"

„Kann ich dir helfen?", fragt Noah freudig.

„Ja, Kumpel. Du musst vorsichtig sein beim Grillen, aber du kannst aufpassen, damit ich nichts verbrenne."

Noah wickelt seine Arme um Brayden, und sie verlassen das Büro, um in die Küche zu gehen. Mein Herz schwillt an, während meine Beschützerinstinkte in mir erwachen. Brayden würde Noah nie absichtlich weh tun – das weiß ich ganz genau –, aber irgendwann werden Noah und ich ausziehen, und Brayden wird mit einem Leben weitermachen, in dem mein Sohn keine Rolle spielt. Ich will meinen Jungen vor dem Herzschmerz beschützen, aber ich kann ihn nicht davon abhalten, eine Verbindung zu Brayden aufzubauen, während wir hier sind. Er hat sich zu ihm hingezogen gefühlt, seit wir nach Jackson Harbor gezogen sind und Noah ihn zum ersten Mal getroffen hat. Ich weiß, dass Noah mehr Leute in seinem Leben braucht. Mehr als seine Mama und Oma.

Ich folge den Jungs in die Küche, wo Brayden Noah bereits auf einen Hocker vor der Spüle gesetzt hat und ihm hilft, die Kartoffeln zu waschen.

Ich öffne den Kühlschrank, um alles für den Salat rauszuholen.

„Was machst du?", fragt Brayden, als ich die Tomaten auf die Arbeitsfläche stelle.

„Helfen?"

Er schüttelt den Kopf. „Schenk dir ein Glas Wein ein und setz dich hin. Noah und ich schaffen das, nicht wahr, Kumpel?"

„Wir schaffen das!", stimmt Noah zu.

KAPITEL ZWÖLF

*M*olly ist immer bezaubernd, aber ich glaube, dass ich der entspannten Molly, die bald ins Bett geht, am schwersten widerstehen kann.

Sie sitzt mit einem Buch auf meinem Sofa, trägt immer noch dieses Jackson Brews Brüder T-Shirt und die schwarze Yogahose, die die Kurve ihres Arsches umschmeichelt, und ihr blondes Haar ist in einen unordentlichen Dutt gezogen. Sie fühlt sich nach vier Tagen in diesem Haus endlich wohl. Die ersten drei Nächte hat sie um Erlaubnis gebeten, um den Fernseher anzuschalten oder mit einem Buch im Wohnzimmer zu sitzen – immer besorgt, dass sie mich stören würde. Aber heute Abend, nachdem sie Noah ins Bett gebracht hat, hat sie sich ihr Buch geschnappt und es sich auf dem Ledersofa bequem gemacht, die Beine vor sich ausgestreckt, die Füße nackt.

Das Abendessen war ein Erfolg, aber noch wichtiger – Molly hat sich hingesetzt und Noah und mir erlaubt, für sie zu kochen. Sie hat darauf bestanden, beim Putzen zu helfen, aber wenigstens konnte ich sie überreden, mich kochen zu lassen. Abgesehen von den dreißig Minuten, wenn sie sich mit einem Buch oder vor dem Fernseher entspannt, ist sie immer in Bewegung, und ich sehe es als persönlichen Sieg an, dass ich sie dazu bringen konnte, sich vor dem Abendessen zu setzen.

Sie hebt ihren Blick von ihrem Buch und sieht mich mit zusammengekniffenen Augen an. „Wieso guckst du mich so an?"

Weil du wunderschön bist. „Wie?"

Sie runzelt die Stirn und legt ihr Buch weg. „Als würdest du versuchen, mich zu entziffern."

Ich versuche nicht, zu verheimlichen, dass ich sie angestarrt habe. Wieso auch? Wenn sie in meiner Nähe ist, kann ich nicht anders, als sie anzusehen. „Ich frage mich nur, wie du es machst. Supermama, Angestellte des Jahres, der Mittelpunkt jeder Party – du bist alles für alle."

Sie schnaubt. „Glaub mir, ich versage oft. Aber ich werde dich an meinen Angestellte des Jahres-Titel erinnern."

„Oh, natürlich. Ich habe bereits eine Trophäe bestellt."

„Ha! Da bin ich mir sicher. Zu schade, dass ich nicht da sein werde, um es zu sehen."

Ich runzele die Stirn. „Ich dachte, wir hätten das besprochen. Planst du immer noch, mich zu verlassen?" Meine Stimme bricht etwas beim letzten Wort, und ich fühle mich verletzlich. *Geh nicht. Gott, bitte verlass mich nicht.*

„Nein, das meine ich nicht." Sie legt den Kopf zur Seite und reibt sich die Schulter. „Ich werde nicht da sein, weil du und deine Brüder versucht, mich mit dem CrossFit-Training umzubringen."

„Muskelkater?"

Sie schließt die Augen, bevor sie nickt. „So schlimm."

„Ich wollte es mir im Whirlpool bequem machen." Ich halte ihren Blick. „Du kannst dich gerne anschließen."

„Meine Badeanzüge sind im Lagerraum."

Ich hebe eine Augenbraue. „Wer hat gesagt, dass du einen Badeanzug brauchst?"

Es ist zu lustig, zu sehen, wie rot sie wird, und wie ihr Mund sich öffnet und wieder schließt, bevor sie sich an ihre Regeln erinnert und das Kinn hebt. „Wir steigen nicht nackt in den Whirlpool."

Ich würde mich beleidigt fühlen von ihrem kalten Ton, wenn ich nicht die Hitze in ihrem Blick sehen könnte. Dieselbe Hitze, die ich gesehen habe, als ich ihr sagte, dass ich an ihre pinke Dildokollektion denken werde. „Shay hat einen Bikini in der Waschküche. Ich bin mir sicher, dass es ihr nichts ausmacht, ihn dir auszuleihen."

Ich belasse es dabei und gehe in mein Schlafzimmer, um meine Schwimmshorts rauszuholen. Wir haben einen

Zaun im Garten, und der Whirlpool steht genau neben der Tür, also ziehe ich mir nur Shorts an, wenn ich Besuch habe. Vielleicht wird sie sich zu mir gesellen, vielleicht aber auch nicht, aber ich werde sie nicht unter Druck setzen. Ich bin mir sicher, dass wir beide wissen, dass ich sie nicht nur wegen ihres Muskelkaters bei mir haben will.

Ich werfe mir einen Bademantel über und gehe zur Terrasse. Ich will fast eine Flasche Wein und ein paar Gläser mitnehmen, aber das würde sie eher verschrecken als entspannen, also widerstehe ich der Versuchung. Ich mache das große Licht aus und die kleinen Laternen an, die von einer Lampe bis zur andern hängen.

Die Nachtluft ist kalt, aber nicht beißend oder windig. Mein Lieblingswetter für den Whirlpool.

Ich ziehe das Verdeck weg und mache die Düsen an, bevor ich einsteige und mich in die Ecke setze. Ich schließe die Augen, um mich davon abzuhalten, die Tür zu beobachten – und zu wünschen, dass sie auftaucht – und lehne meinen Kopf gegen die Kante, als das Wasser um mich herumwirbelt und die Düsen meine verspannten Muskeln bearbeiten.

Ethan hat recht damit, dass ich in einer Zwickmühle stecke. Ich wünschte, Molly würde nicht für mich arbeiten, damit sie mir eine Chance gibt, aber wenn sie nicht für mich arbeitet, würde ich sie vielleicht nie mehr sehen, und Molly nicht in meinem Leben zu haben ist schlimmer, als ihr Chef oder Freund zu sein.

„Es ist eiskalt." Molly tanzt auf dem kalten Asphalt, ein Badetuch um ihre Brüste gewickelt.

Ich verkneife mir das Lächeln. „Dann komm rein."

Sie beginnt, das Badetuch zu entfernen, bevor sie erstarrt. „Schließ deine Augen zuerst."

„Du hast den Bikini nicht gefunden?" Ich schlucke schwer und erinnere mich daran, dass ich mit einer hübschen, nackten Frau hier sitzen kann, ohne zu versuchen, sie zu berühren.

„Doch, aber Shay ist ... *kleiner* als ich, und er passt nicht richtig."

Meine Lippen verziehen sich zu einem Grinsen. „Klingt vielversprechend."

„Halt die Klappe und mach die Augen zu, bis ich im Wasser bin."

„Wie du willst." Ich schließe meine Augen, aber all meine anderen Sinne übernehmen die Oberhand. Das Wasser wirbelt um mich herum und steigt etwas an, als sie sich setzt.

„Du kannst sie jetzt öffnen."

Ich tue, was sie sagt und mustere sie im sanften Licht. Sie hat recht. Der Bikini passt ihr nicht. Sie und Shay haben vielleicht untenrum ähnliche Maße, aber Molly hat mehr Kurven als meine Schwester, und während der Bikini die privaten Teile ihrer Brüste versteckt, tut das Oberteil nicht viel, um sie zu halten. Ich grinse. „Ich finde, er passt perfekt."

„Männer", murmelt sie und drückt den Rücken durch.

Ich lache dankbar, dass alles wieder gut ist. Ich habe Glück, dass sie nicht länger wütend ist, nachdem sie mein Gespräch mit Ethan gehört hat. Nachdem ich gesagt habe, dass sie *zerbrochen* ist. Ich realisiere, wie es sich für sie angehört haben muss. Wie das Wort sich für sie angefühlt haben muss. *Zerbrochen.*

Aber Gott, sind wir das nicht alle?

Sie drückt ihren Nacken mit einem sanften Stöhnen, das das Blut in meinen Adern kochen lässt. „Ich komme morgen nicht mit, aber sag Carter, dass es daran liegt, dass sein Training zu einfach ist."

Ich schmunzele. Sie hat mich richtig überrascht, als sie das Training, dass meine Brüder entwickelt haben, mitgemacht hat. Sie ist knallhart und wetteifernder, als sie zugeben will. „Ich werde gerne über deine Abwesenheit lügen, wenn du dich besser fühlst. Er wird mich natürlich durchschauen."

„Natürlich." Sie sinkt seufzend etwas tiefer und hebt ihr Gesicht zum Nachthimmel. Sie drückt den Rücken durch und streckt ihre langen Beine, bis ihre Füße gegen meine streifen. Und dann quietscht sie auf und zieht sie zurück. „Tut mir leid."

„Angst, dass ich giftig sein könnte?"

„Nein. Ich ..."

Ich lehne mich vor und greife mit einer Hand nach vorne, bis ich auf ihren Fuß stoße. Sie sagt nichts, sieht mich aber vorsichtig an, als ich ihn in meinen Schoß ziehe und meine Daumen in die Ferse schiebe.

Sie keucht, dann stöhnt sie – ein langes, tiefes Geräusch, das mich daran erinnert, dass ich vorsichtig sein muss, wo ich ihren Fuß platziere, damit ich nicht wie ein Arschloch dastehe.

MOLLY

Ich schließe die Augen und lasse Brayden meine Füße massieren. Ein Teil von mir schreit, dass es zu intim ist. Dass Braydens Berührung zu mir in sein Bett führen könnte. Aber der Rest von mir sagt dem kleinen Teil, dass er die Klappe halten und Braydens starke Hände genießen soll.

Er ist fertig mit einem Fuß und zieht den anderen in seinen Schoß, um seine Massage zu wiederholen. Vielleicht sollte ich mich für mein Stöhnen schämen, aber jeder Muskel in meinem Körper schmerzt, und es ist mir egal, wie ich klinge.

„Wenn du herkommst, kann ich deine Schultern massieren", sagt Brayden, als er meinen Fuß loslässt.

Mein Körper bebt bei dem Versprechen dieser Worte. Will er, dass ich auf seinem Schoß sitze oder ...?

Er muss das Zögern in meinen Augen sehen, weil er nur lächelt. „Du kannst neben mir sitzen." Er zieht eine Hand durch sein Haar, und danach stehen seine Haare in alle Richtungen. Ich mag ihn so. Ein bisschen verwuschelt. Ein bisschen nervös. Er ist immer so ernst, und ich realisiere, wie sehr ich diese Version von Brayden mag. Das einzige Problem ist, zu versuchen, mich daran zu erinnern, dass er immer noch mein Chef ist. Tabu.

„Massierst du all deine Angestellten?", frage ich, als ich auf seine Seite rutsche, um neben ihm zu sitzen. Ich drehe mich, um ihm den Rücken zuzuwenden, aber ich hasse es, sein Gesicht nicht sehen zu können.

„Nur den besten", murmelt er.

Ich schließe meine Augen, sobald er meine Schultern berührt. Die Hitze seiner rauen Hände lässt meine Nervenenden entflammen und erinnert mich an unsere gemeinsame Nacht – seine Hände auf meinen Brüsten, Hüften und meiner Taille, als ich auf ihm saß.

Ich kann diese Nacht nicht bereuen, und ich wünsche plötzlich, dass er es weiß. Dass er weiß, dass es eine meiner Lieblingserinnerungen ist.

Seine Berührung ist erst sanft, und ich frage mich, ob seine Gedanken in dieselbe Richtung gegangen sind wie meine. Er massiert die verspannten Muskeln unter meiner Haut sanft, bevor er es mit meinem Nacken wiederholt. Ich drehe den Kopf zur Seite, als er den Bereich zwischen Nacken und Schulter reibt und dort etwas fester zudrückt. Seine Berührung lässt all meine Verspannung verfliegen, als ich an seinen Mund auf meiner Haut denke und seine geflüsterten Worte in meinem Ohr. Meine Gedanken an die Nacht sind wie Elektrizität unter meiner Haut, sobald ich sie an die Oberfläche lasse, aber jetzt, während er mich berührt und meine Muskeln massiert und mich an die Stärke seiner Hände und seinen Mund erinnert, weiß ich, dass er mich ins Bett kriegen könnte.

Ich höre das Stöhnen, bevor ich realisiere, dass es meins ist, und Brayden schmunzelt, als ob er versteht, was diese Erinnerungen mit mir machen – was seine Berührung mit mir macht.

„Ich muss eine Massage buchen", sage ich leise. Falls er nicht glaubt, dass mir diese Geräusche entkommen, weil meine Muskeln sich langsam entspannen, hinterfragt er mich nicht.

„Wie oft tust du das?", fragt er. „Massagen buchen?"

Es ist ein Luxus, den ich mir nur erlaubt habe, wenn ich ihn geschenkt bekommen habe. „Vielleicht einmal pro Jahr, wenn ich Glück habe?"

Seine Daumen streichen über meine Wirbelsäule, bevor sie sich in die Muskeln zu beiden Seiten drücken. „Du brauchst eine."

Ich grunze. „Vielleicht werde ich sie mir vom Weihnachtsbonus gönnen." Die Worte kommen in einem heißen Flüstern raus, weil ... Gottverdammt, seine *Hände*.

„Wieso habe ich den Eindruck, dass du und der Weihnachtsmann beschlossen habt, den Bonus für Noah zu verwenden?"

Mein Lachen ist leer, aber ich sehe ihn über meine Schulter an. „Kannst du es mir übelnehmen?"

„Überhaupt nicht. Ich würde dasselbe tun." Er drückt meine Schulter. „Wenn du willst, können wir reingehen, und ich kann weitermachen." Meine Augen verengen sich, aber seine Lippen zucken. „Nur eine Massage unter Freunden, Molly. Keine Erwartungen."

Aber ich will mehr. Auch wenn ich das nicht sollte. Auch wenn ich mir versprochen habe, dass ich es nicht tun werde.

Ich schlucke schwer und nicke, bevor ich mich von ihm wegbewege, aus dem Whirlpool steige und mir viel zu bewusst wird, wie klein Shays Bikini ist und gerade so an meinen Brüsten hängt. Ich greife nach meinem Handtuch, und mir ist allzu bewusst, dass Braydens Augen an mir kleben. Gehe ich in sein Zimmer oder meins? Vielleicht auf die Couch?

Die Fragen wirbeln durch meinen Kopf und machen mich heiß genug, dass ich die kalte Winterluft kaum auf meiner nassen Haut spüre.

Er scheint die Frage in meinen Augen zu sehen. „Geh in mein Zimmer", sagt er rau. „Mein Bett ist höher und wird es mir einfacher machen."

Ich drehe mich, um sein Gesicht zu sehen. „Bist du dir sicher?"

„Ich war mit einer Frau zusammen, die als Massagetherapeutin gearbeitet hat. Sie hat mir ein paar Dinge beigebracht." Sein Ausdruck ist unlesbar. „Wie du willst. Kein Druck."

Ich schlucke. Schwer. Mein Körper fleht mich praktisch an, in sein Bett zu klettern. Für die Massage, die er anbietet. Und für mehr.

Ich habe die Grenze zwischen uns gezogen. Er ist mein Chef. Wir sind Freunde. Und jetzt ... Mitbewohner. Überschreiten wir diese Grenze, wenn ich ihn meinen Rücken massieren lasse?

„Sag mir, was du denkst", bittet er mich.

Ich wünschte, es wäre anders. Ich wünschte, ich wäre anders. „Ich glaube, du hast recht was meinen Weihnachtsbonus angeht, also hoffe ich, dass deine Freundin eine gute Lehrerin war." Ich grinse, als wäre ich nicht total heiß von dem, was mich erwartet. „Ich gehe schon einmal rein."

Ich ziehe das Badetuch fest und rase ins Haus und in mein Zimmer. Ich bin mir sicher, dass er mich nicht in einem nassen Bikini auf seinem Bett will, also trockne ich mich ab und ziehe ein dünnes Top und eine Shorts an – genug, um bedeckt zu sein, aber nicht zu viel, um im Weg zu sein.

Als ich sein Zimmer betrete, trägt er immer noch kein T-Shirt, hat seine Badeshorts durch eine Pyjamahose ersetzt. Seine Nachttischlampe ist an, und er winkt mich zu dem riesigen Bett. „Es ist nicht so ideal wie eine Massagebank, aber es wird schon klappen."

Liebes inneres (weibliches) Ich, ich werde mich in Brayden Jacksons Bett legen, und er wird mich berühren. Keine dreckigen Gedanken. Es geht nicht um dich.

Ich lecke meine Lippen, starre zu ihm, zum Bett und wieder zu ihm.

Brayden legt den Kopf zur Seite. „Fühlst du dich unwohl?"

Es macht mich heiß. Es bringt mich dazu, Dinge *zu wollen.* „Ich fühle mich etwas egoistisch, schätze ich." Ich zucke mit den Schultern, als wäre es nichts. „Vielleicht kannst du mir etwas beibringen, damit ich dich nächstes Mal massieren kann. Quid pro quo und so."

Er verzieht das Gesicht bei meinen Worten. „Es ist nur eine Massage, Molly. Wenn du sie willst."

Nur eine Massage. Nur seine Hände auf meinem Körper. Zum ersten Mal seit sieben Monaten. Das, worüber ich jede Nacht fantasiere.

Ich steige auf sein Bett und lege mich auf den Bauch,

bevor ich die Augen schließe. Ich war die ganze Woche verspannt – nicht nur vom Training mit den Jackson-Jungs, sondern weil ich zu viele Stunden im Bankettzentrum gearbeitet habe. Ich weiß, dass es helfen wird. Was ich nicht weiß, ist, ob ich es wegen meiner schmerzenden Muskeln will oder weil ich seine Berührung so verzweifelt spüren will.

Seine Hände fahren über meinen Rücken, mein Top, nach oben und wieder nach unten und fügen mit jeder Bewegung mehr Druck hinzu.

„Erzähl mir von deiner Ex-Masseurin", sage ich. Vielleicht wird mein Gehirn sich daran erinnern, dass seine Berührungen – perfekte, köstliche Berührungen – platonisch sind, wenn wir über eine Frau aus seiner Vergangenheit sprechen.

Er schnaubt. „Lass sie nicht hören, dass du sie so genannt hast."

„Was? Deine Ex?"

„Nein, Masseurin. Sie hasst dieses Wort. Hat gesagt, dass man bei dem Wort an Leute denkt, die *Happy Ends* geben. Sie hat einen Abschluss in athletischem Training gemacht und zieht es vor, Massagetherapeutin genannt zu werden."

„Oh, warte." Ich drehe den Kopf, um ihn unschuldig anzusehen. „Bedeutet das, dass ich bei *dieser* Massage nicht auf ein Happy End hoffen soll?"

Sein Grinsen ist lüstern, und sein Blick wandert über meinen Körper und hinterlässt eine Gänsehaut. Er hockt sich neben das Bett, bis unsere Gesichter voreinander sind und sein Mund nur Zentimeter von meinem entfernt ist. „Bist du an anderen Stellen verspannt, Molly?"

So verspannt. Meine Brüste fühlen sich voll und schmerzhaft an, meine Brustwarzen sind so fest und empfindlich gegen die Mattratze. Ich sollte wegsehen, aber ich kann nicht anders, als seine, dunklen verführerischen Augen anzustarren.

Er hält meinen Blick, während er die verkrampften Muskeln unten an meinem Rücken reibt, genau über dem Hosenbund. „Soll ich eins deiner pinken Spielzeuge benutzen, um diese tieferen Muskeln zu erreichen?"

„Ich weiß nicht, was du meinst." Meine Stimme klingt belegt.

Er nimmt meine Hand in seine und streichelt meine Finger einen nach dem anderen, ohne wegzusehen. Seine Finger spielen mit dem Gewebe zwischen meinem Daumen und Zeigefinger. Sanft. So sanft, dass es mich daran erinnert, was seine Finger zwischen meinen Beinen tun können. Die Kiste in meinem Schrank ist mir egal. Alles, was ich brauche, sind seine Hände. „Du hast sehr klare Grenzen gezogen, und ich will sie nicht überschreiten. Aber wenn du deine Meinung änderst und die Regeln anpassen willst, weil du *mehr* brauchst ..." Seine Finger gleiten über meine Handfläche, und ich schwöre, ich kann sie zwischen meinen Beinen spüren. „Sag Bescheid, und ich werde dir gerne helfen. Mit oder ohne deine Spielzeuge."

Er steht auf und macht sich wieder an die Muskeln meines Rückens, als wäre nichts passiert. Als hätte er gerade nicht angeboten, mir zu einem Orgasmus zu verhelfen. Ich schließe die Augen und versuche, das Pulsieren zwischen meinen Beinen zu vergessen, das kleine Teufelchen auf meiner Schulter zu ignorieren, das mir sagt, dass ich mich umdrehen und ihn auf mich ziehen soll.

Könnte ich sein Angebot annehmen, ohne alles zu zerstören? Meint er es ernst? Oder neckt er mich nur? Egal, wie sehr ich ihn will, ich muss zuerst darüber nachdenken.

Wir sind lange Zeit leise, während er an meinen Muskeln arbeitet und ich versuche, meinen Körper zu beruhigen. „Du hast mir nicht von deiner Massagetherapeutin-Freundin erzählt", sage ich, auch wenn ich mich nur ablenken will.

Er schluckt laut genug, dass ich es hören kann und mich frage, ob er Probleme hat, sich zu konzentrieren. „Ich habe sie im Jackson Brews getroffen, als es noch eine kleine Bar war und mein Vater alles geleitet hat. Sie hat hier, hat ihr Jurastudium gemacht, und wir waren ein paar Jahre lang zusammen." Sein Ton besagt, dass es nichts Großes war, aber da schwingt etwas in seinen Worten, das mich denken lässt, dass sie mehr war als eine lockere Beziehung.

„Was ist passiert?"

Seine Hände bewegen sich zu meinen Unterschenkeln, und ich springe fast auf, als er eine besonders empfindliche Stelle erreicht. „Tut mir leid", murmelt er und streichelt mich sanft. „Sie hat mich verlassen."

„Du warst verliebt." Ich drücke die Augen fest zu, weil die Worte von Eifersucht begleitet werden. Von

Brayden Jackson geliebt zu werden ... Ich frage mich, ob sie wusste, wie viel Glück sie hatte.

„Ich wäre nicht so lange mit ihr zusammen gewesen, wenn ich sie nicht geliebt hätte."

„Sie ist eine Idiotin, wenn sie dich verlassen hat."

Er erstarrt, bevor er an meinem anderen Bein arbeitet und seine Daumen die Verspannung und Knoten schmelzen lassen. „Danke." Ich höre es in seinem Wort – Verletzlichkeit, alter Schmerz, den ich nicht erwartet habe.

Ich kann spüren, dass er nicht darüber sprechen will, also lasse ich das Thema fallen. Ich entspanne mich unter seiner fachmännischen Berührung und schlafe irgendwann ein.

Ich wache nicht auf, bis der Wecker meines Handys auf dem Nachttisch ertönt. Ich bin immer noch in Braydens Bett, die Decke über mich gezogen. Ich mache den Wecker aus und realisiere, dass Brayden mein Handy hergebracht haben muss, nachdem ich eingeschlafen bin. Aber er hat mich nicht geweckt. Wieso hat er mir sein Bett überlassen?

Ich quäle mich aus dem Bett und gehe in die Küche, wo Brayden mir eine Kanne frischen Kaffee und eine Nachricht hinterlassen hat.

Hoffe, du hast gut geschlafen und dein Muskelkater ist heute Morgen nicht so schlimm. Ich sage Carter Bescheid, dass du richtig hart bist und nach einem besseren Training suchst. Bis später im Büro.

-B

Er hat zweifellos die Nacht in einem der Schlafzimmer auf der oberen Etage verbracht, aber er hätte
doch sicherlich besser in seinem eigenen Bett geschlafen
...

Als meine Finger über die Großbuchstaben seiner
Nachricht fahren, realisiere ich, dass der stählerne Teil
der Entscheidung, meinem Chef zu widerstehen, bereits
geschmolzen ist.

KAPITEL DREIZEHN

MOLLY

*J*ason Ralston lehnt sich gegen den Türrahmen meines Büros, die Arme verschränkt, sein Gesicht voller Sorge. „Hey, Hübsche."

„Oh, hallo." Ich speichere meine Tabelle ab, schließe das Programm, wische meine Hände an der Jeans ab und stehe auf. „Du hast meine Nachricht gelesen, schätze ich."

Er mustert mich. „Ich habe entschieden, dass es besser ist, von Angesicht zu Angesicht zu sprechen. Ich hoffe, es macht dir nichts aus."

Ich nicke. Er hat recht. Es ist besser so. „Ich fühle mir schrecklich wegen Samstag."

Er streicht mit einer Hand über sein Gesicht. „Ich mich auch", murmelt er, als er mein Büro betritt. Und dann sehe ich es – das Veilchen um sein linkes Auge. Von Braydens Schlag.

„Oh, nein. Sieh dich an. Es tut mir so leid."

Er schüttelt den Kopf. „Ne. Ich schulde dir eine Entschuldigung. Ich kann Situationen normalerweisse besser verstehen, und ich habe dich falsch eingeschätzt." Er sucht mein Gesicht ab. „Ich verspreche, dass ich kein Arschloch bin, das sich Frauen aufzwingt."

„Nein, natürlich bist du das nicht." Ich gehe auf ihn zu, meine Schultern angespannt. „Als ich aus dem Auto geeilt bin, war es nicht, wegen dir oder weil du etwas getan hast."

Er schluckt schwer und steckt eine Strähne hinter mein Ohr. Ich lehne mich bei der intimen Geste fast zurück, aber ich sehe eine Verletzlichkeit in seinen Augen, die mich innehalten lässt. Eine Welle von Reue überkommt mich. „Was dann?"

„Es ging mir zu schnell, und ich ..." Ich gucke über seine Schulter und bemerke, dass wir einen Zuschauer haben.

Austin lehnt sich gegen die Wand zwischen Braydens Büro und meinem und spielt mit seinem Handy herum. Ich nehme Jasons Hand in meine und ziehe ihn tiefer in den Raum, um die Tür zu schließen. Sobald das Schloss einrastet, sage ich: „Ich hatte Angst."

„Es tut mir leid. Dass wir zu schnell gemacht haben. Ich hätte nicht ... Ich meine ..." Er verzieht das Gesicht. „Ich schwöre, dass ich normalerweise viel besser bin." Seine Lippen verziehen sich zu einem schiefen Lächeln. „Du bist nur so schön, und ich habe Angst, dass ich meine Chance zunichtemache, indem ich es übereile. Um ehrlich zu sein, war ich froh, als ich deine Nachricht erhalten habe, dass du reden wolltest."

Seine Chance? Ich mache einen Schritt nach hinten, gerade aus seiner Reichweite heraus. „Ich mag dich, Jason. Du scheinst ein netter Kerl zu sein, und es tut mir leid, falls Samstag dir eine falsche Vorstellung verliehen hat. Ich will keine Beziehung."

„Oh?"

„Ich habe einen vierjährigen Sohn." Ich warte darauf, dass er sich zurückzieht. Ein Kind zu erwähnen, hilft normalerweise.

Er hebt die Handflächen an. „Also darfst du keine Dates haben?"

„Dates vielleicht, aber ich bin nicht an einer Beziehung interessiert, die dazu führen könnte, dass jemand meinen Sohn trifft. Zumindest nicht im Moment." Ich zucke mit den Schultern. „Das bedeutet nicht, dass ich dich nicht mag oder es nicht genießen würde, dich wiederzusehen. Aber mein Sohn ist meine Priorität."

„Bist du dir sicher, dass es nicht wegen Brayden ist?"

Ich blinzele. „Nein. Überhaupt nicht." Wieso denkt er sowas? „Er ist mein Chef und Freund."

Er hebt eine Augenbraue. „Ich habe gehört, dass du bei ihm eingezogen bist."

Ich verschränke die Arme vor meiner Brust. „Er hat Noah und mir ein temporäres Zuhause angeboten. Aber es ist komplett platonisch." Er massiert mich nur, bietet an, mir Orgasmen zu geben und lässt mich in seinem Bett schlafen. Vielleicht sind wir nicht zusammen, aber ich würde unsere Beziehung definitiv als *kompliziert* beschreiben. „Wir sind nicht romantisch involviert."

Er grunzt. „Weiß *Brayden* das?"

„Samstag hat nichts mit ihm zu tun." Die Worte entgleiten mir, bevor ich realisiere, was sie sind – eine Lüge. Samstag hatte auf jeden Fall mit Brayden zu tun. Meine Laune. Der Tequila. Dass ich versucht habe, mich in Jason zu verlieren. Es ging um meine Vergangenheit und meine Identität und darum, dass ich niemals die Frau sein werde, die ich sein müsste, um mit Brayden Jackson zusammen zu sein. Es ging darum, dass ich aus seinem eigenen Mund gehört habe, dass er denkt, ich bin zerbrochen. Sogar zu wissen, dass er es nicht ganz so meinte, wie ich es verstanden habe, ändert nicht, wie sehr das Wort schmerzt. *Zerbrochen.* Ich schüttele den Kopf. Ich will sowieso keine Beziehung – mit niemandem, und vor allem nicht mit meinem Chef. Wieso tut es also so weh, zu wissen, dass ich es nicht haben kann? „Brayden ist nur ein Freund. Er sorgt sich um mich, aber da ist nichts zwischen uns."

„Bedeutet das, dass du dieses Wochenende mit mir ausgehen kannst? Lässig und ohne Erwartungen." Er lächelt und sieht mich auf eine Art an, die mich die Zehen kreuzen lassen sollte. Stattdessen denke ich an Brayden und die Art, wie er mich zu Hause ansieht, wenn er denkt, dass ich es nicht bemerke. Die Art, wie er meinen Körper in Brand steckt. Obwohl das nicht passieren sollte.

Vielleicht ist das der Grund, wieso ich sage: „Mein Sohn übernachtet morgen bei seiner Oma."

Jason grinst. „Alles klar."

BRAYDEN

Die kichernde Blondine wählt das dunkelste Bier des „The Jackson Five"-Tabletts und schwenkt es im Glas herum. „Also ist das ein IPA?"

Ich versuche, nicht zusammenzuzucken, aber es ist das dritte Mal, dass ich die Liste besprochen habe – die übrigens auch auf der Tafel vor den Gläsern steht. „Das ist das Porter." Ich stecke seit zehn Minuten an einem Tisch mit drei Mädchen aus der Uni fest, und während es mir nichts ausmacht, Fragen über unser Bier zu beantworten, habe ich den Eindruck, dass sie sich dumm stellen, um meine Aufmerksamkeit zu haben. Funktioniert sowas wirklich? Gibt es Kerle, die Frauen mögen, die ihre Intelligenz verstecken?

Sie wirft ihr Haar über die Schulter und senkt das Kinn, damit sie mich durch ihre langen Wimpern anblicken kann. „Woher weißt du so viel über Bier?"

Ich räuspere mich und versuche, nicht wie ein Arschloch zu klingen, als ich sage: „Es ist mein Job."

Ich erwische Levi dabei, wie er sich hinter der Bar das Lachen verkneift, aber das Arschloch macht keine Anstalten, mich vor diesen Frauen zu retten, die mich zu sich gezogen haben, sobald ich reingekommen bin.

Ihre zwei Freundinnen lehnen sich vor, und eine sagt: „Du bist so richtig schlau."

„Ältere Männer sind so sexy", sagt die Brünette.

Aua. Ich versuche, nicht das Gesicht zu verziehen. Ich sehe mich nicht als *älteren Mann*, aber im Vergleich zu diesen Mädels bin ich das wohl. Gott, im Vergleich zu Molly bin ich ein alter Mann.

Sie ist letzte Nacht in meinem Bett eingeschlafen, als ich sie massiert habe. Ich konnte mich nicht dazu bringen, sie aufzuwecken. Ich weiß, dass sie nicht genug schläft, also habe ich sie zugedeckt und bin ins Gästebad gegangen, um zu duschen. Ich habe meine Augen unter dem Wasserstrahl geschlossen und mich an sie denken lassen, als ich meinen Schwanz in die Hand nahm. Ich habe an die Hitze in ihren Augen gedacht, als ich ihr gesagt habe, wie gerne ich ihr *helfen* wollte. Daran, wie ihr Atem stockte, als ich mit den sensiblen Stellen an ihrer Hand gespielt habe. Aber als mein Orgasmus näherkam und ich mich fester hielt, dachte ich an die Nacht in meinem Hotelzimmer, als ich ihren Körper erforschen und hören konnte, wie ihren perfekten, pinken Lippen Gestöhne entglitt.

Der Orgasmus in der Dusche fühlte sich kaum wie eine Erlösung an – nicht mit dem Wissen, dass sie immer noch in meinem Bett war. Zwischen den Gedanken an sie und meiner Nacht in einem unbekannten Bett, brauchte ich länger, um einzuschlafen.

„Was machst du heute Nacht?", fragt die Brünette und zieht mich aus meinen Gedanken an Molly – nicht, dass ich den ganzen Tag über damit aufgehört habe. „Vielleicht willst du mit uns nach Hause kommen."

„Wir sind Mitbewohnerinnen", sagen die anderen gleichzeitig und kichern, bevor alle drei sich vorlehnen.

Hinter der Bar beißt Levi sich auf den Knöchel. Ich kann Shays Augen fast ein Loch in meinen Rücken brennen spüren, und ich weiß, dass Carter und Jake auch irgendwo hier sind. Wir haben gerade ein Meeting abgeschlossen, wo wir potenzielle Investoren für die Abfüllanlage besprachen. Ich zähle nicht darauf, dass Ralston es überdenkt – und ich bin mir nicht sicher, ob ich es überhaupt will.

Ich will nicht, dass meine Geschwister meinen lächerlichen Versuch, die Mädels sanft abblitzen zu lassen, sehen. Ich weiß, dass sie mich später auslachen werden. „Tut mir leid, Mädels. Ich habe keine Zeit."

„Brayden?"

Ich drehe mich von dem Trio weg und muss blinzeln, als ich die Blondine ein paar Meter vor mir sehe. Die Sorgenfalte zwischen ihren whiskeyfarbenen Augen, das Grübchen in ihrer rechten Wange – es ist, als würde ich ein Bild meiner Vergangenheit anstarren.

„Hi", flüstert sie.

Ich blinzele erneut und schüttele den Kopf, während ich fast erwarte, dass sie verschwindet. Aber da steht sie, so echt, wie es nach zehn Jahren geht.

Ich sehe meine Fähigkeit, mich auf das Unerwartete vorzubereiten, als meine größte Stärke. Ich habe immer einen Plan B und bleibe ruhig, wenn etwas nicht so läuft wie erwartet – weil es das fast immer tut.

Aber ich war darauf nicht vorbereitet. Sara war überhaupt nicht auf meinem Radar für heute Abend oder irgendeinen Abend, und meine ganze Welt bricht unter mir zusammen, als ich die Frau vor mir ansehe.

„Wirst du etwas sagen?", fragt sie.

Ich öffne den Mund und schließe ihn wieder, unsicher, ob es Worte gibt, die meine Emotionen beschreiben können.

Schön, dich zu sehen?

Wo zur Hölle warst du?

Weißt du, wie sehr du mich zerstört hast?

„Du hast immer gesagt, dass du so ein Zentrum eröffnen wolltest." Sie zieht an einer Strähne – eine alte nervöse Gewohnheit, an die ich mich gut erinnere – und sieht sich um. „Sieht aus, als wären deine Träume wahr geworden."

Mir ist kaum bewusst, dass sich jemand neben mich stellt, und als ich mich zwinge, meinen Blick von Sara abzuwenden, sehe ich, dass Shay an meiner Seite ist. Sie sieht auf Sara herab, die Lippen so verzogen, dass ich weiß, dass sie dem Instinkt, sie rauszuschmeißen, widersteht.

„Hey, Shay."

Shays Augen sind kalt. „Was machst du hier?" Vielleicht sollte ich froh sein, dass sie die Fragen stellt, die ich nicht rausbekomme, aber das bin ich nicht. Ich wünschte, ich wäre nicht hier. Ich wünschte, ich würde damit zurechtkommen – mit *Sara*. Allein. Irgendwo, wo nicht Dutzende von Menschen schamlos zuhören.

Sara senkt den Blick. „Es passt gerade nicht. Ich hätte ..." Sie sieht zur Tür, bevor ihre Augen wieder auf mich fallen. „Kann ich mit dir sprechen?"

„Er ist beschäftigt", sagt Shay. Meine kleine Schwester benimmt sich, als wäre sie mein Bodyguard. *Fantastisch.*

Ich sehe sie finster an, aber sie verdreht nur die Augen, als sie zurückweicht.

„Natürlich nicht sofort", sagt Sara. „Du musst wahrscheinlich ... nachdenken. Aber können wir reden? Vielleicht könnten wir nächste Woche zu Abend essen oder so?" Sie zieht eine Visitenkarte aus ihrer Tasche und gibt sie mir. „Ich habe eine neue Nummer."

Ich grunze. *Ach was.*

„Du musst dich nicht sofort entscheiden, und ich würde es dir nicht übelnehmen, falls du mich nie wieder sehen willst, aber ich hätte gerne die Möglichkeit, mit dir zu reden." Sie schluckt schwer. „Um alles zu erklären."

MOLLY

Shay eilt in mein Büro, die Augen aufgerissen, ihre Wangen rot. „Wir haben eine Situation im Verkostungsraum."

„Was für eine Situation?", fragt Jake und steht sofort auf. Ich war dabei, Feierabend zu machen, als Jake und Ava in mein Büro gekommen sind, um Hallo zu sagen.

Shay schüttelt den Kopf. „Nicht mit der Bar. Sara Jeffers ist hier. Wegen Brayden."

Der Name sagt mir nichts, aber die Art, wie Jakes

Kinnlade herunter fällt, sagt mir, dass sie jemand aus ihrer Vergangenheit ist. Aus Braydens Vergangenheit.

Ava runzelt die Stirn. „*Die* Sara?"

Manchmal vergesse ich, dass Ava seit ihrer Kindheit eine ehrenamtliche Jackson ist. Sie ist nebenan aufgewachsen und kennt ihre Familiengeschichte wie ihre eigene. „Will mir jemand sagen, was los ist?", frage ich.

„Sara ist Braydens Ex-Freundin", sagt Jake sanft.

Ich runzele die Stirn, und eine Erinnerung kommt mir in den Sinn. Als Brayden nach New York gekommen ist, hat sein Bartender-Freund etwas darüber gesagt, dass er über Sara hinweggekommen ist oder so. „Also ist seine Ex hier. Wieso führt ihr euch auf, als wäre jemand gestorben?" Ich bin nicht absichtlich unsensibel. Ich bin mir sicher, dass es seltsam ist für Brayden, sie zu sehen, aber er ist ein erwachsener Mann. Sicherlich hat ein gutaussehender, erfolgreicher Kerl wie er eine Menge Ex-Freundinnen.

Shay, Jake und Ava tauschen einen langen Blick aus, was mir sagt, dass es so viel mehr gibt, als die Jackson-Geschwister sagen.

Shay verschränkt die Arme, bevor sie sich zu mir dreht. „Molly, kannst du mir einen Gefallen tun und in den Verkostungsraum gehen?"

Avas Grinsen ist etwas böse. „Oh, ich mag deine Denkweise, Shay."

KAPITEL VIERZEHN

BRAYDEN

*S*ara hat ihre Nummer geändert, aber meine ist immer noch dieselbe. Ich wünschte, sie hätte daran gedacht, sie zu *benutzen* und mich zu warnen. Mein brandneuer Verkostungsraum ist der letzte Ort, an dem ich mich mit dem Schock, sie zu sehen, auseinandersetzen will. Vor allem heute Abend mit meiner ganzen Familie in der Nähe. Ich hätte mich darauf vorbereitet. Ich hätte ihr gesagt, dass sie nicht herkommen soll, wo so viele Leute sind, die alle denken, dass sie mich beschützen müssen.

Ich starre Sara an und versuche, zu entscheiden, wie ich auf ihre Einladung reagieren soll, und im nächsten Moment schlingt Molly die Arme um meine Taille und grinst mich an, als wären wir Liebhaber. „Hey, ist alles in Ordnung?"

Ich schlinge aus Instinkt einen Arm um ihre Hüfte, aber was zur Hölle? „Alles ist gut." Mit Ausnahme der gestrigen Massage in meinem Bett kommt Molly mir nicht so nahe oder lässt mich sie berühren – nicht seit der Nacht in New York. Aber in diesem Moment presst sie sich an mich wie ...

Ich sehe Shay am Rande der Gruppe, ein zufriedenes Grinsen auf ihrem Gesicht, und realisiere, was Molly da tut.

Gott bewahre mich vor sich einmischenden Schwestern.

Saras Augen springen von mir zu Molly und wieder zu mir, und ihr Gesicht wird mit jedem Blick blasser. „Oh, seid ihr ...?"

Ich lasse die Frage etwas zu lange zwischen uns hängen. Hat sie gedacht, dass ich auf sie warten würde? Zehn Jahre ohne ein verdammtes *Wort*, und sie ist schockiert, dass ich eine andere Frau an meiner Seite habe?

Die Tatsache, *dass* ich fast zehn Jahre auf sie gewartet habe, macht mich nur noch wütender, aber Molly bemerkt meine Anspannung entweder nicht, oder sie ignoriert sie. Sie lehnt sich an mich, so nahe, dass ich ihr Erdbeershampoo riechen kann und jede Kurve spüre. „Ich bin Molly", sagt sie und streckt Sara eine Hand entgegen. „Es tut mir leid, aber ich glaube nicht, dass ich dich kenne."

Sara sieht mich kurz an. „Ich heiße ... Sara?" Der Anblick von Molly verwirrt sie. Ich sehe zu Shay, bevor ich einen Schritt von Molly zurücktrete. Shay hat ihr vielleicht gesagt, dass es helfen würde, aber ich bin nicht an Spielchen interessiert.

Molly zieht ihre Unterlippe zwischen die Zähne und sieht mich anzüglich an, als sie sich an meine Seite drückt. Es ist sexy, und ihr Blick zusammen mit dem Gefühl ihres Körpers würden mich heiß machen, wenn es nicht so *berechnend* wäre. Und wenn meine Ex nicht vor mir stehen würde, mit einem Ausdruck als wolle sie um alles in der Welt eine weitere Chance. „Ist das die Ex-Freundin, von der du mir erzählt hast?", fragt Molly. „Die Masseurin?"

Ich weiß zweifellos, dass Molly das Wort absichtlich benutzt hat.

Und es funktioniert, denn Sara zuckt zusammen. Sie versucht, mich anzulächeln, als sie sagt: „Sag mir Bescheid, ob du reden willst." Und dann verschwindet sie durch die Tür.

Ich sehe zu, als sie in ihr Auto steigt und habe keine Ahnung, was ich fühlen soll. Erleichterung? Enttäuschung? Die einzigen Emotionen in mir sind Verwirrung und Frustration.

Ich beiße die Zähne zusammen, als ich mich zu Molly drehe. „Was war *das?*"

„Shay hat gesagt, dass deine böse Ex hier ist und wir dich retten müssen."

„Ich habe nicht um deine Hilfe gebeten." Ich bin durcheinander und muss verschwinden.

Molly senkt den Kopf. „Tut mir leid. Ich ..." Sie schüttelt den Kopf. „Es tut mir leid."

„Gib ihr nicht die Schuld", ruft Jake von der anderen Seite des Raums, wo er bei den Bestellungen aushilft. Es wird immer voller. Durstiger Donnerstag. „Wir haben ihr gesagt, dass sie dir helfen soll."

Ich brauche keine *Hilfe.* „Ruf mich an, falls du mich brauchst, Levi", sage ich und ignoriere den Rest meiner Geschwister und ihre neugierigen Blicke, als ich zu meinem Auto gehe.

Die kalte Winterluft kommt mir gut gelegen, und es ist mir egal, dass mein Mantel in meinem Büro ist. Vielleicht wird mir die Kälte beim Nachdenken helfen. *Sara ist zurück. Sara will mit mir reden.*

Shay hätte Molly nicht in die Sache reinziehen sollen. Wenn sie darüber nachgedacht hätte, wüsste sie, dass ich es nicht mögen würde, aber sie hat nicht darüber nachgedacht, was ich wollte, sondern wie sie mich am besten beschützen konnte.

„Brayden, warte", ruft Molly.

„Wieso?", frage ich, als ich mich umdrehe. Aber meine Wut verschwindet, als ich Mollys Gesicht sehe. Sie fühlt sich beschissen.

„Es tut mir leid", sagt sie. „Ernsthaft, Brayden. Ich hätte mich raushalten sollen."

„Ja." Ich atme tief ein und rolle die Schultern zurück. „Aber es ist wahrscheinlich eh egal."

„Das stimmt nicht", sagt sie. Sie nimmt mich bei der Hand und zieht mich zur Seite des Gebäudes – weg von der Straße und den Fenstern. „Wir sind Mitbewohner, und ich will wirklich, *wirklich* nicht, dass du wütend bist auf mich."

„Ich werde darüber hinwegkommen." Ich atme aus.

„Ich kann dir nicht wegen Shays Spielchen böse sein. Du hast es nicht gewusst."

„Es ist nicht nur Shays Schuld. Ich habe realisiert, dass Sara die Ex ist, von der du mir gestern erzählt hast, und es hat mir nicht gefallen. Es tut mir leid. Was kann ich tun, um es wieder gut zu machen?"

„Wieso hat es dir nicht gefallen?" Vor sechzig Sekunden wollte ich eine Ausrede, um nach Hause zu gehen und allein zu sein, aber mit Molly so nah vor mir ist alles, was ich will, sie in meiner Nähe zu behalten.

„Was?" Ihr Ausdruck wird zu einer undurchsichtigen Maske, und sie tritt einen Schritt zurück und dann noch einen, bis sie sich gegen das Gebäude lehnt.

Ich folge ihr und stemme die Hände über ihren Kopf, bevor ich mich vorlehne, als sie den Kopf hebt, um meinem Blick zu begegnen. „Wieso mochtest du es nicht, dass ich mit meiner Ex gesprochen habe?"

Sie schluckt schwer, die Wangen rot. Aber ist es vor Kälte oder Scham? „Ich hasse es, dass sie dir weh getan hat."

„Das habe ich nie gesagt."

„Das musstest du nicht." Sie wickelt die Finger um meinen Unterarm, um mich festzuhalten. „Ich kenne dich, Brayden. Besser, als du denkst."

Mein Blick fällt auf ihren Mund, und ihre Lippen öffnen sich, während der Puls in ihrem Hals schneller schlägt. „Ich bin mir nicht sicher, dass du das tust." Ich schlucke schwer und zwinge mich, zu gehen. „Ich werde dich zu Hause sehen."

*A*ls ich nach Hause komme, ist das Auto meiner Schwester in meiner Einfahrt, und ich realisiere, dass ich heute Abend noch mehr über Sara reden werde. Obwohl ich das nicht will.

Ich parke in der Garage und komme durch die Seitentür herein, wo Shay mich im Flur antrifft. Sie überreicht mir einen Tumbler mit einer braunen Flüssigkeit. Ich rieche daran und reiße die Augen auf. „Papas?"

Sie nickt. „Schien passend."

Sara ist zurück und will mit mir *reden*, und Molly lebt mit mir und schläft in meinem Bett ein. Ich muss zustimmen, dass heute die perfekte Nacht ist, um das gute Zeug rauszuholen.

Papa hat Bourbon geliebt. Als er gestorben ist, haben wir seine Kollektion unter meinen Geschwistern und mir aufgeteilt. Irgendwie sind wir uns einig darin, dass wir uns nur an richtig schlechten Tagen daran vergreifen.

Ich trinke einen kleinen Schluck und lasse die Wärme durch meine Kehle und in meine Brust laufen. „Danke."

„Also ... Sara ist zurück. Was für eine schreckliche Überraschung", murmelt sie, als sie vor mir her ins Wohnzimmer geht.

Ich bin komplett durcheinander, seit ich den Verkostungsraum verlassen habe. Sara, Molly – wo ich war und was ich wollte. Jedes Mal, wenn ich daran denke, dass Sara einfach so aufgetaucht ist, schäme ich mich mehr als alles andere. Ich habe sie geliebt. Habe geplant, sie zu heiraten. Bis sie ohne Warnung aus meinem Leben verschwunden ist.

Shay setzt sich auf den Sessel, ein Glas Wein bereits auf dem kleinen Tisch neben ihr. Während ich die lange Route nach Hause gefahren bin, um nachzudenken, muss meine Schwester hergekommen sein und auf mich gewartet haben. „Wirst du sie anrufen?"

„Ich weiß es nicht. Sie hat gesagt, dass sie alles erklären will."

„Wieso ist sie so eine ekelhafte Schlampe?", fragt Shay, und ich sehe sie finster an. „Ich werde mich nicht für meine Meinung entschuldigen. Du verdienst Besseres als das, was sie dir angetan hat."

„Vielleicht ging es nicht um mich. Vielleicht gab es einen Grund, den wir nicht kennen."

Sie verzieht das Gesicht. „Sie muss eine richtig gute Ausrede haben, damit ich ihr glaube."

„Ich habe endlich akzeptiert, dass ich sie nie wieder sehen werde", gebe ich zu.

Shay seufzt. „Ich glaube, was mich am meisten besorgt, ist, dass du ihr verzeihen könntest, während wir es nicht tun. Ich will dich nicht zwischen uns stellen – als müsstest du dich zwischen ihr und deiner Familie entscheiden."

Ich streife mit einer Hand durch mein Haar. „Nicht, dass es wichtig ist, aber ich glaube, dass alle damit zurechtkommen würden, falls wir wieder zusammenkommen. Und glaub mir, ich sage nicht, dass es das ist, was hier passiert." Um ehrlich zu sein, habe ich dasselbe gedacht, als ich sie in den Monaten nach ihrem

Verschwinden zurückwollte. Was, wenn ich eine Möglichkeit gehabt hätte, mit ihr zusammen zu sein, aber meine Geschwister und Mutter hätten ihr nicht verziehen? Aber je länger sie weg war, desto weniger wichtig wurde es.

„Wir würden für dich so tun, aber es wird nie so sein wie vorher." Shay sieht in ihr Weinglas und schluckt schwer. „Es wird uns schwerfallen, zu glauben, dass sie dir nie wieder weh tun würde."

„Ich frage mich, ob ich ihre Erklärung hören will, aber ich bin mir nicht einmal sicher, ob es einen Unterschied machen würde. Ich wollte vor zehn Jahren wissen, *wieso*, und zu hören, was sie zu sagen hat, wird nichts daran ändern, was sie mir angetan hat." Oder wie es mich verändert hat. „Aber vielleicht ist diese Erklärung nicht für mich. Vielleicht ist es um ihretwillen. Vielleicht ist es etwas, das sie tun muss."

„Du schuldest ihr nichts."

Ich zucke mit den Schultern. „Ich bin mir nicht sicher, ob das wahr ist." Ich weiß, dass Shay heute nicht weiter fragen wird. Sie kennt mich zu gut, um mich unter Druck zu setzen.

Das Geräusch der sich öffnenden Garagentür unterbricht die Stille zwischen uns.

„Es ist Molly", sage ich zu Shay.

Sie schnaubt. „Gott, der ewige Single Brayden muss sich auf einmal zwischen zwei Frauen entscheiden, denen er nie widerstehen konnte. Vielleicht werden sie um dich kämpfen."

Ich blicke sie finster an. „Das ist lächerlich. Trotz

deiner Spielchen wird es nicht passieren. Und ich will nicht, dass du Molly Scheiße über Sara erzählst."

„Wieso nicht? Hast du Angst, dass ich etwas sagen könnte, das eure potenzielle *Freundschaft* ruiniert?"

„Ich weiß, dass du wütend bist auf Sara, aber lass mich selbst damit zurechtkommen."

Shay seufzt, trinkt ihr Glas aus und steht auf. „Alles klar. Sag Bescheid, falls du meine Hilfe brauchst."

Ich pruste. „Ich bin mir nicht sicher, ob du helfen kannst."

Ihr Lächeln ist sanft. „Ich bin eine gute Zuhörerin." Sie sieht weg, als die Tür zur Garage sich öffnet und kleine Schritte im Flur erklingen. „Ich glaube, dein Fanclub ist hier."

„Rayden!", ruft Noah, als er reingelaufen kommt. „Rayden, ich bin zu Hause! Komm und sieh dir das Schneehaus an, das ich im Garten bauen habe!"

„*Ge*baut habe", korrigiert Molly ihn sanft, als sie reinkommt. Sie gibt ihrem Sohn einen blaugestreiften Schal mit einer passenden Mütze. „Wenn du nach draußen gehst, musst du sie tragen."

„Bin gleich wieder da, Kumpel", sage ich zu Noah. „Ich werde Shay nach draußen begleiten und meinen Mantel holen."

„Okaychen", singt Noah.

Ich folge Shay zur Tür, schnappe mir meine extra Jacke und streife sie über, als wir auf die Veranda treten.

„Wieso denke ich, dass du mich zu meinem Auto begleitest, damit ich nicht hierbleibe und mit Molly über Sara rede?"

Ich zucke mit den Schultern. „Und was, wenn ich genau das tue?"

Sie runzelt die Stirn. „Ich weiß, dass du meine Meinung nicht hören–"

„Dann sag nichts."

„Aber ich bin zu hundert Prozent ein Teil von Team Molly."

„Ach ja?" Ich gehe auf Shays Auto zu und öffne die Tür für sie. „Was ist daraus geworden, dass du dich so darum sorgst, dass sie mein Herz bricht?"

Sie zuckt mit den Achseln und steigt ein. „Das war, bevor Sara zurückgekommen ist."

„Tschüss, Shay." Ich schließe die Tür.

Sie deutet mit dem Finger auf mich und ruft laut genug, dass ich sie durch das geschlossene Fenster hören kann: „Team Molly!"

KAPITEL FÜNFZEHN

„Kann ich euch noch etwas bringen?", fragt die Kellnerin am Freitagabend.

Ich hebe mein Glas, das noch zwei Drittel Bier hat und schüttele den Kopf. „Das ist alles." Das letzte Mal, als ich mit Jason im Jackson Brews war, war ich komplett betrunken und habe schlechte Entscheidungen getroffen. Ist das der Grund, wieso er mich hier treffen wollte? Hat er gehofft, dass ich die Weihnachtsfeier wiederhole? Oder hat er die Bar vorgeschlagen, weil er gehofft hat, dass Brayden uns zusammen sehen würde?

Jason runzelt die Stirn, als er sein leeres Glas ansieht, bevor er die Augen hebt. „Macht es dir etwas aus, wenn ich mir noch eins bestelle?"

„Gönn dir."

„Ich möchte bitte ein Sunny Day IPA", sagt er zu der Kellnerin.

„Gute Entscheidung", sagt sie.

Sie geht zu Bar, um seine Bestellung aufzugeben, und ich ziehe mein Handy raus, um ein Foto von der Tafel hinter der Bar zu schießen, wo Jake Bier einschenkt. Jackson Brews hat viele Gäste, die heute vor der Bar stehen und die Hälfte der Tische füllen. Ich werde später ein Foto hochladen mit dem Hashtag *„wasimJackson-Brewspassiert"*. Der Hashtag war Levis Idee, und er hat richtig geholfen, auf unser Angebot aufmerksam zu machen.

Jason verschränkt die Arme auf dem Tisch und lehnt sich vor. „Du weißt, dass ich dich nicht verurteilen würde, wenn du dir ein zweites Bier bestellst, oder?"

Ich schüttele den Kopf. „Ich habe einen langen Tag vor mir. Außerdem trinke ich nicht so gerne mehr als ein oder zwei Drinks."

„Außer bei der Weihnachtsfeier?"

Ich trinke mein Bier. Ich kann nicht glauben, dass es erst sechs Tage her ist. Die Woche war so verdammt lang. „Das war ein schlechter Tag, und der Tequila hat ihn nicht besser gemacht."

Er lächelt, während seine nussbraunen Augen mich mustern. „Bevor du angefangen hast, zu weinen und ich Braydens Faust zu spüren bekommen habe, dachte ich, dass es ganz nett war."

„Es war in Ordnung. Ich meine, du bist toll und wir hatten Spaß, aber ..." Ich labere zu viel, also atme ich ein und versuche, mich zu erklären. „Betrunkener Sex war etwas, das ich in der Schule getan habe. Samstag war ein Rückschritt."

„Aua", sagt er, aber sein Lächeln ist sanft.

„*Du* bist kein Rückschritt, aber die Art, wie ich mich verhalten habe ..."

Er zuckt mit den Schultern. „Ich bin mir ziemlich sicher, dass du nicht allein warst."

Ich lächele und schätze seine Worte. Jason ist ... nett. Er war den ganzen Abend lang höflich und hat mir die richtigen Fragen gestellt, die richtigen Dinge gesagt, und ich glaube, dass er an mehr interessiert ist als daran, zwischen meine Beine zu gelangen. Aber mein nüchternes Ich ist sich nicht sicher, was ich bei der Weihnachtsfeier gedacht habe. Gott, ich bin mir nicht einmal sicher, was ich am Donnerstag gedacht habe, als ich seine Einladung angenommen habe. Ich spüre keinen Funken, als ich ihn ansehe, und mein Magen dreht sich nicht. Ich spüre keine Schmetterlinge, die Brayden immer in mir aufsteigen lässt, wenn er mich nur angrinst.

„Da ich herausgefunden habe, wer du warst, würde ich gerne mehr über die Frau erfahren, die du geworden bist." Jason greift über den Tisch und legt eine Hand über meine, ehe er kleine Kreise über meine Haut zieht.

Ich kämpfe gegen den Drang an, meine Hand zurückzuziehen. „Naja, ich rede auf jeden Fall lieber nüchtern mit meinen Freunden."

Er hebt eine Augenbraue, und die Stille erstreckt sich zwischen uns, bevor er nickt. „Ich kann dein Freund sein, wenn das alles ist, was du anzubieten hast, Molly."

„Im Moment, ja."

„Wegen deines Sohns?"

Ich nicke. Wegen Noah und, wenn ich ehrlich bin, weil ich Gefühle habe für Brayden, die mich jegliche Intimität zwischen mir und jemand anderem als schmutzig empfinden lassen würden. Ich habe mich selbst verarscht, als ich Ja gesagt habe. Ich dachte, ich könnte mir meine Gefühle für Brayden ausreden oder mich vielleicht genug ablenken, um sie zu vergessen. *Als ob.*

„Ich bin mir nicht sicher, was Brayden dir über mich erzählt hat, aber ich bin mehr als mein Ruf."

„Ich auch", sage ich sanft. Aber manchmal glaube ich das nicht. Das letzte Mal, als ich hier war, habe ich nicht geglaubt, dass ich besser bin als mein alter Ruf, und habe mich dementsprechend verhalten.

„Du hast einen Bewunderer." Jason nickt zum Tresen, und ich drehe mich um und sehe, dass Brayden dort steht und uns ansieht. Sein Blick wandert von meinem Gesicht zum Tisch, wo Jasons Hand auf meiner ruht. Ich will meine Hand erneut zurückziehen, aber Brayden dreht sich um und verschwindet in die Küche.

„Willst du mir erzählen, was wirklich zwischen euch los ist?", fragt Jason.

Ich schlucke schwer und schüttele den Kopf, bevor ich meine Hand wegziehe. „Nichts."

„Ich sehe nicht ‚nichts', wenn er dich so ansieht." Er seufzt. „Und ich sehe nicht ‚nichts', wenn du ihn ansiehst."

Ich lenke meine Aufmerksamkeit auf meine Verabredung und runzele die Stirn. „Ist das der Grund, wieso du mich hier treffen wolltest? Du wolltest ihn eifersüchtig machen?" Es ist nicht so, als hätte er mich überreden müssen. Wenn überhaupt, habe ich mich bei dem Gedanken entspannt. Jackson Brews ist wie mein zweites Zuhause. Ich fühle mich hier sicher und dachte, dass er es wusste.

„Ich wollte nicht ein Kerl sein, mit dem du herumschleichst." Er zuckt mit den Schultern. „Ich schätze, ich habe gedacht, dass du wirklich interessiert wärst, wenn wir uns hier treffen. Rückblickend war das eine schlechte Idee. Ich bin mir ziemlich sicher, dass der einzige Kerl, an dem du interessiert bist, Brayden Jackson ist."

„Wir haben einmal miteinander geschlafen", gebe ich zu und überrasche mich damit selbst. „Ich habe sofort gewusst, dass es ein Fehler war, und da ist nichts zwischen uns." Es fühlt sich wie eine Lüge an. Vielleicht ist da etwas zwischen Brayden und mir seit der verregneten Nacht in New York, als wir durch die Straßen zu seinem Hotel geeilt sind.

„Ist das der Grund, wieso er gesagt hat, ich soll mich von dir fernhalten?"

Ich blinzele Jason an, als ich versuche, die Erinnerungen zu vertreiben. „Was?"

„Du wusstest es nicht? Als er zu mir ins Büro gekommen ist, um sich zu ‚entschuldigen'", er macht Gänsefüßchen, „hat er darauf bestanden, dass ich mich von dir fernhalte." Er hebt die Schulter in einer Geste, die unbekümmert aussehen soll, aber ich kann die Verärgerung auf seinem Gesicht sehen. „Egal, ob ihr miteinander involviert seid oder nicht, er scheint auf jeden Fall zu denken, dass er einen Anspruch auf dich hat."

Ich schiebe mein Bier weg, als ich von Wut überkommen werde. „Entschuldige mich bitte kurz."

BRAYDEN

Ich kann nicht glauben, dass sie mit diesem Hundesohn ausgeht. Und ich kann nicht glauben, dass er sie *hierher* gebracht hat. Als würde er es mir unter die Nase halten wollen.

„Alles in Ordnung, Bruder?", fragt Jake. Er arbeitet am Grill, macht Burger und serviert sie.

Ich bin heute Abend nur ins Jackson Brews gekommen, weil das Haus leer war. Um ehrlich zu sein, habe ich mich auf einen Abend mit Noah und Molly gefreut, aber sie waren nicht da. Stattdessen hat Molly mir eine Nachricht hinterlassen, dass ich nicht auf sie warten soll. *Und jetzt weiß ich, wieso.*

„Alles gut", knurre ich und klinge kein bisschen so.

Jake sagt Gottseidank nichts, nickt nur und serviert seine Spezialität − Bacon-Barbecue-Donut-Burger. Wenn ich raten müsste, würde ich sagen, dass er Molly und Jason bereits gesehen hat und weiß, was falsch läuft.

Molly kommt durch die Tür, ihre Augen voller Feuer, die Wangen rot. Sie kommt vor mir zum Stehen und stemmt die Hände in die Hüften. „Was zum Teufel ist dein Problem?"

„Mein Problem? Ich habe kein Problem. Wenn du mit einem Kerl ausgehen willst, der sich an dir vergreift, wenn du betrunken bist, dann ist es deine Entscheidung."

Jake räuspert sich, und Molly dreht sich zu ihm. „Hast du etwas zu sagen?"

Er hebt die Teller auf und schüttelt den Kopf. „Nein", murmelt er, bevor er durch die Schwingtüren verschwindet und Molly und mich allein lässt.

„Du bist so ein *Scheinheiliger*."

Ich verschränke die Arme. „Was?"

„Du warst wütend, weil ich so getan habe, als wäre ich deine Freundin, um deine Ex zu verscheuchen, aber du hast Jason gesagt, dass er sich fernhalten soll."

Erwischt. Ich sollte mich schämen, weil ich mich so verhalten habe, aber das tue ich nicht. Wenn sie mich nicht will, alles klar. Aber Jason ist nicht gut genug für sie. „Ich versuche nur, dich zu beschützen."

„Du hattest kein Recht. Keins. *Ich* entscheide, mit wem ich ausgehe."

„Ich weiß."

„Ich habe dir gesagt, dass er sich mir nicht aufgezwungen hat. Ich habe es dir *gesagt*." Sie geht auf und ab und dreht sich erst wieder zu mir, als sie den Kühlraum erreicht. Sie lehnt sich gegen das Stahl und legt den Kopf in die Hände.

„Wieso bist du wirklich so wütend, Molly? Ist es wegen ihm?", frage ich und gehe auf sie zu. Sie trägt einen langärmligen Pullover, der ihre Brüste etwas zeigt. Der Saum reicht bis zur Mitte ihrer Oberschenkel, und der Anblick ihrer kniehohen Stiefel — der Gedanke, dass sie dieses sexy Outfit für *ihn* angezogen hat – macht mich rasend wütend, als ich vor ihr anhalte. „Willst du ihn so sehr, dass du es nicht ausstehen kannst, dass ich mich euch in den Weg stellen könnte? Ist er so perfekt?"

Sie lässt die Hände fallen. „Nein, du Trottel. Es geht um *dich*." Sie schluckt. „Es geht um dich und dass du denkst, dass ich von dir beschützt werden muss."

Ich senke den Kopf und nähere meinen Mund dem ihrem. Sie keucht, aber ich halte inne, als unsere Lippen nur Zentimeter voneinander entfernt sind. „Weißt du, was du *nicht* gehört hast, als ich mit Ethan gesprochen habe? Als ich ihm gesagt habe, dass ich mir manchmal wünsche, dich nie eingestellt zu haben? Weißt du, wieso ich es gesagt habe?"

„Weil du mich vor meiner Vergangenheit beschützen wolltest", sagt sie, und ich bin ihr so nahe, dass ihr Atem gegen meine Lippen streift. „Du fühlst dich schuldig, weil du mich hergebracht hast."

„Das ist nur ein Teil des Grundes."

„Oh?" Ihre Stimme ist zittrig, als hätte sie Angst, dass es schlimmer wird, und ich frage mich – *ernsthaft* –, ob sie es nicht weiß.

Ich lege den Kopf zur Seite und streiche mit der Nase über ihren Hals. Sie drückt den Rücken durch und presst ihre Brüste gegen mich. „Ich wünschte, ich hätte dich nicht eingestellt, weil ich dich wollte, seit du vor acht Jahre in mein Bett geklettert bist. Ich wünschte, ich hätte dich nicht eingestellt, weil du dann nicht mitten in der Nacht vor mir weggerannt wärst. Und wenn du es doch getan hättest, könnte ich alles daransetzen, um dich zurückzubekommen, wenn du mich wegschiebst." Meine Lippen berühren den Bereich zwischen ihrem Hals und ihrer Schulter fast.

Ihre Hand bewegt sich zu meiner Brust, und als ich denke, dass sie mich wegschubsen will, vergräbt sie die Finger in meinem Hemd. „Dann ... wieso?"

„Du hast die Regeln erschaffen. Solange ich dein Chef bin, darf ich dich nicht berühren. Ich darf dich nicht verführen."

„Brayden ..."

Ich lehne mich zurück und begegne ihren weit aufgerissenen, blauen Augen und bete, dass es genug ist. Dass sie mich versteht. „*Das* ist der Grund, wieso ich wünsche, dich nie eingestellt zu haben. Weil ich ein egoistisches Arschloch bin, wenn es um dich geht, und all die Dinge tun will, von denen du gesagt hast, dass ich sie nicht tun kann." Ich habe zu viele Grenzen überschritten, aber ich reibe mit dem Daumen über ihre Unterlippe, denn ich kann nicht anders, als sie ein letztes Mal zu berühren, bevor ich gehe. „Genieß deine Verabredung. Ich werde dich später zu Hause sehen."

MOLLY

Braydens Haus ist still, als ich nach Hause komme, und ich vermisse mein Kind. Ich will unsere abendliche Routine, die Freude seines Lächelns. Ich habe vorhin mit ihm gesprochen, und meine Mutter wird ihn morgen früh nach Hause bringen, damit ich ein paar Stunden mit ihm verbringen kann, bevor ich zur Arbeit gehen muss, aber etwas in mir fühlt sich unvollständig, wenn er nicht bei mir ist. Und vielleicht will ich ihn zu Hause haben, damit ich mich auf etwas anderes konzentrieren kann als Braydens Worte ... etwas anderes als die hässlichen Worte, die ich ihm an den Kopf geworfen habe.

Jason war weg, als ich zurückgekommen bin, aber als ich mein Handy rausgeholt habe, sah ich, dass er mir eine Nachricht geschickt hat.

Jason: *Ich will mich nicht zwischen dich und Jackson stellen. Wenn du jemals entscheidest, was du willst, weißt du, wo du mich finden kannst.*

Ich hänge meine Jacke in den Schrank und sehe durch den Flur zu Braydens Tür. Sie ist geschlossen, aber ich kann Licht sehen.

„Weil ich ein egoistisches Arschloch bin, wenn es um dich geht, und all die Dinge tun will, von denen du gesagt hast, dass ich sie nicht tun kann."

Ich bekomme Gänsehaut bei der Erinnerung an seine Worte und das Gefühl seines Mundes so nahe an meinem Hals und meinen Lippen. Ich will ihn, und er will mich.

Vielleicht wäre es egal, ob ich nachgebe. Vielleicht ist unser professionelles Leben so weit entfernt, dass es keinen Unterschied machen würde.

Aber ich weiß, dass Brayden ein Familienmensch ist, und ich glaube keinen Moment lang, dass er nicht irgendwann eine Frau und Kinder haben will. Er wird einen wundervollen Ehemann und Vater abgeben. Für eine andere Frau. Daran zu denken, lässt mich wünschen, dass ich diese Frau sein könnte, aber ich weiß, dass ich es nicht bin, und dass es ein Risiko ist, das ich nicht eingehen will. Wenigstens nicht, bis Noah erwachsen und ausgezogen ist. Was mich dazu bringt, die Treppe in der Dunkelheit hochzugehen und allein zu schlafen.

KAPITEL SECHZEHN

BRAYDEN

*I*ch habe letzte Nacht richtig beschissen geschlafen, und da heute Abend Ethans Junggesellenabschied ist, werde ich später dafür bezahlen. Aber ich konnte es nicht vermeiden. Ich habe gehört, wie sie nach Hause gekommen und die Treppe hochgegangen ist, bevor das Wasser in ihrem Badezimmer anging und sie sich fürs Bett fertigmachte. Ich habe gewartet, aber sie ist nicht gekommen. Ich habe mich verletzlich gemacht und meine Gefühle preisgegeben, und sie ist nicht zu mir gekommen.

Wenn sie mich nicht will, muss ich damit einfach zurechtkommen. Auch wenn ich spüre, wie sie mich ansieht. Auch wenn ich nicht glauben kann, dass das Knistern zwischen uns einseitig ist.

Um fünf Uhr gebe ich meinen Kampf um den Schlaf

auf, koche Kaffee und lege mich mit einer Tasse und einem Buch wieder ins Bett. Es dauert eine Weile, aber irgendwann interessiert der Krimi mich genug, um meine Gedanken von der Frau im Obergeschoss abzulenken.

Das ist der Grund, wieso ich kaum mitbekomme, dass Molly in meinem Zimmer ist, bis sie in mein Bett klettert und mir das Buch aus meinen Händen nimmt. „Wir müssen reden." Sie setzt sich auf und starrt mich wartend an, bis ich mich hochdrücke und gegen das Kopfteil lehne. Gott, es ist fast acht Uhr.

„Wie hast du geschlafen?"

Sie schüttelt den Kopf. „Nicht gut, aber ich wollte mit dir reden, bevor Noah nach Hause kommt." Sie mustert meinen nackten Oberkörper, meine Arme und blickt etwas zu lange auf den Saum meiner Pyjamahose. Ihre Shorts sind so winzig, dass sie fast ein Höschen sein können, und ihr langärmliges Baumwolloberteil ist so dünn, dass ich ihre Brustwarzen darunter erkennen kann. Ihr Haar ist in einen unordentlichen Dutt geknotet, und ein paar Strähnen fallen um ihr Gesicht herum. Sie sieht aus, als wäre sie direkt aus meiner Fantasie in mein Schlafzimmer gekommen.

„Alles in Ordnung?" Ich hebe eine Hand, um eine Strähne hinter ihr Ohr zu schieben, lasse sie aber wieder fallen, bevor ich sie berühre. Sie muss entscheiden, was ihre neue Grenze ist … wenn sie sie überhaupt ändern will.

Molly atmet tief ein. „Ich mag dich, Brayden. Ich mochte dich, bevor wir die Nacht miteinander verbracht haben, und ich mag dich jetzt. Aber ich …" Sie schüttelt den Kopf und begegnet meinen Augen. „Ich bin kein *Beziehungsmensch*."

Ich hebe die Augenbrauen. „Wie bitte?" Das klingt wie etwas, das ein Arschloch sagen würde – ein Kommentar, den er benutzt, um Frauen dazu zu bringen, mit ihm zu schlafen. Aber sie ist kein dahergelaufener Kerl. Sie ist Molly, und sie braucht keinen Kommentar, um mich ins Bett zu kriegen. Nach allem, was ich gestern gesagt habe, weiß sie das.

„Ich habe eine Entscheidung getroffen, als Noah geboren wurde. Ich habe andere alleinerziehende Mütter getroffen und gesehen, wie Beziehungen sie beeinträchtigten. Ich weiß, was es mit mir angestellt hat, als ich ein Kind war." Sie schluckt schwer. „Meine Mutter war mit drei verschiedenen Kerlen zusammen, bevor sie Nelson geheiratet hat. Alle Beziehungen waren ernst genug, dass ich gedacht habe, sie würden für immer in meinem Leben bleiben. Ich ..." Sie mustert mich, als würde sie nach einem Anzeichen suchen, das ihr vermittelt, dass ich sie verstehe. „Ich habe eine Bindung zu ihnen aufgebaut, und als sie sie verlassen haben, haben sie auch mich verlassen. Als sie Nelson geheiratet war, war ich beinah verzweifelt. Kinder sind nicht dumm. Sie wissen, dass sie ein Teil der Beziehung sind. Sie hören, wie Erwachsene sich um Geld und Erledigungen und Tanzstunden für das Kind streiten. Ich dachte, dass es meine Schuld war, dass sie Schluss gemacht haben."

„Molly ..." Meine Stimme bricht. Ihre Augen sind auf das Kopfteil meines Bettes gerichtet, als wäre es zu schwer, das alles zu sagen und mich gleichzeitig anzusehen.

„Ich will kein Mitleid, okay? Ich rede nur ungerne darüber, weil ich Mitleid hasse, aber ich will, dass du mich verstehst. Auch wenn Nelson mich nicht zerstört hätte, ist es ganz anders, mit einer Frau zusammen zu sein, die Kinder hat. Wenn ich dich nach Hause bringe und es nicht klappt, dann beeinträchtigt es auch meinen Sohn."

„Mich nach Hause bringen? Molly, wir leben zusammen."

Sie verdreht die Augen und lächelt *fast*. „Du weißt, was ich meine."

„Ja." Meine Stimme ist heiser. „Ich glaube schon." Und ich weiß bereits, dass ich die Richtung, in die dieses Gespräch führt, nicht mag.

„Ich habe entschieden, dass ich keine Kerle in sein Leben bringen und sie wieder wegnehmen werde. Dass ich nur ein paar lockere Treffen haben würde, wenn ich mit jemandem ausgehen will. Ich werde tun, was auch immer ich muss, um Noah vor den Gedanken zu beschützen, die mich als Kind geplagt haben. Ich will meinen Sohn nie so verzweifelt sehen, dass er denkt, wegen *mir* Missbrauch ertragen zu müssen."

Geplagt. Die Art, wie sie es sagt, lässt mich fast denken, dass sie sich selbst die Schuld gibt. „Es war nicht deine Aufgabe, ihn zu stoppen. Es war seine Aufgabe, dich nie zu missbrauchen."

Sie winkt mich ab. „Ja, ich weiß das."

Aber tut sie das wirklich?

Sie beißt sich auf die Unterlippe. „Verstehst du, was ich sage?"

Mein Magen verkrampft sich. Ich habe gestern Nacht mein Herz offenbart. „Du sagst, dass es nicht passieren kann."

Sie schüttelt den Kopf und setzt sich auf meinen Schoß.

Ich atme zittrig ein – weil ich sie *verdammt nochmal* gerne auf meinem Schoß habe –, halte meine Hände aber still. „Sag mir, was du willst."

Molly legt ihre Hände auf meine Brust und senkt den Kopf, bis ihre Lippen gegen meine streifen und ich von Sehnsucht übermannt werde.

„Ich sage", flüstert sie, „dass das alles ist, was ich dir geben kann." Sie streift mit ihren Fingern durch mein Haar und knabbert an meiner Lippe. „Aber es ist deins, wenn du es willst. Solange ich hier lebe."

Ich greife ihre Hüfte mit einer Hand und ihr Haar mit der anderen. Als meine Zunge über ihre Lippen fährt, stöhnt sie und drückt sich gegen mich.

Ich kann kaum darüber nachdenken, was sie sagt – oder alles andere –, während ihr Mund auf meinem ruht und ihr Arsch auf meinem Schoß ist. Sie vertieft den Kuss, und ich bin bereit, sie aufs Bett zu werfen und ihr ihre Klamotten auszuziehen, als ich höre, wie die Haustür geöffnet und geschlossen wird.

„Mami!"

Als sie Noah hört, springt Molly vom Bett, ihr Atem schwer. „Verstehst du mich?"

„Mami?"

Ich atme tief ein und versuche, etwas Sauerstoff in mein Gehirn zu lenken. Ich verstehe es, auch wenn ich es nicht mag. „Ja." Ich nicke. Ich bin ein Kerl, und Molly ist eine wunderschöne Frau. Ich sollte mich fühlen, als hätte ich in der Lotterie gewonnen, aber wir haben nicht einmal begonnen, und ich weiß bereits, dass es nicht genug ist. Sie bietet mir ihren Körper an, und wenn das vor sieben Monaten, als sie in New York war, nicht genug gewesen ist, wird es das jetzt auch nicht sein. Nicht, wenn sie hier ist. Nicht, wenn ich sie kenne und *sehe*.

Sie mustert mich ein letztes Mal, bevor sie mein Zimmer verlässt, um ihren Sohn zu begrüßen.

MOLLY

Noah und ich verbringen den Samstagmorgen miteinander. Ich habe nur ein paar Stunden mit ihm, bevor meine Mutter wiederkommt, um ihn abzuholen, damit ich die Weihnachtsfeier der örtlichen Bank organisieren kann.

Noah und ich haben zwei Schneemenschen gebaut. Seiner ist ein Junge mit einer blauen Krawatte und meiner ist ein Mädchen mit einer pinken Baskenmütze – beides Dinge, die ich in einem Second Hand Laden gekauft habe, um sie zu Noahs Verkleidungskiste hinzuzufügen. Noah lacht wie verrückt, als Brayden rauskommt, um den Kreaturen Sonnenbrillen aufzusetzen.

„Was?", fragt Brayden. „Es ist sonnig, und Schneemann-Augen sind sehr empfindlich."

„Entschuldigen Sie, mein Herr, aber ich habe ein Schneemädchen gebaut", sage ich und stemme die Hände in die Hüften. „Sie mag es nicht, Mann genannt zu werden."

Brayden drückt eine Hand auf seine Brust und verbeugt sich dramatisch vor meinem Schneemädchen. „Ich entschuldige mich, Schnee-Fräulein. Bitte verzeihen sie mir meine Ignoranz und sagen Sie mir, wie ich es wieder gutmachen kann."

„Sie kann nicht *sprechen*", sagt Noah und kichert. „Sie ist aus *Schnee*."

Brayden legt beide Hände auf ihre Ohren und sieht Noah verblüfft an. „Jetzt hast *du* ihre Gefühle verletzt."

Noah runzelt die Stirn und geht zu meinem Schneemädchen, um sie auf die Wange zu küssen. „Tut mir leid, Schneemädchen."

Brayden senkt seinen Kopf und legt sein Ohr auf ihren Mund. „Was? Ach, wirklich?" Er dreht sich zu Noah. „Sie sagt, dass sie dir vergibt, weil sie mit dir befreundet sein will. Sie hat etwas ihrer Magie zu der besonderen heißen Schokolade auf dem Tisch drinnen hinzugefügt."

Noah richtet sich sofort auf und sieht zu mir. „Kann ich nachschauen?"

„Natürlich. Geh rein und ich werde nur kurz ein paar Sachen wegräumen, bevor ich reinkomme."

Noah eilt ins Haus und lässt Brayden und mich allein zurück.

Ich schlucke schwer, als ich mich zu ihm drehe. Mein Herz ist einfach zu voll. „Danke."

Er streicht Schnee aus seinem dunklen Haar. „Wofür?"

„Du bist so toll zu ihm. Du bist nie ..." Ich schaue zum Haus, wo ich Noah am Tresen mit seiner Tasse sehen kann. „Du bist nie genervt, dass er da ist. Auch wenn es bedeutet, dass wichtige Gespräche unterbrochen werden."

Braydens Lächeln ist sanft, und ich spüre Schmetterlinge in meinem Bauch. „Ich mag Noah, und ich habe ihn gerne hier. Und das Gespräch ..." Er atmet ein, bevor er eine Strähne hinter mein Ohr streicht. „Ich glaube, ich war sowieso schon fertig, als er nach Hause gekommen ist."

Sein Daumen fährt über mein Kinn, und Feuer fließt durch meine Adern, als ich mir vorstelle, was passiert wäre, wenn ich den Mut gehabt hätte, zu Brayden zu gehen, als ich ihn um fünf Uhr gehört habe. Sein Blick fällt auf meinen Mund und seine Pupillen weiten sich. Ich weiß, dass er dasselbe denkt wie ich. „Du solltest reingehen und deine magische heiße Schokolade trinken, bevor sie kalt wird."

Ich will ihn so sehr küssen, aber als ich seinem Blick zum Küchenfenster folge, sehe ich, dass Noah uns ansieht. „Hat mein Schneemädchen auch etwas Magie für dich übrig gelassen?"

„Gottseidank." Brayden geht zur Tür, dreht seinen Kopf aber zu mir, bevor er ins Haus verschwindet. „Ich brauche definitiv etwas Süßes."

BRAYDEN

Molly versucht, mich umzubringen. Das ist die einzige Erklärung dafür, dass sie in einem weißen Bademantel und feuchtem Haar in die Küche kommt. Sie ist darunter garantiert nackt.

Jill ist kurz nachdem wir die heiße Schokolade ausgetrunken hatten, gekommen, um Noah abzuholen, und Molly ist nach ihrer Abfahrt sofort in die Dusche gesprungen. Ich musste mich verdammt zusammenreißen, um ihr nicht zu folgen. Da ich nicht will, dass unser nächstes erstes Mal in der Dusche stattfindet, zwang ich mich, ihr zu widerstehen. Aber jetzt steht sie in meiner Küche. In einem Bademantel. Und ansonsten wahrscheinlich nackt.

„Wieso siehst du mich so an?" Sie lehnt sich gegen die Tür der Speisekammer und lächelt mich über ihre dampfende Kaffeetasse an.

„Ich versuche, zu entscheiden, was du trägst oder nicht trägst, und ob du absichtlich versuchst, mich den Verstand verlieren zu lassen."

Sie stellt die Tasse auf die Theke und zieht fest an dem Gürtel um ihre Taille – aber leider nicht fest genug, damit sich der Bademantel öffnet. „Du solltest selbst nachsehen."

Ich gehe auf sie zu, verzweifelt, sie erneut zu kosten und ihre Haut zu spüren. „Wann musst du gehen?"

„Zu bald."

Ich schlucke schwer. Jetzt, da ich ihre Erlaubnis habe,

sie zu berühren, will ich sie in meinem Bett und nirgendwo sonst.

Die Erlaubnis, sie zu berühren, aber nicht, mit ihr eine Beziehung zu führen.

Es ist ein Angebot, dem ich widerstehen sollte, aber nicht kann. *Gott.* Vielleicht wird es das wert sein – sie gehen zu lassen und ihr beim Gehen zuzusehen –, wenn es bedeutet, dass ich sie für kurze Zeit in meinen Armen halten kann.

Ich presse sie gegen die Wand, und ihr Körper wölbt sich gegen meinen, während ich meinen Mund auf ihren lege – eine Berührung unserer Lippen und Zungen, ihre Hände auf meiner Brust und in mein Hemd gekrallt.

Ich schiebe meine Hand zwischen unsere Körper und ziehe den Knoten auf. Der Stoff öffnet sich, und meine Hand fährt darunter. Ich zische, als ich die Spitze spüre, unterbreche den Kuss und trete zurück, um den Bademantel von ihren Schultern zu streifen. Ihre Lippen öffnen sich, und ihre Augen werden dunkler, als er zu Boden fällt. Ich mustere sie – die festen Brustwarzen unter der schwarzen Spitze, das kaum vorhandene V des Stoffes zwischen ihren Oberschenkeln.

Ich weiß nicht, wieso, aber der Gedanke, dass sie den Bademantel über ihre Spitzenunterwäsche gezogen hat, macht es noch heißer. Vielleicht, weil es absichtlich schien. Als hätte sie die Unterwäsche angezogen, an mich gedacht und ist dann im Bademantel in die Küche gekommen, um sicherzugehen, dass ich sie so sehe.

Ich schüttele verwundert den Kopf und streiche mit den Knöcheln von der Seite ihrer Brust über ihre Taille bis zu ihrer Hüfte. Im Sonnenlicht, das durch das Küchenfenster scheint, kann ich die Schwangerschaftsstreifen erkennen, die ich während unserer gemeinsamen Nacht nicht bemerkt habe. Die Streifen, die sie von ihrem Sohn bekommen hat. „Du bist so schön. Ich kann mir nicht vorstellen, wie du perfekter sein könntest."

Sie zieht mich beim Hemd zu sich und küsst mich fest, bevor sie einen Schritt nach hinten macht und es über meinen Kopf zieht. „Ich will dich auch ansehen", sagt sie, als sie es auf den Boden wirft.

Ich halte den Atem an, als ihre Fingerspitzen über meine Brust bis zu meiner Hose und zum Reißverschluss gleiten.

„Wir haben fünfzehn Minuten, bevor ich los muss", sagt sie, ihre Augen auf mir. „Bring mich ins Bett."

Ich lehne mich vor und knabbere an ihrem Hals. „Das ist nicht annähernd genug Zeit."

Sie wimmert und streckt sich mir entgegen. „Klar ist es das."

Ich trete lächelnd näher, damit ich einen Oberschenkel zwischen ihre Beine pressen kann. Sie riecht so verdammt gut – ein Cocktail aus ihrer Erregung und Erdbeer-Shampoo. Ich will jeden Zentimeter von ihr küssen. „Ich werde mich nicht beeilen", murmele ich, halte ihre Brust aber in meiner Hand und kneife den Nippel. Ich liebe die Art, wie sie keucht. Die Art, wie ihre Hände in mein Haar tauchen und daran ziehen.

„Bitte, Brayden." Sie wiegt sich gegen mich, ihre Hüften auf meinem Bein, ihre Worte heiß in meinem Ohr. „Ich will dich so sehr."

Die Haustür wird aufgeworfen, und ich höre, wie meine Brüder meckernd reinkommen.

Molly reißt die Augen auf, als ich grinsend ihre Hand in meine nehme und sie in die Speisekammer führe, bevor ich die Tür hinter uns schließe. Meine Brüder stürmen in die Küche, und ich notiere mir im Kopf, mit ihnen über das Thema Anklopfen zu sprechen.

„Wir sind zu früh", sagt Jake. „Lasst die Party beginnen."

„Brayden, wo zur Hölle bist du?", ruft Carter.

Ich ignoriere ihn und streichele Mollys Seiten, während sie zittert, und dann nehme ich ihren Arsch in beide Hände und lege meinen Mund auf ihren.

„Brayden?", ruft Jake. „Bist du zu Hause?"

„Was machen deine Brüder hier?", flüstert Molly.

„Schh", flüstere ich gegen ihre Lippen. „Sie werden dich hören."

Sie versteift sich und schüttelt den Kopf. „Kann das unser Geheimnis bleiben? Kannst du es deiner Familie verheimlichen?"

Ich erstarre bei ihren Worten. Ich dachte, sie würde nicht gerne von meinen Brüdern nackt in meinen Armen gefunden werden, nicht, dass sie nicht wollte, dass sie von uns erfahren.

Sie hebt ihre Hände zu meinem Gesicht. „Ich will keine Fragen über uns beantworten. Weißt du?"

„Es kann unser Geheimnis bleiben. Es kann sein, was auch immer du willst", sage ich und lehne mit der Stirn gegen ihre, als ich die Augen fest schließe. Mich in ihren

Grenzen zu bewegen, könnte zur Folter werden. „Du machst die Regeln, Moll."

Sie streicht über meine Brust und knöpft meine Hose auf, bevor eine Hand reinschlüpft und meinen Schwanz durch meine Boxershorts berührt. „Ich will *dich*. Sofort."

Ich setze sie auf die Theke und spreize ihre Beine, damit ich mich zwischen sie stellen kann. Ihre Hände finden erneut mein Haar und ziehen daran, als unsere Münder in der Dunkelheit aufeinandertreffen. Sie ist berauschend – ihre weiche Haut, der minzige Geschmack ihrer Zahnpasta und der Geruch ihres Erdbeer-Shampoos. Mit ihr fühle ich mich, als wäre ich erneut sechzehn Jahre alt, als würde ich heimlich Erdbeerwein trinken und mit meinem Schwarm rummachen. Doch dies hier ist viel besser, denn wir sind absolut nüchtern und Molly McKinley ist in meinen Armen und zittert als Antwort auf meinen Mund auf ihrem Hals, meinen Lippen auf ihrer unglaublich sanften Haut.

Ich küsse die empfindliche Stelle unter ihrem Ohr und rolle ihre Brustwarze mit den Fingern durch den Stoff ihres BHs. Sie gibt ein verzweifeltes Geräusch von sich, das wie mein Name klingt.

„Schh", sage ich, aber ich bin mir der Stimmen meiner Brüder in der Küche kaum bewusst. Sie könnten genauso gut in Mexico sein. Ich konzentriere mich so sehr auf Molly – auf das Gefühl, die Art, wie sie auf mich reagiert, und alles, was ich mit ihr tun will. Wir haben nicht annähernd genug Zeit, aber ich werde sie nicht unbefriedigt wegschicken.

Ich bahne mir langsam den Weg über ihren Körper,

necke ihre Brustwarzen, umringe ihren Bauchnabel und streichele den Saum ihres Höschens.

Auf der anderen Seite der Tür höre ich, wie sich jemand räuspert, und dann sagt Jake: „Wir kommen später wieder."

Sie haben zweifellos ihren Bademantel und mein Hemd gefunden und werden später nach einer Erklärung fragen und mich durchschauen, wenn ich ihnen sage, dass nichts zwischen uns läuft. Das ist ein Problem für später. Alles, was in diesem Moment wichtig ist, ist, der Frau in meinen Armen einen Orgasmus zu schenken.

Mit einer Hand in ihrem Haar lasse ich die andere zwischen ihre gespreizten Beine gleiten und streiche mit den Knöcheln gegen sie. Sie ist so feucht, dass ich sie durch den Stoff spüren kann, und drückt suchend gegen meine Hand.

Ich bewege meine Hand noch einmal neckend und sauge ihr Ohrläppchen zwischen meine Zähne. „Ich will stundenlang mit dir spielen", flüstere ich in ihr Ohr und ziehe die Spitze beiseite, um ihre Öffnung zu umkreisen. Sie ist so verdammt feucht für mich. Ich könnte den ganzen Tag hierbleiben. „Ich will dich kosten."

„Brayden." Sie bebt in meinen Armen. „Ich denke ständig daran. Deine Hände ..."

Ich schiebe einen Finger in sie, und sie keucht auf. Sie ist eng und die Geräusche, die sie von sich gibt ... „Wenn ich mehr Zeit habe, werde ich dich dort erneut küssen." Ich beiße ihren Hals und sauge und necke sie mit den Zähnen, wie sie es mag. „Ich habe so oft daran gedacht, dich mit meinem Mund zum Kommen zu bringen. Hast du auch daran gedacht, Molly? Wie ich an dir sauge? Dich lecke?" Ich stoße meinen Finger in sie, ziehe ihn raus und füge einen zweiten Finger hinzu, bevor ich mit der Handfläche gegen ihre Klitoris drücke.

„Ja", flüstert sie. „So oft."

„Ich will, dass du die ganze Nacht bei der Arbeit daran denkst. An mich und wie ich dich berühren werde, wenn du nach Hause kommst."

Sie zittert in meinen Armen, und ihr Körper verspannt sich um meine Finger, bevor sie endlich ihre Erlösung findet und in meine Schulter beißt, um ihren Schrei zu unterdrücken.

Ich reibe sie sanft durch die letzten Wellen des Orgasmus, und sie hängt in der Dunkelheit an mir. Heute Nacht werde ich sie berühren, während das Licht an ist. Ich muss ihr Gesicht sehen, wenn sie von Lust übermannt wird.

Sobald ich weiß, dass sie fertig ist, küsse ich sie innig, um ihr zu sagen, was ich mit Worten nicht ausdrücken darf. *Es sind mehr als nur Berührungen. Es ist mehr als nur körperlich. Du bist mehr wert, als du mich dir geben lässt.*

Ich halte sie, bis ihr Atem sich beruhigt. „Tut mir leid wegen der Unterbrechung, aber ich bin mir ziemlich sicher, dass sie gegangen sind. Ich werde dir deinen Bademantel holen und sicherstellen, dass sie nicht mehr da sind."

Sie hüpft vom Tresen und streichelt mich durch meine aufgeknöpfte Jeans. Ich bin unglaublich steif, und das Gefühl ihrer Hand lässt mein Blut rasen. „Was ist mit dir?"

„Später." Ich nehme ihre Hand in meine und führe sie zu meinen Lippen, bevor ich jeden Finger küsse.

„Aber willst du nicht …?"

Ich küsse ihre Handfläche und öffne den Mund, um leicht an ihrem Daumen zu saugen. „Wenn wir Liebhaber sein wollen, musst du akzeptieren können, dass es manchmal um dich gehen wird." Ich streiche mit dem Mund gegen ihren und will mehr. Tiefer. Länger. Aber ich widerstehe. „Manchmal will ich dich einfach nur zum Kommen bringen."

Mit diesen Worten knöpfe ich meine Hose zu und schlüpfe aus der Speisekammer, um ihren Bademantel zu holen.

„Alles klar", sage ich und öffne die Tür für sie. „Meine Brüder sind weg."

Sie blinzelt gegen das Licht, und ich präge mir ihr Gesicht ein. Ich liebe die Art, wie ihre Wangen gerötet und ihre Lippen tiefpink sind. „Wieso waren sie hier?"

Ich zucke mit den Schultern. „Meine Familie braucht keinen Grund. Ich glaube, sie wollten über unsere Pläne für heute Abend reden."

„Oh, richtig. Der Junggesellenabschied."

Ich sehe nickend zur Uhr. „Ich habe dir nicht viel Zeit gelassen, um dich fertig zu machen."

Sie grinst. „Das war es wert."

„Um wie viel Uhr ist die Feier heute Abend vorbei?" Ich werde einen Weg finden müssen, um mich abzulenken, damit ich die Minuten nicht zähle.

„Sie haben den Raum bis elf Uhr gebucht, aber wir

sollten bis dahin mit dem Großteil des Putzens fertig sein. Ich werde gegen Mitternacht zu Hause sein."

„Ich kann die Party etwas früher verlassen und dir helfen, wenn du willst."

Sie schüttelt den Kopf. „Nein. Ich bin mir sicher, dass ich uns in mein Büro sperren und mich an dir vergreifen würde."

„Ist das ein Ja?"

Feuer lodert in ihren Augen. „Ich hatte keine Ahnung, dass du so wild sein kannst, Herr Jackson."

Ich reibe mit dem Daumen über ihre Unterlippe. „Bin ich nicht, aber ich habe eine Schwäche für dich."

Sie berührt meine Schulter, wo eine kleine, rote Biss-stelle ist. „Tut mir leid."

Ich grinse. „Das war es wert."

KAPITEL SIEBZEHN

BRAYDEN

*E*than hatte nur eine Bedingung für seine Party, und sie war simpel – keine Stripclubs.

Da ich mich bei dem bloßen Gedanken an Stripclubs in Desinfektionsmittel baden will – nicht wegen den hübschen Damen, die dort arbeiten –, war ich mehr als erfreut, diese Regel zu befolgen. Meine Brüder und ich haben den Bräutigam zur Familienhütte gebracht, wo wir im Schnee Paintball gespielt haben, bevor wir geduscht und in ein Restaurant in Grand Rapids gegangen sind, das für seine Bourbon-Auswahl bekannt ist.

Wir haben vor einer Stunde zu Abend gegessen und sind jetzt in einem Privatraum hinten im Restaurant. Alle haben Spaß, und sie sind heiter und aufgelockert von den Bourbon-proben – alle außer mir, da ich heute nicht so viel trinke. Wir haben einen Fahrer, der uns nach Jackson Harbor bringen wird, aber das Letzte, was ich will, ist zu betrunken zu sein, um meine wunderschöne Mitbewohnerin zu verführen.

Natürlich habe ich an sie gedacht, seit sie zur Arbeit gegangen ist, und all meine Brüder haben bemerkt, wie abgelenkt ich bin. Trotz meiner Versuche, völlig vor Ort zu sein, ist mein Kopf mindestens zu achtzig Prozent in der Speisekammer, wo ihr zittriges Stöhnen noch immer verweilt.

„Brayden?"

Ich drehe mich um, als ich die bekannte Stimme höre, und sehe Sara, die Augen strahlend, eine Hand auf ihrer Brust.

„Du bist es wirklich. Was für ein Zufall." Sie dreht den Kopf und mustert meine Brüder. „Alle Jackson-Jungs sind hier."

Ich spüre die Wut meiner Brüder, aber sie verhalten sich ruhig und lassen mich entscheiden, was passiert. „Junggesellenabschied", sage ich und hebe mein kaum getrunkenes Glas an.

Sie wird blass und versteift sich. „Herzlichen Glückwunsch", sagt sie … *zu mir*. Sie denkt, es ist *mein* Junggesellenabschied. Die Art, wie Molly den Arm um mich geschlungen hat, muss sie überzeugt haben − eine Lüge, die ich nicht mag, aber auch nicht korrigieren will.

„Ethans", sage ich sanft.

„Oh!" Ich wäre dumm, nicht zu bemerken, wie sie sich entspannt. Sie lenkt ihre Aufmerksamkeit auf meinen Bruder, und ihr Ausdruck wird sanft. „Ich habe gehört, was mit Elena passiert ist. Es tut mir leid. Sie war eine wundervolle Frau."

„Danke", sagt Ethan. Er hätte einst mehr gesagt. Er hätte seine Gefühle mit ihr genauso geteilt wie mit uns allen, denn Sara war einst ein Teil unserer Familie, wie Nic und Ava es heute sind. Aber heute Abend bekommt sie nur ein Wort und sonst nichts. Ich bin nicht der Einzige, den sie verletzt hat, als sie verschwunden ist.

„Ich werde euch in Ruhe lassen." Sara windet sich, als sie uns offensichtlich noch nicht verlassen will, bevor sie meinem Blick begegnet. „Ich hoffe, wir können gemeinsam essen. Ich habe auf deinen Anruf gewartet." Mit einem kleinen Winken dreht sie sich um und geht auf den Hauptspeisesaal zu.

Ethan blickt mich lange an, aber ich schüttele nur den Kopf, um ihn wissen zu lassen, dass ich nicht darüber reden will. Dann werde ich von seinem vibrierenden Handy gerettet. Er zieht es aus seiner Tasche und lacht, als er den Bildschirm ansieht. „Lilly und Nic haben im Keller eine riesige Kissenburg gebaut – entschuldigt, ein Kissen*schloss* –, und Lilly hat sie angefleht, dort zu schlafen." Er dreht sein Handy, um uns Lilly zu zeigen, die mit offenem Mund schläft. Sie ist von einer umgeworfenen Kissenburg umgeben und hat eine Krone auf dem Kopf. „Sie wollte die Krone nicht abnehmen, weil sie heute Abend eine Prinzessin ist."

„Entschuldigung. " Jake schnaubt. „Meine Nichte ist *jede* Nacht eine Prinzessin."

Ethan schmunzelt. „Natürlich ist sie das. Mein Fehler."

„Nic ist zu Hause? Ist heute Abend nicht ihr Jungge-sellinnenabschied?", fragt Carter, seine Augen glasig vom Alkohol.

„Erst am Donnerstag", sagt Ethan. „Das ist der einzige Tag, der allen Mädels passt."

Carter grinst. „Ich frage mich, was sie tun werden."

Ethan drückt seinen Nacken, als würde der Gedanke allein ihn stressen. „Veronica plant alles", sagt er über die Zwillingsschwester seiner Verlobten", „also bereitet Nic sich auf das Schlimmste vor."

„Das Schlimmste im Sinne von nackten, eingeölten Männern, die sich an deiner Verlobten und ihren Freun-dinnen reiben?", fragt Carter.

Levi lacht. „Bietest du dich an, Carter? Ich weiß, dass Frauen über Feuerwehrmänner fantasieren."

„Fick dich", sagt Carter ohne jegliche Wut.

Ethan zuckt mit den Schultern. „Ich weiß nicht, was sie planen, aber ich mache mir keine Sorgen. Ich will nur, dass sie Spaß hat."

„Ellie hat gesagt, dass Veronica es geheimhält", meint Levi.

„Arme Nic", murmelt Ethan.

„Wo wir von Ellie sprechen", schneidet Jake an und schwenkt sein Glas. „Hat alles geklappt? Seid ihr wieder zusammen?"

Levi streichelt mit der Hand durch sein Haar und nickt. „Jap. Der letzte Monat ..." Er trinkt einen Schluck und mustert sein Glas, als würde er nach den richtigen Worten suchen. „Es war schwer, zu warten, bis sie bereit war. Aber es war gut, wisst ihr? Ich habe es überstürzt, als sie und Colton Schluss gemacht haben, und dann war ich wieder vor ihrer Nase, bevor Ellie sich überhaupt an etwas erinnern konnte. Ich glaube, wir mussten beide wissen, dass wir warten könnten und alles in Ordnung wäre. Dass dieses Gefühl zwischen uns nicht etwas ist, das wir übereilen müssen, um daran festzuhalten. Es ist nicht vergangen, und unsere Beziehung auch nicht."

Ethan grinst. „Hat mein kleiner Bruder bei meinem Junggesellenabschied etwa etwas Schlaues gesagt?"

„Halt die Klappe", sagt Levi. „Ich wollte zum Stripclub gehen."

„Natürlich wolltest du das", murmelt Jake.

„Verdammt, das bedeutet, ich bin bald der letzte Single unter den Jackson-Brüdern", sagt Carter. „Gott hilf mir."

Jake und Ethan lachen, aber Levi runzelt die Stirn und deutet mit dem Daumen auf mich. „Vergisst du den immerwährenden Single Brayden?" Sein Blick wandert zur Tür, durch die meine Ex-Freundin gerade verschwunden ist, und er reißt die Augen auf. „Verdammt, du bist nicht wieder mit Sara zusammengekommen, oder?"

Ethan hustet in seinen Bourbon.

Ich schüttele den Kopf. „Nein."

„Er meidet sie immer noch", sagt Carter.

Jake grunzt. „Ich kann es ihm nicht übelnehmen."

„Ich will nicht über Sara reden." Aber verdammt, ich muss sie anrufen und ein Treffen vereinbaren. Vielleicht zum Kaffee oder so. Ich habe darüber nachgedacht, das

Pro und Contra in Erwägung gezogen, und dann wurde ich abgelenkt. Heute Abend hat mich daran erinnert.

„Also kann ich mit Sicherheit sagen, dass der Bademantel auf deinem Küchenboden *nicht* Sara gehört hat?", fragt Carter.

Jake stößt ihm mit dem Ellbogen in die Magengrube. „Halt den Mund. Wenn er wollen würde, dass wir wissen, was los ist, hätte er sich nicht in der Speisekammer versteckt."

Ich sehe meine Brüder finster an. „Ihr solltet lernen, wie man klopft."

Jake stellt seinen Drink ab und hält die Hände in die Luft. „Ich verspreche, dass ich ab jetzt klopfen werde."

Levi runzelt die Stirn, und ich könnte über die Verwirrung auf seinem Gesicht lachen, wenn die Situation mit Molly auch nur annähernd belustigend wäre. Er war so beschäftigt damit, den Verkostungsraum zu eröffnen und sich mit seinen neuen Aufgaben zurechtzufinden – nicht zu vergessen, was mit seiner Freundin los war –, dass er der Einzige zu sein scheint, der meine unerwiderte Liebe für meine Mitbewohnerin nicht bemerkt. „Molly?", fragt er sanft, als hätte er Angst, mich zu verletzen. „Scheiße. Du und Molly? Ich dachte, es war ein einmaliges Ding. Wann ist das passiert?"

„Es ist nicht passiert", sage ich. „Hör nicht auf diese Trottel. Molly und ich sind Mitbewohner. Das ist alles."

„Mitbewohner, die in der Speisekammer vögeln?", fragt Carter.

Ich sehe ihn finster an, und er senkt den Kopf und

hält die Hände hoch. Er weiß, dass er nicht mehr sagen sollte, auch wenn ich weiß, dass er es möchte.

„Wir werden dein Geheimnis für uns behalten, Bruder", sagt Jake.

Ich verschränke die Arme und lehne mich in meinem Stuhl zurück. „Also hast du bereits mit Ava darüber gesprochen?"

Er zuckt mit den Schultern. „Da lag ein Frauenbademantel und eins deiner Hemden auf deinem Küchenboden, und *Geräusche* kamen aus der Speisekammer. Sollte ich das für mich behalten?"

Ich blicke ihn durch zusammengekniffene Augen an, und diesmal stößt Carter ihn mit dem Ellbogen an. „Ich glaube, das bedeutet Ja", murmelt er.

Jake sieht zu mir. „Verstehst du, wie leicht meine schwangere Frau verletzt ist? Ich kann es nicht riskieren, ihre Gefühle zu verletzen, indem ich ihr etwas verheimliche."

„Versuch es", murmele ich, „und mach keine Annahmen darüber, was du gesehen hast."

„Was ist damit, was wir gehört haben?", flüstert Carter Jake zu.

Mein Blick verfinstert sich.

„Mein Glas ist leer", sagt Levi und steht auf.

„Warte", sagt Carter und trinkt sein Glas aus, bevor Jake es ihm gleichtut.

„Braucht ihr etwas?", fragt Levi Ethan und mich.

Wir schütteln die Köpfe und sehen zu, wie unsere Brüder zur Bar gehen.

Neben mir räuspert Ethan sich. „Wie läuft es mit deinen Mitbewohnern?"

„Das Haus ist groß genug", sage ich, ohne wirklich zu antworten.

„Du und Molly ... versteht euch gut?" Er verzieht das Gesicht. „Ausgenommen von Speisekammer-Momenten?"

Ich starre ihn an. „Wieso fragst du nicht, was du fragen willst?"

„Du hast ihr nicht gesagt, was du für sie empfindest."

Es ist keine Frage, also antworte ich nicht.

Ethan schweigt einen Moment lang, und ich glaube, dass er es dabei belässt, bis er sagt: „Ich erinnere mich daran, wie Nic bei mir eingezogen ist, nachdem wir, äh, *zusammen waren*." Er lächelt, obwohl er die Situation damals nicht so amüsant fand. Ethan und Nic haben sich im Jackson Brews getroffen und sind danach in ihr Hotelzimmer gegangen. Am nächsten Tag hat er herausgefunden, dass sie seine neue Nanny war. „Ich hatte kein Interesse an einer Beziehung – vor allem nicht mit jemandem, der eine Verbindung zu Lilly aufbauen würde. Aber ich konnte mich nicht von ihr fernhalten."

„Es hat alles funktioniert." Nächstes Wochenende, drei Tage vor Weihnachten, werden Nic und Ethan vor dem Leuchtturm in Jackson Harbor heiraten, und Nic wird offiziell ein Teil unserer Familie sein. Inoffiziell ist sie seit ihrem ersten Jackson-Familienessen ein Teil von uns gewesen. Sie passt einfach zu uns. *Genauso wie Molly und Noah.*

Ethan schüttelt den Kopf. „Ich habe Glück, dass ich

sie nicht verloren habe. Ich dachte, dass ich Lilly beschützen musste und habe alles fast vermasselt."

„Falls Molly mir jemals eine Chance gibt – und glaub mir, trotz allem, was diese Arschlöcher gesagt haben, ist es ein großes *falls* – werde ich es nicht vermasseln. Du musst dir darüber keine Sorgen machen."

„Vielleicht wirst du das nicht. Aber *sie* ist die mit dem Kind. Sie ist die, die am meisten zu verlieren hat. Zu beschützen."

Ich starre ihn an. „Ich würde Noah niemals weh tun."

„Ich weiß. Gott, sie weiß es wahrscheinlich auch, aber Eltern denken nicht rational." Er atmet tief ein, als würde er überlegen, ob er mehr sagen sollte.

„Sag es."

„Was auch immer du tust, du musst mit Sara reden, bevor du etwas mit Molly beginnst. Du konntest diese Tür nicht schließen. Versau deine Chancen mit Molly nicht, indem du das Kapitel nicht beendest."

Ich nicke. „Ich habe dasselbe gedacht."

Er steht auf, streckt sich und haut mir auf die Schulter. „Wieso kommst du nicht mit, und wir sehen, ob wir unsere Brüder davon überzeugen können, früher zu gehen? Meine Verlobte ist zu Hause, und wenn wir jetzt gehen, könnte ich ihr einen Drink machen und sie davon überzeugen, sich auszuziehen."

„Vorsichtig. Ihr benehmt euch bereits wie ein altes, verheiratetes Paar."

Ethan zuckt mit den Schultern. „Junggesellenabschiede sind dafür gedacht, deine letzte Nacht als freier Mann zu feiern. Ich kann an keine bessere Art denken, als mit der heißen Frau zu feiern, die ich in einer Bar aufgegabelt habe."

„Alles klar." Ich folge ihm zu unseren Brüdern. Um ehrlich zu sein, will ich genauso sehr nach Hause fahren wie Ethan.

KAPITEL ACHTZEHN

MOLLY

*A*ls ich mein Auto in Braydens Garage parke, tun meine Füße weh und jeder Muskel in meinem Körper heult.

Der heutige Abend ist ziemlich gut gelaufen, aber einer der Kellner hatte Magendarm und musste während der Schicht gehen, wodurch die anderen Kellner und ich viel mehr tun mussten.

Aber als ich die Tür öffne und Teelichter und Rosenblätter im Flur sehe, verfliegt all die Erschöpfung wie eine Schneeflocke im Winterwind. Am Ende des Flurs spielt sanfte Musik, und mein müder Körper erwacht bei dem Gedanken an das, was hinter Braydens geschlossener Tür auf mich wartet.

Ich hänge meinen Mantel und meine Tasche an die Garderobe und folge dem Pfad des Kerzenscheins bis in sein Schlafzimmer, während mein Herz wild rast.

Brayden trifft mich an der Türschwelle und gibt mir ein kaltes Glas Champagner. Unsere Finger berühren sich, als ich es ihm abnehme. „Ich habe ein heißes Bad für dich eingelassen."

Ich lächele ihn über das Glas an. „Stinke ich etwa?"

Seine Augen mustern mich. „Ich dachte, du hattest einen langen Tag und könntest ein Bad gebrauchen, um dich zu entspannen. Ich denke nicht, dass du es gut gefunden hättest, wenn ich dir die Kleider vom Leib reiße sobald du zur Tür herinkommst."

Ich trete näher. „Bist du dir da sicher?"

Sein Grinsen ist anders als zuvor − schelmisch und belustigt. Fast jungenhaft. „Ich versuche, ein fürsorglicher Liebhaber zu sein."

„Das wird überbewertet", murmele ich, aber ich bin verschwitzt und würde mich tausend Prozent sexier fühlen, nachdem ich gebadet habe.

Ich betrete sein Schlafzimmer und drehe mich, um ihn anzusehen, als ich mein Glas austrinke und es auf der Kommode abstelle. Ich begegne seinem Blick und ziehe langsam, mein Kleid und meine Unterwäsche aus, während er jeder Bewegung ohne zu blinzeln zusieht. „Willst du mit mir baden?"

Er schluckt schwer. „Wenn du möchtest."

Ich gehe ins Badezimmer, schwinge die Hüften und schenke ihm mein anzüglichstes Lächeln über die Schulter. „Was denkst du?"

Im Badezimmer sehe ich dasselbe − Rosenblätter

überall, Kerzen auf jeder Oberfläche und eine gefüllte, übergroße Wanne mit Düsen.

Ich binde mein Haar zusammen und steige rein. Als Brayden das Badezimmer betritt, ist er wundervoll nackt und *steif*. Lust fließt durch meine Adern. Ich greife mit der Hand nach ihm, und er gesellt sich zu mir, setzt sich und zieht mich auf seinen Schoß, bevor er die Arme um mich schlingt.

Das Wasser ist heiß, und als Brayden die Düsen anmacht, zieht der Strahl die Verspannung aus meinen Muskeln. Ich stöhne und schmelze in seiner Umarmung. Seine Stärke und sein Schwanz unter meinem Arsch sind mir bewusst, und ich versuche, zu verstecken, wie sehr ich mich einfach nur umdrehen und auf ihn gleiten will. „Wie war der Junggesellenabschied?", frage ich stattdessen.

„Gut." Er presst seinen offenen Mund auf meinen Hals, und ich lege den Kopf zur Seite und seufze. „Ich glaube, Ethan hatte Spaß, und das ist am wichtigsten."

„Sind alle deine Brüder gekommen?"

Seine Hände wandern über meinen Bauch. „Willst du jetzt wirklich über meine Brüder reden?"

Ich drehe mich lachend in seiner Umarmung und schlinge die Arme um seinen Nacken. „Du bist immer fürsorglich genug, mich nach meinem Tag zu fragen." Ich setze mich auf ihn und positioniere die Knie zu beiden Seiten seiner Hüften. „Ich wollte es nur erwidern."

Er knurrt und vergräbt sein Gesicht an meinem Hals. Sein Bart kratzt über meine empfindliche Haut, als er daran knabbert, saugt und mich küsst. Ich wiege mich gegen ihn. Härter. Schneller.

Seine Hände gleiten über meinen seifigen Rücken, und er legt sie auf meine Hüften, um mich stillzuhalten. „Mach so weiter, und ich werde ohne ein Kondom in dich gleiten."

Mein Atem stockt bei dem rauen Ton seiner Stimme und bei dem Gedanken, ihn so zu spüren. Wie wäre es, ihn ohne eine Barriere in mir zu spüren? Mich ihm so zu geben? Ich bewege meine Hüften trotz seines Griffs. „Würde es dir etwas ausmachen? Ich nehme die Pille."

Er flucht und lehnt sich zurück, um mir in die Augen zu sehen. „Molly ..."

Ich bewege mich erneut und ändere den Winkel, wo unsere Körper aufeinandertreffen. Und dann ist er genau da – an meinem Eingang. Ich bin so bereit. Ich war den ganzen Tag schon bereit. Für ihn. Für das hier. „Ist das in Ordnung?"

Er schluckt erneut. „Ja." Das Wort klingt atemlos – eher eine Bitte als eine Erlaubnis –, und ich senke mich auf ihn. Mein Atem verlässt mich in einem Rausch, weil er sich so wundervoll anfühlt. Steif und stark, und ich bin *so* voll.

Ich verstecke mein Gesicht in seinem Nacken, denn ich verstehe die Emotionen nicht, die mich durchströmen. Das ist Brayden, und er ist lieb und zärtlich und *wundervoll*. Er ist die Art von Mann, der mir Rosenblüten kauft und Kerzen anmacht. Mir Champagner anbietet. Die Art von Mann, der lieber will, dass ich komme als er.

Seine Hände wandern über mich, gleiten über meinen

Rücken und greifen mich bei den Hüften, als er mir ins Ohr flüstern. *So gut. Gott, du bist wunderschön. Ich habe den ganzen Tag an dich gedacht.*

Ich behalte mein Gesicht an seinem Hals, um mich zu verstecken, weil ich mich zu entblößt fühle. Zu verletzlich.

Aber als ich fast komme und er sich so unglaublich tief in mich stößt, gleiten seine Hände in mein Haar, bevor er mich zurücklehnt, damit ich ihm in die Augen sehe. „Ich will dein Gesicht sehen, wenn du kommst", murmelt er. Die Worte sind mein Verderben und mein Körper verspannt sich, bis ich um ihn zerbreche. Ich liege in Tausenden Stücken und werde irgendwie von seinen Händen auf meinem Rücken und der Intensität in seinen Augen zusammengehalten. Er studiert mich, als wäre ich ein Kunststück, das er sich einprägen will.

Ich küsse ihn, als ich mich erneut bewege, reibe meine Zunge gegen seine und streiche sein Haar zurück. Ich werde immer schneller, als er in mir anschwillt. Als sein Orgasmus ihn überkommt, stößt er sich immer tiefer in mich, bis sein Höhepunkt sich aus ihm ergießt. Er wirft den Kopf zurück und schließt die Augen.

Danach holt er einen Waschlappen, wäscht jeden Zentimeter meines Körpers und lächelt, als er sich mit meinen Brüsten und zwischen meinen Beinen extra Mühe gibt. Als wir endlich aus der Wanne steigen, sind meine Finger verschrumpelt, und die Luft ist kühl. Brayden wickelt mich in einer Decke ein und führt mich ins Wohnzimmer, wo die Lichter des Weihnachtsbaums den dunklen Raum erleuchten. Als er den Gaskamin anstellt, sehe ich, dass er vor dem Feuer noch eine Decke ausgebreitet hat.

Er legt mich darauf und küsst mich sanft, bis wir beide ausgelaugt sind und vor dem Feuer einschlafen.

BRAYDEN

Die Standuhr im Haus ertönt drei Mal, als ich Molly in die Arme nehme und in mein Bett bringe.

Sie ist so schön – nackt und gerötet vom Feuer, ihre Lippen von meinen Küssen angeschwollen. Sie hängt sogar im Schlaf an mir und wacht nur auf, als ich die Decke runterziehe und sie auf die Matratze lege.

„Brayden?" Sie setzt sich auf und reibt ihre Augen, bevor sie zur Uhr sieht. „Ich sollte in mein Zimmer gehen. Ich will nicht, dass Noah mich hier sieht."

Ich runzele die Stirn. „Er übernachtet bei deiner Mutter."

„Er wird früh nach Hause kommen." Sie hebt die Augen, um mich anzusehen, und ich sehe die Entschuldigung in ihrem Blick geschrieben. „Ich kann es nicht riskieren."

Ich ignoriere den Schmerz in meiner Brust, als ich ihre Hand nehme und ihr aus dem Bett helfe. Ich ignoriere die Stimme, die sagt, dass es der kleinste Schmerz ist, den ich spüren werde, während ich sie in ihr Zimmer bringe und zusehe, wie sie ihre Pyjamas anzieht, bevor ich sie zudecke und ihr einen letzten Kuss gebe.

KAPITEL NEUNZEHN

*M*ami, Mami! Wach auf!" Kleine Hände „ greifen und schütteln mich. „Beeil dich, du musst aufwachen, oder wir verpassen es!"

Ich blinzele zur Uhr auf meinem Nachttisch und stöhne. Es ist sieben Uhr morgens, und ich bin erst nach drei Uhr schlafen gegangen. Der Gedanke daran, aufzustehen, lässt mich vor Erschöpfung weinen wollen. „Hey, Kleiner." Ich lege eine Hand neben mich. „Wieso kommst du nicht zu Mama ins Bett und versuchst, etwas zu schlafen?"

„Nein, Mama! Du musst aufwachen. Lilly ist hier! Sie will einen Weihnachtsbaum suchen gehen!"

Ich drücke mich hoch und lasse die Decken und ihre köstliche Wärme fallen, als ich versuche, herauszufinden, was Lilly und Weihnachtsbäume mit mir zu tun haben.

Ich blinzele meinen Sohn an, der neben mir vor Aufregung praktisch auf und ab hüpft. Und dann sehe ich Brayden in der Türschwelle. „Tut mir leid", sagt Brayden. „Die Jungs haben mir gestern von ihrem Plan erzählt, und ich wollte dich einladen, als du von der Arbeit nach Hause gekommen bist, aber ich ... habe es vergessen."

Ich reibe meine Augen und sehe erneut zur Uhr, um sicherzustellen, dass ich die Zeit nicht falsch gelesen habe. Nein, es ist wirklich sieben Uhr.

Brayden war genauso lange wach wie ich. Wie zum Teufel schafft er es so ... *wach* auszusehen?

„Was ist los?" Ich tue mein Bestes, um meiner Stimme für Noah etwas Enthusiasmus zu verleihen, aber ich bin ... *so müde*. „Lilly geht etwas suchen?"

Noah steigt aufs Bett, seine Augen strahlend vor Aufregung, als er mein Gesicht in die Hände nimmt. „Sie sucht einen Weihnachtsbaum aus, Mama! Brayden hat gesagt, dass ich helfen darf."

„Wenn deine Mutter sagt, dass es in Ordnung geht", sagt Brayden sanft.

„Du hast bereits einen Weihnachtsbaum", sage ich Brayden. Ich meine, natürlich weiß er das, aber ich bin müde, und jemand muss mir das hier in kurzen Sätzen erklären. Vorzugsweise mit Koffein.

„Wir suchen uns jedes Jahr gemeinsam einen Weihnachtsbaum für die Hütte aus. Heute ist der erste Tag, an dem wir alle Zeit haben."

„Oh. Das macht Sinn. Schätze ich." Gott, ich könnte jemanden für eine Tasse von Shays Kaffee umbringen, und ich bin mir ziemlich sicher, dass ich ihn unten riechen kann.

„Du musst nicht mitkommen, wenn du schlafen willst, aber wir würden Noah gerne mitnehmen."

„Bitte, Mami?" Er nimmt meine Hand in seine und drückt sie fest. Seine Freude zieht an meinem Herzen. Dieses Kind ist *alles*. „*Bitte?*"

„Natürlich." Ich streichele sein Haar mit meiner freien Hand. Weihnachtsbaum suchen …

Ich habe in New York immer viel Wert auf unsere Traditionen gelegt. Wir sind jedes Jahr zur ersten Ausstellung gegangen, bevor wir Schlittschuhlaufen waren. Und Noah hat mir mit dem Baum geholfen, seit er achtzehn Monate alt war und kaum genug Hand-Augen-Koordination hatte, um die Ornamente selbst aufzuhängen.

„Und du kommst auch?", fragt Noah.

Ob ich müde bin oder nicht, ich kann ihm so eine Freude nicht verwehren. „Natürlich."

„Dann beeil dich und zieh dich an. Lilly ist schon hier!" Er springt vom Bett und läuft an Brayden vorbei, um zweifellos die Treppe hinunterzueilen, damit er keinen Moment mit seiner geliebten Lilly verpasst.

Brayden verschränkt die Arme und sieht mir zu, als ich aus dem Bett steige, die Augen schließe und meine Arme zur Decke strecke. Das kleine bisschen Schlaf, das ich bekommen habe, war definitiv nicht genug, und als ich meine Augen öffne, mustern Braydens Augen meine Schlafklamotten – ein rotes Top und eine Flanellhose.

Aber so, wie er mich ansieht, würde man denken, dass ich rote Spitze trage.

„Tut mir leid, dass ich vergessen habe, dir Bescheid zu geben", sagt er. „Ich hatte es vor, aber ich habe mich nicht daran erinnert, bis ich heute Morgen allein in meinem Bett aufgewacht bin."

„Du hättest mich wecken können."

Seine Lippen krümmen sich zu diesem sexy Halbgrinsen, das mich dazu bringt, mein Höschen fallen lassen zu wollen. „Wenn ich reingekommen wäre und dich aufgeweckt hätte, dann hätte ich es garantiert wieder vergessen."

„Wie lange ist Noah schon zu Hause?" Ich fühle mich wie eine schlechte Mutter. Ich bin mir ziemlich sicher, dass ich wie eine Tote geschlafen habe.

„Deine Mutter ist vor fünfzehn Minuten hergekommen. Sie ist immer noch hier und redet mit Ava."

Ich höre, wie die Haustür geöffnet wird und eine bekannte weibliche Stimme ertönt, als Levi motzt, dass es zu früh ist. „Ist das Ellie?"

„Oh, ja. Levi ist gestern zu ihrer Kunstausstellung in Indiana gegangen, und sie sind offiziell wieder zusammen. Eine weitere Sache, die ich vergessen habe, dir zu sagen."

Wärme breitet sich in meiner Brust aus. „Es wurde aber auch Zeit."

Brayden grunzt. „Ich bin mir sicher, dass es sich für Levi wie eine Ewigkeit angefühlt hat."

„Wahrscheinlich."

Er sieht über seine Schulter, bevor er in mein Schlafzimmer kommt, die Tür schließt und auf mich zugeht. „Kannst du mir vergeben, dass ich so unverantwortlich und vergesslich war?"

Ich grinse. Klar, er hätte sich daran erinnern können, aber er war nicht der Einzige, der sich verzweifelt schnell ausgezogen hat. Und so, wie er mich gerade ansieht, wünschte ich, dass seine Familie nicht unten wäre.

Er macht einen weiteren Schritt auf mich zu und fährt mit den Händen unter mein Top. Seine rauen Hände kratzen über die empfindliche Haut meines Bauches, während er auf mich herabblickt. „Ich bin froh, dass du mitkommst, aber es wird schwerer sein, die Hände von dir zu lassen, als Levi vor acht Uhr aus dem Bett zu kriegen." Ein Daumen streicht über meinen Bauchnabel, als er den Mund zu meinem Ohr senkt.

Ich wölbe mich ihm entgegen, will seine Hände und seinen Mund und ... alles – alles, was er mir geben kann –, bevor wir von jemandem unterbrochen werden.

Aber er tritt grinsend zurück. „Ich werde unten auf dich warten. Zieh dich warm an." Sein Blick fällt auf meine Brüste, so intensiv, als würde er mich berühren. „Es ist kalt."

Er verlässt mein Zimmer und schließt die Tür hinter sich. Der Gedanke daran, zu warten, bis Noah schlafen geht, bevor ich Brayden berühren kann, lässt mich wimmern, und trotz der Kälte, die draußen auf mich wartet, eile ich ins Badezimmer, um *sehr* kalt zu duschen.

BRAYDEN

Noah ist im Paradies. Er jagt Lilly durch die Reihen der Bäume, während meine Geschwister die Vorteile eines kürzeren, fetteren oder größeren, schmaleren Baum diskutieren.

Molly steht neben Shay, ihr Gesicht voller Liebe, als sie zusieht, wie ihr Sohn durch den Schnee rennt. Sie hat mich heute kaum angesehen, und ich bin beeindruckt von ihrem undurchdringlichen Gesichtsausdruck. Ich war schon immer ein zurückhaltender Mensch. Daher hätte ich nicht gedacht, dass mir dieses Geheimnis so viel ausmachen würde, aber es ist weniger als vierundzwanzig Stunden her, und ich hasse es bereits.

Ich will hinter ihr stehen und meine Arme um sie schlingen, während wir zusehen, wie die Kinder spielen. Ich will sie vor meiner Familie küssen und sie wissen lassen, wie wichtig Molly mir ist.

„Ich glaube, Lilly hat das erste Mitglied ihrer Bande gefunden", sagt Ethan, als er neben mir zum Stehen kommt.

„Noah vergöttert sie."

„Es ist gegenseitig." Ethans Grinsen wird größer, als Lilly zurückrennt und Noah ihr so schnell folgt, dass er mit dem Gesicht in den Schnee fällt. Er schiebt sich unbekümmert hoch und macht weiter. „Sie will es vielleicht nicht zugeben, aber sie liebt Noah. Sie wünscht sich verzweifelt mehr Kinder."

„Sie wird außer sich sein, wenn Avas und Jakes Kind geboren wird." Ich sehe meine Schwägerin an, die von

Jake gehalten wird. Er senkt seinen Kopf und flüstert ihr etwas ins Ohr, während er ihren gerundeten Bauch streichelt und sie einander angrinsen.

„Auf jeden Fall", stimmt Ethan mir zu. „Du weißt, wie besessen von Babys sie ist. Aber es ist nicht dasselbe. Sie ist bereits sieben, und der Altersunterschied wird bedeuten, dass alle ihre Cousins und Cousinen zu jung sein werden, um mit ihr zu spielen."

„Lilly, die Cousine und Babysitterin."

„Vielleicht in sechs oder sieben Jahren." Er seufzt und zuckt mit den Schultern. „Ich bin froh, dass Noah da ist. Er ist ein toller Junge, und ich bin dankbar, dass Molly ihn hier dabei sein lässt."

Molly begegnet meinem Blick, als könne sie spüren, dass wir über sie reden, und lächelt mich sanft an. Sie ist heute so schön. Das ist sie jeden Tag. Aber da ist etwas Besonderes, sie so zu sehen – ohne Make-Up, außer dem Lipgloss auf ihren Lippen, die Haare in einen Dutt gezogen. Als sie in einer Leggings und einem übergroßen Kapuzenpulli runtergekommen ist, bin ich fast gestolpert. Sogar meine Mutter wurde still. Molly konnte nicht wissen, wie viel ihr Outfit uns bedeutet. Wie wichtig es uns allen ist, dass sie sich wohl genug fühlt, sich nicht schick machen zu müssen. Es ist etwas so Kleines, das so viel beweist.

Ich erwidere ihr Lächeln, und während ich ihre Aufmerksamkeit habe, mustere ich sie eindringlich. Als meine Augen wieder auf ihrem Gesicht landen, sind ihre Wangen rot.

„Papa!", kreischt Lilly. Sie stapft durch den Schnee auf

Ethan zu, und Noah folgt ihr schmollend mit den Armen um seine Mitte geschlungen. „Papa, sag Noah, dass der Weihnachtsmann *unartigen* Kindern keine Geschenke bringt."

Ich sehe zu Molly, die ganz blass geworden ist, obwohl der kalte Wind um ihre Wangen weht. Sie legt eine Hand auf ihren Mund, als ihre Augen sich weiten.

„Sie lügt", sagt Noah.

„Tue ich nicht!", sagt sie und dreht sich zu dem armen Kind. „Und wenn du mich noch einmal mit Schnee abwirfst, wird der Weihnachtsmann nicht kommen."

Ethan sieht zwischen seiner Tochter und Molly hin und her, sagt aber nichts, während Molly zu uns läuft.

„Noah hat gesagt, dass der Weihnachtsmann sogar unartigen Kindern Geschenke bringt. Sag ihm, dass er sich irrt!"

Ethan zuckt zusammen, und ich erkenne das Gesicht eines Vaters, der in einer Zwickmühle steckt.

Ich hocke mich hin und krümme den Finger, damit Lilly zu mir kommt, bevor ich meine Stimme senke, bis nur sie mich hören kann. „Du weißt, dass der Weihnachtsmann dir dieses Jahr Geschenke bringen wird, richtig?"

Sie runzelt die Stirn, und ich kann die sture Berechnung in ihren Augen sehen. „Ja."

„Und sei ehrlich, Kleine ... Hast du dieses Jahr die Regeln gebrochen? Dir extra Süßigkeiten aus dem Halloween-Eimer genommen? Bist du neben dem Schwimmbecken gerannt, obwohl dein Papa gesagt hat, dass du es nicht darfst?"

„Ja, aber ich bin nicht *unartig*!"

Ich nicke. „Ich weiß. Du bist toll, und ich glaube, dass du von deinen Fehlern lernen kannst. Ich glaube, dass der Weihnachtsmann das auch so sieht. Er glaubt, dass jedes Kind dasselbe Potenzial hat." Ich drehe mich zu Noah und winke ihn zu mir. Seine Unterlippe bebt, und er und seine Mutter kommen gemeinsam rüber.

Molly kniet sich hin, bis sie ihrem Sohn in die Augen sehen kann. „Was willst du Lilly sagen?"

„Es tut mir leid, dass ich Schnee geschmissen habe", sagt er. „Ich werde es nicht mehr tun."

Lilly hebt ihr Kinn und tätschelt Noahs Kopf, der Moment offensichtlich eine Möglichkeit, als Ältere zu strahlen. „Ich vergebe dir, Noah." Sie sieht zu mir und dann wieder zu ihm. „Und es tut mir leid, was ich gesagt habe. Ich bin mir sicher, dass der Weihnachtsmann dir immer noch Geschenke bringen wird."

Ich drücke Lillys Schulter. „Ich glaube, Oma wartet auf dich bei ihrem Auto. Sie braucht etwas Hilfe mit der heißen Schokolade."

Lilly strahlt sofort. „Komm mit, Noah!" Und dann rennen sie kichernd davon.

Molly starrt mich an.

„Du hast das wie ein Profi gemacht, Brayden", sagt Ethan, als er den Kindern bereits zum Auto unserer Mutter folgt. „Gut gemacht."

Ich zucke mit den Schultern und versuche, Mollys Ausdruck zu deuten. Die Vorsicht in ihren Augen zu verstehen.

„Danke", sagt sie sanft.

„Ist alles in Ordnung?"

Sie sieht Noah besorgt an, während seine Augen weit aufgerissen sind, als meine Mutter ihm einen Becher einschenkt. „Ja."

Ich will meine Arme um sie schlingen und ihr versichern, dass alles in Ordnung sein wird. Aber meine Familie ist hier, und sie will nicht, dass sie uns so sehen.

Ich hasse es.

MOLLY

„Wieso hast du nie geheiratet?", frage ich Brayden Sonntag Nacht in seinem Bett.

„Wieso hast *du* nie geheiratet?"

Ich pruste. „Ich glaube, es ist ganz schön offensichtlich." Ich lehne mich zurück, um sein Gesicht zu sehen, aber er meint es ernst.

Ich sollte erschöpft sein. Ich habe mit seiner Familie einen Weihnachtsbaum gesucht, nachdem ich nur wenig Schlaf hatte, was von Meetings mit drei verschiedenen Paaren gefolgt wurde, die alle im Zentrum ihre Hochzeitsfeier halten wollen. Danach haben wir den Abend damit verbracht, die Jackson Familienhütte zu dekorieren – weil Noah durch die Luft geschwebt ist, als wir eingeladen wurden und ich ehrlich gesagt nicht Nein sagen wollte. Noah ist später als gewohnt schlafen gegangen, und ich hätte selbst ins Bett fallen sollen, aber stattdessen fand ich mich nackt in Braydens Bett wieder.

„Das ist es nicht", sagt er, während er mein Gesicht absucht.

„Noah ist meine Priorität. Ich habe die Entscheidung getroffen, ihn an erste Stelle zu setzen. Was ist mit dir? Bist du ein ewiger Junggeselle, oder was?"

Er seufzt schwer und rollt sich auf den Rücken, bevor er mehrere Herzschläge zur Decke blickt. „Meine Geschwister würden sagen, dass ich mein Herz weggesperrt habe. Dass ich seit Sara keine feste Beziehung hatte, weil ich niemanden reinlasse."

„Interessant." *Sara.* Ich habe nichts mehr über sie gehört, seit ich sie am Donnerstag kennengelernt habe. Ich frage mich, was damit passiert ist. Hat er sie angerufen? Wird sie sich wieder verziehen? „Und was würdest *du* sagen?"

„Ich würde sagen, dass man nicht in einem Haus wie meinem aufwächst – wo die Eltern einander lieben –, ohne, dass man wählerisch ist."

Ich mustere ihn, und etwas Schweres legt sich auf meine Brust. „Du verdienst es, wählerisch zu sein." Dann, weil ich realisiere, dass wir darüber reden, dass er irgendwann jemanden finden wird, will ich das Thema wechseln. „Danke für alles, was du heute getan hast. Mit den Kindern." Ich setze mich auf und lehne mich gegen das Kopfteil des Bettes. „Du bist perfekt damit umgegangen."

„Es war nichts."

Es war alles. „Deine Familie ist einfach wundervoll." Ich strecke meine Beine aus und drücke die Fersen durch. „Ich war immer so eifersüchtig."

Brayden dreht sich zu mir. „Deine Mutter ist super. Und du hast Ava und Colton."

Ich atme tief aus. „Ja, Ava und ich haben jetzt eine gute Beziehung, aber sie hat mich gehasst, als wir zusammengelebt haben, und Colton und ich standen uns nie nahe."

„Weil er dich wollte?"

Ich zucke bei der Erinnerung zusammen. Colton mag mich Jahre lang nicht mehr auf diese Art gesehen haben, aber seine alte Schwärmerei und die Beschützerinstinkte haben ihm letzten Sommer viele Probleme bereitet. Ich zucke mit den Schultern. „Das sagt er, aber ich glaube, er mochte die Fantasie mehr als alles andere. Ich bin dankbar für Ava und Colton, aber wenn du das Haus betreten hättest, als Nelson am Leben war, hättest du verstanden, wieso ich deine Familie schon immer beneidet habe."

Er setzt sich auf und umrahmt mein Gesicht mit einer großen Hand. „Ich muss es nicht erleben, um es zu verstehen. Ich weiß, dass meine Familie besonders ist. Das habe ich sogar, als ich ein egoistischer Jugendlicher war, der ihnen entkommen wollte."

„Ich bin dankbar ..." Ich schlucke schwer und wäge meine Worte genau ab. „Ich bin dankbar für deine Familie. Die Art, wie sie Noah mit einbezogen haben. Ich will, dass er sowas erlebt. Sogar der Streit mit Lilly ... Es ist, als wären sie Cousin und Cousine. Mein Vater hat uns verlassen, als ich sechs war, und jedes Jahr, bis Mama Nelson geheiratet hat, habe ich den Weihnachtsmann um eine Familie gebeten." Brayden sieht mich immer noch

an, also lasse ich den Blick auf meinen Schoß fallen und
mustere meine Hände. „Vielleicht war ich mit zehn zu
alt, um an den Weihnachtsmann zu glauben, aber das
habe ich. Ich habe so fest daran geglaubt, weil ich die
Magie zum Überleben gebraucht habe. Dann hat meine
Mutter Nelson geheiratet, und ich hatte einen Vater und
Stiefbruder und eine Stiefschwester. Ich habe allen in der
Schule gesagt, dass der Weihnachtsmann echt war. Sie
haben gelacht, aber es war mir egal. Ich habe es *gewusst*.“

„Aber deine neue Familie war kein Geschenk“, flüstert er.

Ich kann ihn nicht ansehen, als ich mit meinen
Fingern spiele. „Das erste Mal, als Nelson mich angefasst
hat, war am Weihnachtsabend. Er hat gesagt, dass ich
leise sein musste, weil der Weihnachtsmann sonst meine
Geschenke wegnehmen würde.“

Das ganze Bett bewegt sich, als er sich neben mir
verspannt. „Dieser Hurensohn.“

„Ich wusste in dem Moment, dass der Weihnachtsmann und Magie nicht echt waren. Es waren Erwachsene, die Geschichten benutzt haben, um kleine Kinder
zu manipulieren. Aber ich wusste auch, dass meine
Mutter zum ersten Mal seit Jahren glücklich war, und
wenn ich es ihr gesagt hätte ... wenn ich zugegeben hätte,
was passiert war, hätte ich ihr dieses Glück
weggenommen.“

„Gott“, sagt er, und ich kann die Wut in seiner
Stimme hören.

„Das ist der Grund, wieso ich meinem Sohn gesagt
habe, dass der Weihnachtsmann unabhängig vom

Verhalten kommt. Weil der Weihnachtsmann Liebe ist, und Liebe ist bedingungslos." Ich schüttele den Kopf. Ich rede fast nie über Nelson. Ich bin mir nicht einmal sicher, was mich heute dazu bewegt hat. Ich hätte es Brayden ohne all diese Details erklären können. Und doch ... „Vielleicht hätte ich es Noah nicht sagen sollen, aber wir brauchen alle etwas Magie in unseren Leben."

„Es ist nichts falsch daran, sein Kind an Magie glauben zu lassen. An etwas Besseres, wenn man auf schwere Tage trifft", sagt er. Seine Stimme ist so fest, dass ich mich zwinge ihn anzusehen. Alles, was ich erblicke, sind zusammengebissene Zähne und kalte Augen.

Ich weiß nicht, was ich mit seinem Ausdruck anfangen soll, aber ich wünsche, ich hätte nicht so viel gesagt. Ihm nicht mehr von meiner zerbrochenen Seele gezeigt. „Sag mir, was du denkst."

Wut blitzt in seinen Augen auf. „Ich bin froh, dass dieser Hurensohn tot ist."

KAPITEL ZWANZIG

MOLLY

„$\mathcal{M}$olly, da sind ein paar Frauen in der Küche, die nach dir gefragt haben."

Ich lenke meine Aufmerksamkeit von der Tabelle, auf die ich mich konzentriert habe, und sehe zu meiner Köchin. Ich sollte heute nicht hier sein, also weiß ich nicht, wer nach mir suchen könnte. „Wer?"

Sie zuckt mit den Schultern. Justine ist eine wundervolle Köchin und plant tolle Gerichte, aber wenn es darum geht, mir eine Nachricht zu übermitteln oder sich mit Menschen zu unterhalten, fällt es ihr schwer. Da potenzielle Catering-Kunden mit mir sprechen und nicht mit ihr, ist es nicht ganz so schlimm.

Ich stehe auf und folge ihr in die Küche.

„Braydens Schwester und die heiße Ureinwohnerin",

sagt der Sous Chef, als er mich sieht. „Sie sind im Verkostungsraum."

„Danke." Ich bewege mich durch die Angestellten, die alles für das Abendessen für Morgen vorbereiten und schiebe die Tür zum Verkostungsraum auf. Und da sitzen Teagan und Shay an einem Tisch. „Mein Sous Chef hat dich ‚heiße Ureinwohnerin' genannt", sage ich Teagan.

Sie reibt die Hände zusammen und zuckt mit den Augenbrauen. „Ist er Single?"

„Single", sage ich nickend, „aber erst einundzwanzig."

„Single, volljährig und er kocht." Sie zuckt mit den Schultern. „Gib ihm bitte meine Nummer."

Ich lache und sehe von ihr zu Shay. „Was macht ihr hier?"

„Wir retten dich vor deiner Arbeit", sagt Shay. „Du arbeitest immer!"

Ich lächele meine Freundinnen an. „Es gibt viel zu tun."

„Aber du hast heute frei!"

„Es ist ein neues Unternehmen. Ich werde mir später freinehmen können."

Teagan winkt meine Worte ab. „Das bedeutet nicht, dass du dir nicht für deine Mädels Zeit nehmen kannst."

Ich keuche in gespielter Beleidigung. „Hey, Nics Junggesellinnenabschied ist am Donnerstag, und ich habe versprochen, zu kommen. Ich habe es in meinen *Terminplaner* eingetragen."

Shay grinst. „Teagan und ich wollten dich kidnappen."

Ich hebe wartend eine Augenbraue.

Teagan sieht sich absichtlich im leeren Raum um, als

würde sie mir ein Geheimnis verraten. „Die anderen Mädels sind zu süß, um Nein zu sagen, wenn wir ausgehen wollen, aber du weißt, dass sie lieber zu Hause sein und mit ihren Jackson-Jungs schlafen wollen."

Shay zuckt zusammen. „Diese *Jungs* sind meine Brüder. Können wir bitte aufhören, über ihre *Sex*leben zu sprechen?"

Teagan schnaubt. „Naja, wir haben uns entschieden, super geheime Mädels-Dates zu haben."

Ich versuche, zu lächeln. Das tue ich wirklich. Aber ich bin mir sicher, dass ein Blick in den Spiegel verraten würde, dass ich aussehe, als würde ich mich gleich erbrechen wollen. „Das klingt ... super."

„Lügnerin", sagt Shay, als sie aufsteht und ihren Arm mit meinem verschränkt. „Du hasst den Gedanken, mit den Single Damen rumzuhängen."

Ich lache. „Ich habe nichts dagegen. Wenn überhaupt, dann würde ich gerne meinen Stuhl reservieren, aber Abende ..." Ich zucke mit den Schultern. „Ich habe ein Kind, das bereits viel zu viele Abende mit mir vermisst. Ich will nur ungern mehr verpassen."

„Verständlich", sagt Shay, und die Mädels führen mich durch die Küche zurück in mein Büro.

„Weswegen wir die perfekten Freundinnen sind", sagt Teagan. „Shay ist flexibel, und meine zwölfstündigen Schichten bedeuten, dass ich nur an meinen freien Tagen ausgehen kann − und es muss nicht unbedingt abends sein."

Shay schnappt sich meinen Mantel. „Was sie damit sagen will, ist, dass wir heute frühstücken gehen. Wir werden mindestens einmal pro Woche sicherstellen, dass du dich nicht in so einen Arbeitszombie verwandelst wie mein Bruder."

„Oh." Ich grinse. Frühstück ist kein Problem. „Das ist eine tolle Idee." Ich habe morgens Zeit, meine Freunde zu sehen, ohne Noah zu vernachlässigen, und ich habe so ziemlich alles getan, was ich heute Morgen erledigen wollte. „Wo gehen wir hin?"

„Jordan's Inn", sagt Shay.

Teagan nickt. „Sie haben eine Mimosa-Bar und die besten Omelette, die ich jemals hatte. Vor meinem ersten Brunch dort, wusste ich nicht, dass Eier orgasmisch sein können."

Ich hebe eine Augenbraue. „Champagner und orgasmische Eier vor zehn Uhr morgens an einem Montag? Ich habe Angst, zu fragen, was ihr sonst noch geplant habt."

„Oh, warte nur ab", sagt Shay.

Ich gehe durch den Flur, um Brayden wissen zu lassen, dass ich für heute fertig bin, aber seine Tür ist geschlossen, und die Lichter sind aus. Das sieht ihm gar nicht ähnlich. Er arbeitet sonst Montag bis Freitag − und oft am Wochenende −an seinem Tisch, außer wenn er Termine hat.

„Ich glaube, er hatte Pläne", sagt Shay, als sie bemerkt, dass ich seine geschlossene Tür anstarre. „Komm schon. Lass uns gehen und den Morgen wegtrinken."

Teagan lächelt sie verdächtig verschwörerisch an.

„Was habt ihr vor?", frage ich.

„Gar nichts. Wir wollen unsere neue beste Freundin zum Frühstück ausführen."

BRAYDEN

„Gott, sieh dich an!" Sara drückt meinen Bizeps und zieht mich in eine Umarmung. Ich schlucke schwer, als sie sich um mich schlingt. Ich weiß nicht, was ich mit meinen Armen und Händen tun soll, also tätschele ich ihre Schultern. Aber wenn sie es bemerkt, zeigt sie es nicht. „Du bist immer noch der bestaussehende Kerl in der ganzen Stadt."

Ich grinse bei dem Kompliment. „Woher willst du das wissen? Du bist jahrelang nicht hier gewesen."

Sie lacht. „Touché."

Gestern Nachmittag, als Molly mit Kunden beschäftigt war, habe ich Sara endlich geschrieben und gesagt, dass ich sie treffen würde. Je länger ich darüber nachgedacht habe, desto mehr habe ich realisiert, dass ich wirklich nicht mehr an ihr hänge, und wenn sie alles erklären muss, um mit *ihrem* Leben weiterzumachen, dann kann ich ihr das bieten. Sie hat mich verletzt, aber zwei Jahre vorher war sie alles. Es ist ein Geschenk an die Sara, die ich damals geliebt habe. Es ist ein Geschenk an mich selbst, dass ich entschieden habe, sie zum Frühstück zu treffen, um damit so schnell wie möglich abzuschließen.

Die Kellnerin bringt uns zu unserem Tisch und übergibt uns die Speisekarten. Ich weiß bereits, was ich bestellen will, also nutze ich die Chance, um die Frau, von der ich gedacht habe, dass sie mit mir alt werden würde, zu mustern.

Sara Jeffers hat sich nicht verändert. Es ist zehn Jahre her, seit sie mein Leben zerstört hat, aber sie ist dieselbe schöne Frau, mit den strahlenden Augen. Sie hat immer noch langes, blondes Haar, das jetzt geflochten über ihre Schulter hängt und spielt immer noch mit den Spitzen, wenn sie nervös ist. Wir sind sogar in unserem Lieblings- café – genauso, wie wir es damals jeden Freitag getan haben, als sie Jura studiert hat.

Alles ist wie früher. Außer mir. Ich fühle mich nicht mehr wie damals. *Gott sei Dank.* Als sie mich verlassen hat, musste ich mit einem zerfetzten Herzen leben. Ich konnte kaum atmen und habe es nur überlebt, weil ich mich voll und ganz meiner Arbeit gewidmet habe. Vor neun Jahren hätte ich sie nicht in der Öffentlichkeit treffen können. Gott, ein paar Monate, nachdem sie mich verlassen hat, konnte ich ihren Namen nicht aussprechen, ohne mich zu fühlen, als würde ich entzwei gerissen werden.

Sara legt ihre Speisekarte auf den Tisch und strahlt mich an. „Erzähl mir alles, was ich verpasst habe."

Ich hebe eine Augenbraue. „Du bist fast ein Jahrzehnt weg gewesen. Du hast ...", *alles verpasst.* „Vieles hat sich geändert." *Außer dir, anscheinend.* Aber ich bin mir nicht sicher, ob ich es ansprechen will.

Etwas blitzt in ihrem Gesicht auf. Wenn ich es nicht besser wüsste, würde ich sagen, dass es Reue ist. Sie legt ihre Serviette auf den Schoß und spielt mit dem

Besteck. „Ich wollte so oft anrufen, aber ich wusste, dass du nicht mit mir sprechen wolltest." Als ich nicht antworte, begegnet sie meinen Augen. „Es tut mir so leid, Brayden. Du hast keine Ahnung, wie viel ich bereue."

Ich schlucke schwer. Sie scheint so ehrlich, aber es ist viel zu spät. „Wenigstens hattest du die Option, mich anzurufen. Mich zu kontaktieren. Du bist verschwunden und hast mir diese Wahl genommen."

Die Kellnerin erscheint mit Kaffee und rettet mich davor, mehr sagen zu müssen. Sie füllt unsere Tassen und nimmt unsere Bestellungen auf – eine Schüssel Haferflocken und Eiweißomelett für Sara und ein Kalifornien-Omelett für mich. „Möchten Sie etwas von der Mimosa-Bar?", fragt sie. „Oder einen Bellini?"

„Nicht für mich, danke", sage ich, bevor ich zu Sara sehe, die nie Nein zu Champagner sagt.

„Kaffee reicht", sagt sie lächelnd. Als die Kellnerin geht, zieht sie wieder an ihrem Haar und sagt: „Ich bin seit zwölf Monaten trocken."

Ich blinzele. *Trocken.* „Ich wusste nicht ..." Ich verschlucke den Rest meines Satzes und schüttele den Kopf. „Herzlichen Glückwunsch."

„Niemand wusste davon. Zumindest nicht damals. Sogar, als ich zur Entzugsklinik gegangen bin, wussten nur ein paar enge Freunde Bescheid." Ihr Blick fällt auf ihr Besteck. „Ich habe meiner Familie nicht einmal davon erzählt."

Ich wusste es nicht. Aber verdammt, rückblickend *hätte* ich es wissen sollen. „Es tut mir leid."

„Wofür könntest du dich entschuldigen müssen?", fragt sie sanft.

„Brayden!"

Meine Aufmerksamkeit richtet sich auf die Blondine, die auf uns zukommt. *Molly*. Ich blinzele sie an.

„Hey, Chef!" Sie grinst und taumelt etwas, ihre Wangen gerötet, als sie grinst. *Angeheiterte Molly*. „Du kannst mir anscheinend nicht entkommen, was?"

„Was machst du hier?" Ich sehe mich um und bekomme meine Antwort, als ich Shay und Teagan an einem Tisch bei der Wand erblicke. Carter, Jake und Levi wussten, dass ich heute hier sein würde. Ich habe ihnen im Fitnessstudio davon erzählt. Ich könnte darauf wetten, dass sie meiner Schwester Bescheid gesagt haben.

Sara sieht mich an, dann Molly, die erstarrt, als sie realisiert, mit wem ich hier sitze.

Ich räuspere mich. „Molly, das ist meine Freundin Sara. Sara, das ist Molly, meine–"

„Mitbewohnerin", murmelt Molly und stößt ihre Hand in Saras Richtung. „Seine Mitbewohnerin, sonst nichts. Naja, mehr, weil er mein Chef ist. Mein Chef und Mitbewohner. Aber wir sind nur platonisch befreundet. Keine Sorge. Tut mir leid wegen vorher."

Platonisch befreundet. Lügt sie, weil sie nicht will, dass jemand von uns erfährt, oder weil sie denkt, dass ich das will? Ich verziehe das Gesicht, als Sara Mollys Hand zögerlich schüttelt. „Schön, dich kennenzulernen, Molly."

„Dich auch." Mollys Blick springt zwischen Sara und mir hin und her. Sie zieht ihre Unterlippe zwischen die

Zähne, als würde sie sich eine Frage verkneifen und konzentriert sich auf mich, als sie sagt: „Deine Schwester und Teagan haben gesagt, dass ich zu viel arbeite, also nehme ich mir den Rest des Tages frei."

„Das solltest du."

„Aber ich werde morgen bei der Arbeit sein." Sie hält zwei Finger in die Luft. „Komplett nüchtern. Pfadfinderehrenwort."

Meine Lippen zucken amüsiert. An dieser Situation sollte nichts lustig sein, aber Molly ist so nervös und seltsam und zuckersüß. Shay hat vielleicht gewusst, dass ich hier mit Sara essen würde, aber es ist offensichtlich, dass Molly keine Ahnung hatte. „Genieß deinen freien Tag, Molly. Du hast ihn dir verdient."

„Du auch." Sie deutet zu Sara und zuckt zusammen. „Ich meine, offensichtlich hast du bereits Spaß, aber ich hoffe, dass du weiterhin einen guten Tag hast."

Und dann steht Shay neben ihr und schenkt Sara ein falsches Lächeln, das so offensichtlich ist, dass ich ernsthaft hoffe, dass Shay niemals schauspielern will.

Sara strahlt, als sie meine Schwester sieht. „Shay! Meine Güte, wie geht es dir?"

„Gut. Meine Freundin und ich genießen die Mimosas", sagt sie und haut Molly auf die Schulter. „Wir müssen gehen, aber es war gut, dich zu sehen."

Saras Lächeln vergeht etwas, als sie realisiert, dass Shay sich nicht so sehr freut, sie zu sehen. „Ja. Klar."

Shay sieht mich an und flüstert: *„Team Molly."*

Ich bin kein Gedankenleser, aber ich bin mir ziemlich sicher, dass der stählerne Blick in Shays Augen bedeutet, dass sie mir in den Arsch treten wird, wenn ich auch nur daran denke, wieder mit Sara zusammenzukommen.

Sara und ich sehen beide schweigend zu, als Shay, Molly und Teagan kichernd das Restaurant verlassen.

„Ich schätze, es war dumm, zu denken, dass deine Schwester mich nicht hasst."

„Sie hasst dich nicht." Das wäre eine Lüge, also versuche ich es mit der Wahrheit. „Sie hat diese Worte nie benutzt. Sie hat nur gesagt, dass sie wütend ist."

Sara trinkt einen großen Schluck Kaffee. „Ich habe deine Familie immer geliebt. Manchmal hat es sich angefühlt, als wäre es genauso schwer gewesen, sie zu verlieren." Sie sieht mir in die Augen. „Ich habe immer geglaubt, dass sie eines Tages meine Familie sein würden."

Ich habe dasselbe gedacht, sage es aber nicht.

Sara atmet tief aus. „Also, das ist deine Mitbewohnerin? Und sie arbeitet für dich?"

Ich verziehe das Gesicht. Nur Molly kann etwas seltsamer machen, indem sie versucht, es weniger seltsam zu machen. „Sie leitet das neue Bankettzentrum, das an den Verkostungsraum angrenzt, und sie wohnt momentan bei mir."

„Klingt gemütlich."

„Sie und ihr Sohn brauchten für ein paar Monate eine Unterkunft."

Ihre Augen werden traurig. „Du willst immer allen helfen und der Held sein."

Ich zucke mit den Schultern. „Ich habe genug Platz. Jeder würde in dieser Situation dasselbe tun."

Sie mustert mich und versucht, meinen Ausdruck zu deuten. Sara verstand mich immer, während es sonst niemand versucht hat. „Sie ist hübsch."

Ich nicke. Ihr zu widersprechen, würde mich als Lügner dastehen lassen.

„Und jung."

Ich zucke mit den Schultern, denn es macht keinen Sinn, es zu leugnen.

„Weiß sie, dass du in sie verliebt bist?"

„Hör auf." Die Worte sind sanft, aber sie hört die Warnung und streckt den Rücken durch.

„Es geht mich sowieso nichts an, oder?" Sie dreht sich weg und lächelt die Kellnerin an, die unser Essen auf den Tisch stellt.

Als wir wieder allein sind, frage ich: „Wieso hast du mich hergebeten, Sare?"

Ihre Lippen beben. „Du hast mich Sare genannt. Niemand hat mich so genannt seit ..." Sie schüttelt den Kopf und nimmt ihre Gabel in die Hand. „Ich wollte mich entschuldigen. Für alles."

„Es ist lange her."

„Ich weiß, dass du gesagt hast, dass du mir vergeben hast." Sie schiebt die Eier auf ihrem Teller umher. „Ich konnte mir selbst nicht vergeben, und ich wollte nicht zugeben, dass ich Hilfe brauchte."

Die Erinnerung an die letzten Tage zwischen uns tut nicht so sehr weh, wie ich erwartet hatte. Es ist, als würde man eine Wunde reinigen, die bereits verheilt ist. „Ich wünschte, das hättest du."

Sie nickt, begegnet meinem Blick jedoch nicht.

„Deine ganze Welt hing mit Alkohol zusammen, Brayden. Ich konnte nicht ... Ich musste diesen Teil meines Lebens komplett hinter mir lassen, und ich konnte dich nicht bitten, dasselbe zu tun."

„Das hätte ich aber." Es ist wahr. Ich hätte das Familienunternehmen für sie verlassen. Mein Vater war noch gesund, als sie mich verlassen hat, also wäre es einfach gewesen. Und alles wäre anders gewesen.

„Ich weiß. Das ist der Grund, wieso ich nicht mit dir reden konnte. Ich habe mich so geschämt."

„Danke, dass du es mir jetzt erklärt hast." Ich greife über den Tisch und nehme ihre Hand in meine. „Ich meine es ernst."

„Es gibt noch einen anderen Grund, weswegen ich dich hergebeten habe. Ich wollte dir persönlich sagen, dass ich wieder nach Jackson Harbor ziehe." Sie saugt einen zittrigen Atemzug ein. „Und dass ich nie aufgehört habe, dich zu liebe. Wenn du mir also jemals eine zweite Chance geben könntest ..." Ihre Lippen beben. „Ich weiß, dass es verrückt klingt, aber ich würde mir niemals verzeihen, es dir nicht zu sagen."

KAPITEL EINUNDZWANZIG

MOLLY

ühle Luft schlägt mir ins Gesicht, als wir das Restaurant verlassen und zu Teagans Auto eilen. Ich steige hinten ein und überlasse Shay den vorderen Sitz.

„Wusstet ihr, dass Brayden hier sein würde?", frage ich.

„Ja", antwortet Shay.

„Shay! Was zur Hölle? Ich habe mich total blamiert!" Und jetzt habe ich dieses ekelhafte Gefühl in meinem Magen. Als wäre ich vielleicht im Weg, und da ich bereits weiß, dass ich nicht mit Brayden zusammen sein kann, dann habe ich kein Recht, ihn von jemandem fernzuhalten, der ihm eine Zukunft bieten könnte.

Shay schnallt sich an, bevor sie sich umdreht, um mich anzusehen. „Es hat nicht so funktioniert, wie geplant, okay? Ich dachte, Brayden hätte dich bemerkt und wäre rübergekommen, um dich zu begrüßen."

Ich starre sie an. „Ich sehe ihn jeden Tag. Ich *lebe* mit ihm. Und du hast mich wie einen Stalker dastehen lassen, weil du gehofft hast, dass er *Hallo* sagen würde?"

Shay und Teagan tauschen einen Blick aus, bevor Teagan sagt: „Shay hat gehofft, dass Sara bemerkt, wie er dich ansieht, und ihn in Ruhe lässt."

Wie er mich ansieht? Ich schlucke die Hoffnung hinunter, die ihre Worte mir geben. Es ist egal, wie er mich ansieht. Wir sind, was wir sind, und nichts mehr. Außerdem verwechselt sie Lust mit etwas anderem. „Ich fühle mich wie eine Schachfigur, und das mag ich nicht."

„Es tut mir leid." Shay wirft die Hände in die Luft. „Ich schwöre, ich mische mich sonst nicht so viel in die Liebesleben meiner Brüder ein, aber ich will Brayden beschützen nach allem, was Sara ihm angetan hat. Und Molly, ihr zwei macht mich *verrückt*. Kannst du ihm nicht einfach an den Hals springen, bevor er einen riesigen Fehler macht und sie zurücknimmt?"

Wenn meine Begegnung mit Brayden nicht bestätigt hätte, dass der zweite Mimosa ein Fehler war, bin ich mir jetzt auf jeden Fall sicher, als ich Shays Logik nicht verstehe. Sie hat mich zum Brunch eingeladen, damit Brayden Hallo sagt, und sie will, dass ich mich ihrem Bruder an den Hals werfe? *Hallo, ich hab' das bereits getan und plane, es heute Nacht zu wiederholen.* „Du ergibst keinen Sinn."

„Hat Brayden dir von Sara erzählt?", fragt Shay, als Teagan den Motor anmacht.

Ich runzele die Stirn. Die Nacht, in der ich Sara kennengelernt habe, war seltsam. Brayden hat mich praktisch gegen das Gebäude gepresst, und für einen Moment war ich mir sicher gewesen, dass er mich küssen wollte. Aber seine Geschichte mit Sara ist ein Geheimnis. „Nicht sehr viel. Er war wütend, dass ich mich eingemischt habe, also habe ich es nicht erwähnt, als ich nach Hause gekommen bin. Was ist zwischen ihnen passiert?"

„Ich glaube, er wäre verärgert, wenn ich dir davon erzähle", sagt Shay.

Meine Schultern senken sich enttäuscht. „Okay. Ich verstehe."

„Also werde ich es tun", führt Teagan fort. Sie fährt vom Parkplatz auf die Straße. „Vor zehn Jahren, kurz bevor Brayden ihr einen Antrag machen wollte, ist sie ihm mit einem ihrer Professoren fremdgegangen."

Mir wird schlecht. „Oh, nein." Ich schüttele den Kopf. „Warte. Teagan, ich wusste nicht, dass du vor zehn Jahren hier gelebt hast."

„Habe ich nicht. Aber ich kenne die Geschichte", sagt Teagan und begegnet meinem Blick im Spiegel. „Er hat niemandem erzählt, was passiert ist, aber es hat sich rumgesprochen. Brayden dachte, sie könnten darüber hinwegkommen."

„Er hat sie so sehr geliebt", flüstert Shay.

„Dann hat sie den Kontakt abgebrochen", erklärt sie. „Sie ist umgezogen, hat ihre Nummer gewechselt, ihn in den sozialen Medien blockiert und ihrer Familie gesagt, dass sie nicht wollte, dass er erfährt, wo sie war."

Ich weiß, dass mir die Kinnlade runterhängt, aber ich

kann nur den Kopf schütteln. „Sie ist vor *Brayden* weggerannt? Ist sie mit dem Professor verschwunden?"

„Nein. Er unterrichtet immer noch an der JHU.
Niemand weiß, wieso sie abgehauen ist", sagt sie, und
Shay nickt zustimmend, die Lippen zusammengepresst.
„Aber es hat ihn zerstört. Sie war die Liebe seines
Lebens."

„Es klingt, als wäre sie vor Missbrauch weggelaufen."

Shay hebt die Hände. „Ich weiß, oder?" Sie schließt
den Mund wieder und sieht zu Teagan, die ihr ein sanftes, mitfühlendes Lächeln schenkt.

„Es hat ihn fast umgebracht. Er hat sich den Arsch
aufgerissen, um zu verstehen, was er getan hat, dass sie
vor ihm wegrennen musste."

Shay dreht sich wieder nach vorne, und ich höre
kaum, wie sie sagt: „Er war nie wieder derselbe. Er ist nie
darüber hinweggekommen oder hat gewollt ..." Ihre
Augen sind traurig, als sie mich ein letztes Mal ansieht.
„Bis du in sein Leben gekommen bist, Molly."

BRAYDEN

Die Sterne strahlen heute Nacht so hell, dass ich fast den
schneidenden Wind vergesse, der mich umgibt.

Die Tür klickt hinter Molly, als sie sich auf der
Terrasse zu mir gesellt. Nach meinem Frühstück mit Sara
habe ich den Rest des Nachmittags und den Großteil
meines Abends in meinem Büro verbracht. Ich war nicht

bereit, Molly zu sehen oder daran zu denken, wie einfach es für sie war, unsere Beziehung kleinzumachen, als wäre sie froh, mir zu helfen, wieder mit Sara zusammenzukommen. Als wäre sie froh, zur Seite zu treten. *Zu gehen.*

Als ich nach Hause gekommen bin, waren Molly und Noah mitten in ihrer Bad-und-Schlafenszeit-Routine. Ich habe das Laufband im Keller benutzt, und als das meinen Kopf nicht freigemacht hat, bin ich rausgegangen.

Molly schenkt mir ein zögerliches Lächeln und gibt mir ein Bier. „Ich dachte, du könntest das gebrauchen."

Ich nehme es ihr ab und mustere das Etikett, als sie sich neben mich setzt. „Danke."

„Willst du über Sara reden?"

Ich will über dich reden. Ich suche ihren Ausdruck nach einem Anzeichen, dass sie versteht, was mich wirklich aufgewühlt hat, aber ich sehe nichts. „Vor zehn Jahren hat Sara mich verlassen, und ich wusste nicht, wieso. Heute hat sie es erklärt." Ich schlucke schwer. „Und jetzt weiß ich es endlich und ..." Ich drücke meinen Nacken, aber es hilft nicht meine Verspannung zu lindern.

Molly stellt ihr Bier ab und stellt sich hinter mich, bevor ihre Hände sich auf meine Schultern legen und ihre Daumen Kreise auf meinem Hals ziehen. Ich schließe die Augen und spüre, wie die Verspannung verfliegt. Nicht nur, weil sie meine Muskeln massiert, sondern weil sie *hier* ist.

Ich senke den Kopf, um ihr besseren Zugang zu gewähren. „Ich kann fast verstehen, wieso sie es getan hat. Sie wusste, dass ich alles hinter mir gelassen hätte, um mit ihr zusammen zu sein. Nicht nur das Familiengeschäft, sondern Jackson Harbor. Und sie wusste, wie wichtig meine Familie für mich war – *ist*. Sie musste fortgehen, und ich war so blind, dass ich nicht gesehen habe, dass sie mit Alkoholismus gekämpft hat."

„Was? Sie ist eine Alkoholikerin?"

Scham durchströmt mich. „Ich würde gerne sagen, dass ich es gesehen hätte, wenn wir zusammengelebt hätten, aber das haben wir nicht. Sie wollte nicht vor der Ehe mit mir zusammenziehen, und ich habe ihren Wunsch nie hinterfragt." Ich seufze, als ich diese Tage aus neuer Sicht untersuche. „Ich wusste, dass sie ab und zu zu viel trank. Es war manchmal schwer, sie vom Alkohol bei Partys wegzuziehen, aber wir waren jung, und ich habe mir gesagt, dass es nur manchmal war. Sie hat Jura studiert, um Gottes willen, und war eine der Besten ihrer Klasse. Es war einfach, meine Sorgen nicht so wichtig zu nehmen, denn außer diesen schlechten Nächten schien ihr Leben toll. *Schien* ist das entscheidende Wort, schätze ich."

„Wenn du nicht mit ihr zusammengelebt hast und sie es absichtlich versteckt hat, bin ich mir nicht sicher, wie du es hättest wissen können."

„Ich wollte es nicht wissen. Das ist meine Schuld. Bis heute hatte ich keine Ahnung, wie viel auf ihren Schultern lastete. Ich habe sie dabei erwischt, wie sie mit ihrem Juraprofessor geschlafen hat, bevor sie ein paar Tage später die Stadt verlassen hat, und sogar das hat mir nichts gesagt. Ich dachte, sie hatten eine Affäre, aber sie hat heute Morgen zugegeben, dass sie nur mit ihm geschlafen hat, weil er zugestimmt hat, ihre Note zu ändern. Es ist nur ein weiteres Puzzleteil, das beweist, dass ich keine Ahnung hatte, was wirklich in ihrem Leben los war, als sie mich verlassen hat."

„Brayden", sagt sie sanft. „Sie hat dich verletzt. Niemand konnte erwarten, dass du so einen Verrat durchsiehst, während du damit fertig werden musstest."

„Ich habe gesehen, was ich sehen wollte – eine Frau, mit der ich mich entspannen konnte, dir mir geholfen hat, alles locker zu nehmen, wenn ich gestresst war, und die von derselben Zukunft träumte wie ich."

Molly erstarrt hinter mir, und ihre Berührung wird sanfter. „Wovon hast du geträumt?"

„Von dem normalen Kram. Ich wollte eine Familie, Kinder, in Jackson Harbor leben und das Geschäft meiner Familie zu etwas Großem machen, damit die ganze Welt sehen konnte, wie talentiert mein Vater war." Ich atme aus und beobachte die Wolke in der kalten Luft. „Ich kann die Verantwortung dafür übernehmen, dass ich nicht nachgeforscht habe, als ich den Verdacht hatte, dass sie ein größeres Problem hatte, und ich kann verstehen, wieso sie dachte, dass ihre Lösung für *mich* am besten war."

„Was ist es dann?"

Ich bin froh, dass sie hinter mir steht, damit ich ihr Gesicht nicht sehen muss, als ich zugebe: „Ich wollte genug sein für sie. Ich wollte ein so wichtiger Teil ihres Glücks sein, dass sie mir zumindest die Wahl gegeben hätte, ob ich alles für sie opfern wollte, um uns eine Chance zu geben."

„Sie ... will dich zurück?" Hat ihre Stimme gerade

gezittert, oder war das wunschvolles Denken meinerseits?

„Ja, das tut sie."

„Vielleicht würdest du dich besser fühlen, wenn du darüber redest."

Ich greife nach hinten und nehme ihre Hand in meine, um ihre Finger zu drücken. „Es gibt nichts zu besprechen."

Ich schlucke schwer. Die Wahrheit ist, dass ich seit Sara mich verlassen hat – bis letzten Frühling, als Molly bei Jackson Brews angefangen hat und in mein Leben gekommen ist – nicht gedacht habe, jemals wieder etwas für eine andere Frau empfinden zu können. Ich habe jegliche Beziehung, die mich verletzlich gemacht hätte, gemieden. Ich wollte niemandem die Macht geben, mich so zu verletzen wie Sara es getan hat. Aber ich weiß zweifellos, dass ich Molly gerne diese Macht überreichen würde.

Gott, wenn ich ehrlich bin, habe ich das bereits.

MOLLY

Brayden ist mit mir in seinen Armen eingeschlafen. Ich sehe zur Uhr neben seinem Bett und gebe mir noch zehn Minuten, bevor ich in mein eigenes Bett gehen muss. Sonst riskiere ich, selbst einzuschlafen.

Ich lege meine Wange auf seine Brust und schließe die Augen, während ich seine Körperwärme und Stärke in mir aufnehme. Er stöhnt im Schlaf, und seine Hand gleitet auf meinen Rücken. Glücksgefühle steigen in meinem Magen auf. Sogar mit der Arbeit und den Weihnachtsvorbereitungen für Noah kann ich nicht leugnen, dass die letzten drei Tage wie ein Traum waren. Ehrlich gesagt, war mein ganzes Leben ein Traum. Ich hatte einen tollen Job, wunderbare neue Freunde und Braydens tägliche, starke Unterstützung – zu Hause und bei der Arbeit. Und jetzt habe ich Brayden. Seine heißen Augen auf mir, seine verführerischen Worte in meinem Ohr.

Bald ist Weihnachten vorbei, das neue Jahr wird beginnen, und wir werden umziehen. Ich werde keine Ausrede haben, mit Brayden morgens Kaffee zu trinken oder abends mit ihm im Whirlpool zu sitzen. Der Plan war, dass wir das hier beenden, sobald ich ausziehe, und wenn ich es nicht beenden will – wenn ich will, dass wir *etwas* sind –, werde ich es ohne Ausrede machen müssen. Ich müsste bereit sein, zuzugeben, dass ich es will, und alles riskieren.

Braydens Atem ist gleichmäßig, während ich zusehe, wie die Sekunden vergehen und mich fühle, als wäre meine designierte Zeit fast vorbei. Und das will ich nicht. Ich will hier in seinen Armen bleiben. Ich will so viel mehr, als ich mir vor dieser Woche vorzustellen erlaubt habe. Und es macht mir Angst – die Intensität, mit der ich es will, und alles, was ich verlieren könnte. Darum befreie ich mich aus seiner Umarmung und klettere aus dem Bett.

„Molly?" Er drückt sich hoch.

„Du musst nicht aufstehen." Meine Gedanken sinken

in meinem Magen und verknoten sich. Eine Seite ist fest-
gezogen von allem, was ich will – das Märchen mit dem
Happy End –, und auf der anderen Seite ist alles, was ich
getan habe und wer ich bin.

Vielleicht machen wir alle Fehler, und vielleicht hatte
ich meine Gründe. Vielleicht bin ich nicht schuld daran,
wie zerbrochen meine Seele ist, aber das ändert nicht,
wer ich bin. Und Brayden verdient so viel mehr als ein
zersplittertes Chaos, das nicht einmal weiß, wie Liebe
funktioniert.

Ich senke den Kopf und presse einen Kuss auf seinen
Dreitagebart, und als ich mich zurücklehne und seinem
Blick begegne, sehe ich den Schmerz. Er will, dass ich
bleibe. Dass ich hier mit ihm schlafe.

Ich drücke einen zweiten Kuss auf seine Wange und
frage mich, ob ich es tun könnte. Ob ich mutig genug
sein kann, um nach mehr zu fragen. Ich glaube nicht,
dass er es mir abschlagen würde. Ich glaube, er würde es
versuchen. Auch wenn es für ihn nicht das Beste wäre.
Wenn ich alles wollte, würde er sein Bestes tun, um es
mir zu geben.

Brayden gibt immer alles. Das ist der Grund, wieso er
so erfolgreich ist. Und vielleicht ist es das, was mir Angst
macht.

KAPITEL ZWEIUNDZWANZIG

BRAYDEN

Jch dachte nicht, dass ich so schnell eine Erektion haben könnte, indem ich einer Frau am Herd zusehe, aber Mittwochmorgen lerne ich das Gegenteil, als ich Molly in meiner Küche vorfinde. Sie trägt kuschelige Socken, die bis zu ihren Knien reichen, ein T-Shirt, das kaum ihren Arsch bedeckt und einen Tanga. Ihr Haar ist feucht, als wäre sie gerade aus der Dusche gestiegen. Mein Mund wird ganz trocken, und mein Schwanz streckt sich gegen den Reißverschluss.

Ich gebe der Tatsache, dass es neu ist zwischen uns, die Schuld an der Erektion. So neu, dass ich uns gestern in ihrem Büro eingeschlossen und sie auf den Tisch gelegt habe, weil ich nicht erwarten konnte, sie zu kosten. Oder ich könnte sagen, dass es daran liegt, dass sie mein Zimmer letzte Nacht zu schnell verlassen hat, da sie darauf besteht, in ihrem eigenen Bett zu schlafen, falls Noah vor ihr aufwacht. Aber die Wahrheit ist, dass ich einen Monat allein mit ihr leben könnte und niemals genug hätte.

Erst als sie den Arsch hin und herschwingt, realisiere ich, dass sie Kopfhörer trägt und ein Lied hört. Ich bleibe stehen, als sie Eier brät, und sehe zu, wie sie herumtanzt, während ich überlege, ob ich ihr mehr beim Tanzen zusehen oder sie berühren will. *Ich will das hier.* Sie in meiner Küche, in meiner Dusche, in meinem Bett. Nicht nur momentan und nicht nur für Sex.

Aber sie hat klargemacht, was sie anbieten kann und was nicht. Ich muss es respektieren, auch wenn es mir nicht gefällt. Und das bedeutet, dass ich sie berühren, kosten und in mein Bett bringen kann und versuchen muss, nicht auf mehr zu hoffen ... oder ich kann nichts haben. Aber so oder so werde ich niemals wissen, wie es ist, mit ihr in meinen Armen aufzuwachen.

Sie muss mich aus dem Augenwinkel gesehen haben, denn sie zuckt zusammen und dreht sich um. „Oh, hallo! Ich dachte, du hast heute Morgen ein Meeting mit einem Investor."

Ich schiebe meine Hände in die Taschen, als sie den Herd ausstellt und die Eier auf einen Teller schiebt. „Es wurde abgesagt. Süßes Outfit."

Sie schnaubt. „Mein Kleid ist im Trockner. Ich habe nicht geplant, so im Zentrum aufzutauchen. Versprochen."

„Was für eine Schande."

Sie grinst mich über die Schulter an, kein bisschen

beschämt wegen ihrer Klamotten. Oder der Tatsache, dass sie halbnackt ist. „Willst du mit mir frühstücken? Ich war heute Morgen überraschenderweise organisiert und habe das Laufband benutzt, nachdem ich Noah zur Schule gebracht habe. Jetzt kann ich den Rest meines Morgens genießen, ohne mich darum zu sorgen."

Ich lache. „Die Jungs haben gefragt, wann du wieder zum Fitnessstudio kommst."

Sie rümpft die Nase. „Ich komme zurück, sobald ich die ganze Nacht schlafen kann."

Ich grinse. „Ich habe nicht vor, das bald passieren zu lassen."

Ihre Wangen werden rot. „Hast du Hunger?"

So sehr, aber nicht auf Frühstück. „Ich habe bereits gegessen." Ich schlendere auf sie zu. Ich habe lange genug zugesehen, dass ich sie jetzt *berühren* will.

Sie stemmt die Hände auf die Theke und wendet mir den Rücken zu, als sie den Toaster beobachtet. Als ich hinter ihr zum Stehen komme, erstarrt sie und schließt die Augen. Ich bleibe stehen, bevor ich ihren Körper berühre, aber ich bin nahe genug, dass der Duft ihres Erdbeershampoos meine Nase erfüllt.

„ Ich habe gehofft, dass du Zuhause bist", gestehe ich mit rauer Stimme während meine Hände sich auf ihre Hüften legen, auf den Satinstreifen auf jeder davon. „Noah ist in der Schule?"

Sie wölbt sich mir einladend entgegen. „Ja."

„Ich habe die Tür abgeschlossen, falls wir uneingeladene Gäste haben sollten." Ich schiebe ihr feuchtes Haar zur Seite und presse einen Kuss auf die Stelle zwischen ihrem Hals und ihrer Schulter. Sie bebt, als meine Fingerspitzen über ihre nackten Hüften gleiten, unter ihr T-Shirt und über ihren Nabel. Ihre Augen schließen sich erneut, als sie den Kopf gegen meine Schulter lehnt, sich meiner Berührung hingibt und um mehr bittet. „Zu schade, dass ich nicht früher nach Hause gekommen bin", flüstere ich ihr ins Ohr. Meine Hände gleiten nach oben, um ihre Brüste zu umfassen, und ich knurre, als ich realisiere, dass sie keinen BH trägt. Ihre Brustwarzen ziehen sich zusammen, und ich rolle sie mit den Fingern. „Ich hätte es genossen, dich in der Dusche anzutreffen."

Sie summt zustimmend, als sie die Hüften gegen meinen Schwanz bewegt. „Ach, was hättest du in der Dusche mit mir gemacht?"

„Soll ich es dir zeigen?" Ich lasse mich auf die Knie sinken und küsse ihren Hintern. Sie zischt fluchend, als ich eine Hand zwischen ihre Beine lege und ihre Klitoris streichele, während mein Mund sich seinen Weg über ihren Arsch, Hintern und ihre Hüften bahnt.

Sie keucht und stößt sich in meine Hand, die Arme fest auf die Arbeitsfläche gestemmt. „Brayden ..."

Sie wimmert, als ich meine Hand wegziehe, hilft mir aber, als ich ihr Höschen über ihre Beine streife. Ich greife sie bei den Hüften und ziehe sie zurück, bis sie sich genug vorbeugt, um mir Zutritt zu ihrem süßen Inneren zu gewähren. Ich stoße meine Zunge vor und streichele sie, während ich mich an ihrem Geschmack ergötze. Wie sie sich gegen meinen Mund bewegt. Schamlos und lüstern.

Ich liebe ihren Geschmack. Die Geräusche, die sie

macht. Das Gefühl ihrer Haut unter meinen wandernden Händen. Ich behalte eine Hand auf ihrer Klitoris, als die andere nach oben fährt und ihre Brustwarze mit zwei Fingern zwickt, bis sie aufschreit, den Rücken durchdrückt und meinem Mund in einen besseren Winkel bringt.

„Bitte", keucht sie. „Brayden, bitte." Sie greift hinter sich und zieht an meinem Haar, um mich hochzuziehen.

Ich gehorche ihr ohne nachzudenken, und als ich stehe, mache ich meine Jeans auf und schiebe sie mit meiner Boxershorts über meine Oberschenkel. Ich greife sie bei den Hüften und stoße mich in sie, während ich zusehe, wie ihre Arme sich verspannen und ihr Rücken sich wölbt. *Sie gibt solch köstlich verzweifelte Geräusche von sich ...*

Als sie mich über ihre Schulter anschaut und ihre blauen Augen mich ansehen, erkenne ich das Feuer und die Lust in ihrem Gesicht. Ich schlinge einen Arm um ihre Taille, um sie zu streicheln, und dann verspannt sie sich so fest um meinen Schwanz, dass ich sofort kommen könnte. Ich verlangsame meine Stöße und necke ihren Körper, indem ich mich fast ganz herausziehe, bevor ich wieder tief in sie dringe.

Ihre Knöchel sind weiß, als sie die Arbeitsfläche ergreift, und ich streichele ihre Klitoris in kleinen Zügen, bis sie unkontrollierbar kommt, während sie ihren Höhepunkt herausschreit. Sie legt eine Hand auf meinen Nacken und lehnt sich gegen mich, als ich es ihr gleichtue und zum Orgasmus komme.

Ich küsse ihren Hals, bevor mein Mund über ihre

Schulterblätter fährt. Wir stehen halbnackt mitten in meiner Küche, und meine Brust ist so angespannt mit einer Zärtlichkeit, von der ich weiß, dass sie sie nicht sehen will. Mein Herz ist voller Worte, von denen ich weiß, dass sie sie nicht hören will.

Liebe. Irgendwie ist sie da, ob wir darauf vorbereitet waren oder nicht. Sie wächst und gedeiht, ob sie gewollt ist oder nicht.

MOLLY

Brayden hebt mich in seine Arme, und ich keuche auf. Er grinst mich an und trägt mich in sein Schlafzimmer, bevor er mich auf sein Bett legt. Seine Augen brennen mit so viel Lust, dass es ist, als hätten wir nicht gerade erst Sex gehabt. Er sieht mich an, als wäre er am *Verhungern.* Als hätte er seit Jahrhunderten niemanden berührt und wäre verzweifelt nach dem Gefühl und Geschmack von Haut. *Meiner* Haut. *Meiner* Berührung.

Vor fünf Minuten war ich mir sicher, dass er mir nicht noch mehr Genuss entlocken könnte, aber jetzt erwacht mein Körper eine Zelle nach der anderen, während sein lodernder Blick über mich fährt. Ich strecke eine Hand nach ihm aus. „Wirst du dich zu mir legen oder nur dastehen?"

Er grinst erneut. „Ich habe vor, den Großteil meines Morgens mit dir zu verbringen." Er kneift meinen Arsch hart genug, um mich quieksen zu lassen. „Aber jetzt noch nicht. Ich bin gleich wieder da."

Ich sehe ihn an, meine Augen auf seiner aufgeknöpften Jeans, die tief auf seinen Hüften sitzt. Er verschwindet im Flur, und ich schließe die Augen und mache es mir gemütlich.

Ich weiß nicht, wie viel Zeit vergangen ist, als ich von dem Geruch von frisch gebrühtem Kaffee aufwache und Besteck auf einem Teller höre. Ich zwinge mich, die Augen zu öffnen und sehe einen Teller mit dampfenden Eiern und Toast, den Brayden auf den Nachttisch abstellt.

„Frisches Frühstück", sagt er, als er sich auf die Bettkante setzt. „Da deins dank mir kalt geworden ist."

Ich grinse. „Schon gut." Ich setze mich auf, nehme die Tasse in die Hände und atme tief ein, bevor ich einen Schluck trinke. „Gott, das ist gut."

„Ich bin froh, dass er dir schmeckt."

„Also, wieso hat der Investor den Termin abgesagt?"

„Hat er nicht."

Ich runzele die Stirn. „Aber du hast gesagt—"

„*Ich* habe ihn abgesagt."

„Du hast einen Termin abgesagt? Du? *Brayden?*" Ich tue mein Bestes, damit mein Kinn nicht bis auf den Boden hinunterklappt. „Wieso?"

Seine Nase weitet sich, und die Augen werden dunkler. „Weil ich nicht aufhören kann, daran zu denken, wie es sich anfühlt, in dir zu sein. Oder an die Geräusche, die du von dir gibst, wenn du kommst."

Meine Oberschenkel pressen sich zusammen, und ich

werde erneut feucht, als mein Körper nach einer Wieder-
holung von vorhin fleht. Ich lecke mir über die Lippen
und schenke ihm mein verführerischstes Grinsen. „Wer
hätte gedacht, dass der stille, arbeitssüchtige Brayden
Jackson so versaut sein kann?"

Er hebt eine Augenbraue. „Ich erinnere mich nicht
daran, dass du dich gestern darüber beschwert hast."

Gänsehaut bedeckt meine Arme, als ich mich daran
erinnere, wie ich auf meinem Tisch lag, während er sich
auf die Knie sinken ließ, meinen Rock über die Hüften
schob und – wie in der Abstellkammer versprochen –
mich durch die Spitze meines Höschens küsste, bis ich
seinen Namen schrie. „Wer hat gesagt, dass ich mich
beschwere?"

Er grinst und öffnet seinen Mund, aber sein Handy
unterbricht ihn, als es auf dem Nachttisch klingelt.
Brayden schließt die Augen und vergräbt sein Gesicht
zwischen meinen Brüsten. „Ignorier es."

Ich schnappe es mir. „Nein, ich kann nicht dafür
verantwortlich sein, dass du zu einem Delinquenten
wirst." Mein Grinsen vergeht, als ich den Namen auf dem
Bildschirm lese. „Es ist Sara Jeffers."

Er versteift sich. „Lass es an die Mailbox gehen."

Ich sollte das Handy in seine Hände schieben und ihn
ermutigen, ranzugehen. Stattdessen lege ich es zurück
und entziehe mich seiner Berührung. „Ich muss mich für
die Arbeit fertigmachen."

„Molly?"

„Was?" Ich halte meinen Ausdruck neutral, als ich
mich zu ihm drehe.

„Ich weiß nicht, wieso sie anruft."

Ich zucke mit den Schultern. „Ist schon in Ordnung."

Der Blick in seinen Augen sagt mir, dass er weiß, dass es *überhaupt nicht* in Ordnung ist, aber er lässt mich gehen, und die ganze Zeit, als ich mich für die Arbeit fertig mache, denke ich an unser Gespräch von Montagnacht.

Er hat Sara geliebt, weil sie dasselbe wollte wie er – eine Familie und Kinder. Eine Zukunft.

Ich habe keine Zweifel, dass er diese Dinge immer noch will. Wieso verschwendet er seine Zeit dann mit mir, wenn ich ihm das nicht bieten kann?

KAPITEL DREIUNDZWANZIG

MOLLY

*W*ill ich wissen, wo wir sind?", flüstert Nic.

„Ich steige aus der Limousine, die Veronica für den Junggesellinnenabschied ihrer Schwester gemietet hat und verziehe das Gesicht, als ich den Club vor uns sehe. Die Neonlichter strahlen mit Versprechen.

MÄNNLICHE TÄNZER!

ERLEBT EURE WILDESTEN FANTASIEN!

GETRÄNKE ZUM HALBEN PREIS!

Veronica kichert, und Shay und ich sehen einander an. Wir hätten alle einen Abend im Jackson Brews vorgezogen, statt von Fremden belästigt zu werden, die versuchen, ihre Eier an unseren Gesichtern zu reiben.

Nic trägt immer noch eine Augenbinde, weil Veronica darauf bestanden hat. Ich nehme ihre Hand in meine, als wir Veronica in den Club folgen. Der Kerl auf der Bühne schüttelt seinen Arsch im G-String, mit einer Weihnachtsmütze und einem fluffigen, weißen Bart. Ich verziehe das Gesicht.

„Guter Gott", flüstert Shay neben mir. „Ich habe gerade in meinen Mund gekotzt."

„Was?", fragt Nic und greift nach der Augenbinde. „Was ist los?"

Veronica dreht sich um und zieht die Binde weg. „Überraschung!"

Nic blinzelt, während sie sich umsieht, und ihr Mund fällt auf, als sie den Weihnachtsmann-Stripper sieht, der gerade seine Hüften gegen die Stange reibt.

„Der heißeste Weihnachtsmann, den ich je gesehen habe", sagt Veronica.

Teagan rümpft die Nase. „Das kann ich nicht leugnen, und doch ..."

Nic sieht mich flehend an, aber ich zucke mit den Schultern. Sie kennt Veronica besser als wir. Sie wusste sicherlich, was ihr bevorstand.

Ein Mann in enger Ledershorts begrüßt uns grinsend. „Ist das die zukünftige Braut?" Er mustert Nic von Kopf bis Fuß und dann ... *leckt er seine Lippen.*

Nic weitet die Augen und tritt zurück.

„Ja!", sagt Veronica. „Wir haben einen Tisch vor der Bühne reserviert."

Er grinst und dreht sich in die Richtung. „Folgt mir, Mädels."

Wir folgen ihm zu unserem Tisch. Unsere Sitze sind

in einer Reihe, damit wir dem Weihnachtsmann besser zusehen können.

„Was kann ich euch Hübschen bringen?", fragt er uns, als wir uns setzen.

„Alkohol", sage ich.

Teagan nickt. „Wir werden eine Menge Alkohol brauchen."

Shay flüstert neben mir: „Hallelujah."

„Tequila", sagt Veronica. „Für alle außer ihr." Sie deutet zu Ava, die immer noch steht und ihren Stuhl ansieht, als müsse sie ihn desinfizieren, bevor sie sich setzt.

„Oh, ich mag dich." Der Mann spannt seine Brustmuskeln an, bis sie auf und ab tanzen, und Teagan schnaubt.

„Ich kann nicht glauben, dass du dieses Wochenende heiratest!", quietscht Veronica, ein Arm um ihre Zwillingsschwester geschlungen. „Ich schwöre, dass ich diese Hochzeit nicht ruinieren werde."

„Besser nicht", sagt Teagan. „Ethan würde dich umbringen."

Nic lächelt sanft. „Ich bin froh, dass sie meine erste Hochzeit ruiniert hat. Ich liebe die verrückte Wendung, die mein Leben eingelegt hat."

Ich greife über den Tisch und drücke ihre Hand. „Bist du nervös?"

Nic schüttelt den Kopf. Die Frau *strahlt* trotz unserer Umgebung vor Glück. „Ich meine, ich bin vielleicht etwas nervös, weil ich von so vielen Leuten angestarrt werde, aber nicht wegen der Hochzeit selbst."

„Weil mein Bruder ein Heiliger ist, bla-di-bla-bla",
sagt Shay grinsend. Sie kann nicht verbergen, wie froh sie
ist, dass Nic ihren Bruder heiratet.

Unser Gespräch wird abgebrochen, als der Weihnachtsmann im Tanga uns sieht und zu uns rüberkommt.
Veronica schreit und winkt mit ein-Dollarscheinen in der
Luft. Der Tänzer zieht seinen Bart runter und lässt sich
fallen, um die Hüften gegen den Boden zu pressen.

*I*ch höre nach meinem zweiten Kurzen auf,
aber ich muss zugeben, dass dieser Club mit
Tequila im Blut viel besser war. Ich will morgen keinen
Kater oder mich vergessen, während der Kellner mich
ansieht, als würde er mich zu seinem Mitternachtssnack
machen wollen, also bin ich komplett nüchtern und hellwach, als wir in dem kleinen Mietshaus ankommen, das
Veronica für uns gebucht hat, während die Zwillinge
betrunken in ihren Betten kichern.

Ich nehme mein Handy in die Hand und schreibe
Brayden.

Molly: *Wir sind wieder zu Hause.*

Brayden: *Will ich es überhaupt wissen?*

Molly: *Der Weihnachtsmann im Tanga. Muss ich mehr
sagen?*

Brayden: *Bitte nicht.*

Molly: *Alle sind betrunken und schlafen. Ich bin hellwach
und eifersüchtig, dass sie schlafen können und ich nicht.*

Brayden: *Ich wünschte, du wärst hier.*

Seine Worte lassen mein Herz rasen, und ich beiße mir auf die Unterlippe.

Molly: *Ich auch.*

„Sextest du jemandem?", fragt Teagan. Sie kommt in die Küche und dreht den Wasserhahn auf, um sich ein Glas einzugießen. „Ich habe gesehen, wie der Kellner dir seine Nummer gegeben hat."

Ich schnaube. „Ich habe sie versehentlich weggeworfen."

Sie grinst und trinkt ihr Wasser. „Alle sind im Bett. Schnapp dir deinen Mantel und komm mit." Sie winkt zur Treppe.

Ich folge ihr zum zweiten Stock, wo ein engeres Treppengelände ist, das zu einem kleinen Balkon im Dachgeschoss führt. Die unerbittlich kalte Luft trifft mich, und ich ziehe die Kapuze hoch und stecke meine Hände in die Taschen.

„Schieß los", sagt sie, als sie die Tür hinter sich zu zieht.

Ich runzele die Stirn. „Was?"

„Du hast die ganze Woche so ein dämliches Grinsen auf dem Gesicht gehabt. Du hast Geheimnisse, und ich glaube, du hast vergessen, dass ich dich als beste Freundin adoptiert habe, was bedeutet, dass du mir nichts verheimlichen kannst." Sie verschränkt die Arme, aber ihr Ausdruck hält keine Wut oder Missbilligung, sondern nur Neugier.

Ich schlucke schwer und gleite an der Wand hinunter, während ich in die kalte Nachtluft starre. Ich kann spüren, wie meine Lippen sich zu einem Lächeln verziehen und realisiere, dass ich darüber *reden* will. Ich will über *ihn* reden. „Ich bin mit jemandem zusammen."

„Ich wusste es!", quietscht sie, bevor sie eine Hand über den Mund wirft und leiser sagt: „Ich habe es mir gedacht. Erzähl mir von ihm."

„Er ist ..." Alles in mir scheint beim Gedanken an ihn zu vibrieren. „Ich war nie mit jemandem zusammen, der so gut ist. Und ich sage das nicht, weil die anderen böse waren. Es ist nur ..." Ich starre meine Freundin an und frage mich, wie verletzlich ich mich machen will. „Er behandelt mich, als wäre ich wirklich besonders. Er redet nicht viel und behält seine Gefühle für sich, aber manchmal, wenn wir miteinander schlafen, sehe ich sein Lächeln."

Teagan schnaubt. „Ein Kerl, der beim Sex lächelt. Klar."

„Nein, nicht so. Es ist, als könnte er nicht anders. Als würde er versuchen, das Wunder zu verarbeiten, mit mir zusammen zu sein. Es wäre einfach, zu glauben, dass ich besonders *bin*. Mit ihm könnte ich es glauben."

Teagan drückt meinen Arm. „Du bist besonders, Molly. Und ich bin froh, dass du jemanden gefunden hast, der dir hilft, das zu glauben."

Meine Augen fallen auf meinen Schoß und weg von den Sternen. *Denkst du, jemand wie ich könnte etwas Echtes haben?* Ich frage nicht. Weil sie meine Freundin ist und ich ihre Antwort kenne. Es ist egal, wie sehr meine Freunde an mich glauben. Es von ihnen zu hören, wird nichts ändern.

„Noah scheint ihn wirklich zu mögen", sagt sie.

Meine Augen schießen zu ihr. „Was?"

Ihr Ausdruck ist sanft, als sie hinzufügt: „Ich glaube nicht, dass sonst jemand davon weiß. Sie vermuten es. Vor allem Shay. Aber ..."

„Wer ... Wie?"

„Wir können alle sehen, wie du ihn anschaust. Wie er dich ansieht. Ich dachte, es wäre nur ein Schwarm. Ich habe nicht realisiert, dass ihr ..."

„Es ist keine echte Beziehung. Er weiß, dass ich das nicht tun kann. Ich kann ihm nicht mehr bieten." Ich versuche zu lächeln. „Also wirf mich noch nicht aus deinem „Heiße Singles"-Club."

Traurigkeit überkommt ihre Züge. „Wieso kannst du nicht mehr bieten? Weil er dein Chef ist?"

Ich seufze. „Nein, das ist mir nicht wichtig. Zumindest nicht mehr." Ich atme ein und suche nach den richtigen Worten, um etwas auszudrücken, das mir mit jedem Tag unklarer wird. „Ich will nichts Festes. Ich will mich nur auf Noah und meine Arbeit konzentrieren. Brayden weiß das alles, also hör auf, mich anzusehen, als hätte ich einen Welpen getreten."

„Ist das wirklich, was du willst, Molly? Ich meine, wenn du an deine Zukunft denkst, willst du wirklich nichts außer bedeutungslosem Sex? Du willst nicht ... mehr?"

„Frauen wie ich bekommen nicht *mehr*."

Teagan stupst mich mit der Schulter an. „Ich habe dich nicht nach deinen Prophezeiungen gefragt, Orakel. Ich habe gefragt, was du *willst*."

Ich schlinge die Arme um meine Mitte und hebe den

Kopf, um den wolkenreichen Nachthimmel anzustarren. „Ich will nicht so viel Angst haben."

„Wovor hast du Angst? Davor, dich in ihn zu verlieben?" Sie starrt mich an und wartet, bis ich ihrem Blick begegne, bevor sie hinzufügt: „Ist es dafür nicht bereits zu spät?"

KAPITEL VIERUNDZWANZIG

BRAYDEN

„Onkel Levi hat gesagt, dass Molly nicht die Augen von dir lassen kann und du ein Mann sein und aufhören sollst, sie zu ignorieren." Meine Nichte grinst zu mir auf, als wüsste sie nicht, was sie tut, als sie Levis Nachricht überbringt.

Ich weiß, dass ich mich nicht darauf einlassen sollte. Diese kleine Pest steht kurz davor, an der zweiten Hochzeit in drei Monaten teilzunehmen, und sie hat es zu ihrer persönlichen Mission gemacht, all ihre Onkel und ihre Tante Shay verheiratet zu sehen, damit sie mehr „Prinzessin"-Kleider tragen kann. Die armen Levi und Ellie sind seit nicht einmal einer Woche wieder zusammen, und Lilly fragt bereits, wann sie heiraten werden. Eine siebenjährige Verkupplerin ist ziemlich witzig, wenn es nicht um dich geht, aber das Letzte, was ich will, ist, Molly zu verschrecken.

Und trotzdem schweift mein Blick zu der fraglichen Frau, die mit meiner Schwester im Jackson Brews sitzt und ein Bier trinkt. Sie lachen und reden über etwas, und der Anblick von ihr hier – lachend und mit Shay, mit meiner Familie, als *Eine von uns* – lässt meine Brust schmerzen. Sie hat den ganzen Tag gearbeitet, aber heute Abend, für Ethans und Nics Probeessen, feiert sie mit uns. Ich will es genießen, *sie* genießen, und in meine Arme ziehen und sie küssen, bis sie versteht, wie sehr ich es liebe, sie hier zu haben. Alle wissen zu lassen, dass sie mir gehört. Aber ihre verdammten Regeln halten uns mehrere Meter entfernt. Ich bin ihr nahe genug, um sie zu sehen, aber nicht so nahe, dass ich sie berühren kann. Weil das zu verführerisch sein könnte.

„Hey, Fremder. Ein kleines Vögelchen hat mir verraten, dass ich dich heute hier sehen könnte."

Ich wende meinen Blick von Molly und begegne Saras braunen Augen. Ich warte darauf, dass der alte Schmerz mich trifft. Als würde mir die Welt unter den Füßen weggezogen werden. Das Gefühl, das lange blieb, nachdem sie mich verlassen hat. Das ich jedes Mal gespürt habe, wenn jemand ihren Namen erwähnt hat oder ich ihr Parfüm auf den Laken gerochen habe. Jedes Mal, wenn ich den Professor gesehen habe, den sie gefickt hat.

Der Schmerz des Verrats und der Einsamkeit verweilte viel zu lange. Bis ich der Welt nicht mehr vertrauen konnte. Bis ich meinen Wunsch auf ein Happy

End aufgab. Ich habe zu lange gedacht, Sara verloren zu haben, bedeutete, dass ich meine Chance verpasst hatte.

Aber der Schmerz kommt nicht. Die Erde unter meinen Füßen ist fest, Sauerstoff füllt meine Lungen immer noch, und ich sehe sie an und wundere mich, wie sehr ich mich geändert habe. Ich schätze, Zeit heilt wohl doch alle Wunden. Aber vielleicht liegt es nicht nur daran, dass es zehn Jahre her ist. „Was tust du hier, Sara?" Jackson Brews ist heute Abend geöffnet, aber es ist der letzte Ort, an dem ich sie erwartet hätte. Sie ist wahrscheinlich hergekommen, um mich anzutreffen.

„Ich trinke nicht, falls du dich das fragst." Ihre Stimme bebt, als würde sie die Tränen in ihrer Stimme unterdrücken. „Ich hatte gehofft, wir könnten reden."

Ich mustere sie und sehe Ehrlichkeit in ihren Augen. „Ich dachte, dass wir das bereits getan haben."

„Ja, und ich sollte dir Zeit geben, um alles zu verarbeiten, aber ..." Ihr Blick fällt auf ihre Hände, die sie vor sich wringt. „Denkst du, du könntest mir jemals vergeben?"

Ich lege meine Hände auf ihre. „Es ist Jahre her. Ich habe es verarbeitet."

Sie legt den Kopf zur Seite und sieht mich an. „Verarbeitet oder du hast mit deinem Leben weitergemacht?"

Bevor ich realisiere, was ich tue, erwische ich mich dabei, zu Molly zu sehen – ihr langes, blondes Haar und die strahlend blauen Augen. „Ich glaube, beides gehört zusammen", gestehe ich, sowohl ihr als auch mir selbst gegenüber.

„Ich habe dich vermisst." Sie drückt meine Schulter.

„Ich habe mir nie vergeben. Du warst das Beste, was mir je passiert ist, und ich habe nicht realisiert, wie viel Glück ich hatte." Sie tritt näher und legt den Kopf in den Nacken, um mir in die Augen zu sehen. Ich kann nicht anders, als zu vergleichen, wie es sich anfühlt, Molly so nahe zu haben. Wie anders das hier ist. Wie *richtig* es sich anfühlt, zu Molly zu gehen und sie in meine Arme zu ziehen.

„Sara ..." Ich bin mir nicht sicher, was ich sagen soll oder ob ich überhaupt etwas sagen soll, wenn ich noch nicht weiß, wie es mit Molly und mir weitergeht. Vor einem Jahr hätte ich sofort die Chance ergriffen, Sara wiederzubekommen. Vor einem Jahr hätte ich ihr ironischerweise nicht vergeben. Vielleicht musste ich verstehen, was sie getan hat, um ihr vergeben zu können.

Sara nutzt meine Stille aus, stellt sich auf die Zehenspitzen und presst ihren Mund auf meinen. Ich trete zurück, als ich ihre Lippen auf meinen spüre.

„Es tut mir leid. Ich kann nicht ..." Ich habe keine Chance, meine Gedanken in Worte zu fassen, weil ich Molly sehe, die drei Meter von mir entfernt steht und mich ansieht, als hätte ich ihr Herz rausgerissen.

Als ich ihrem Blick begegne, dreht sie sich um und eilt durch die Küchentür.

Sara greift meinen Arm, bevor ich bemerke, dass ich Molly hinterherrenne. „Brayden?"

Ich schüttele den Kopf. „Ich kann das jetzt nicht tun, Sara." Ich sehe über meine Schulter, wo Molly in die Küche verschwunden ist. *Scheiße.*

MOLLY

Die Nacht ist klar, und die Sterne strahlen von einem wolkenlosen Winterhimmel auf mich herab, als ich den Parkplatz hinter dem Jackson Brews betrete. Ich hatte keine Zeit, meinen Mantel mitzunehmen, und der eiskalte Wind beißt meine Haut. Ich heiße die Kälte willkommen, als ich meinen Kopf zum Himmel hebe. Ich werde nicht weinen. Ich habe kein Recht zu weinen.

Sie haben sich geküsst.

Ich wünschte, ich könnte wütend sein. Wütend auf Brayden, weil er mich verarscht hat und mich dazu gebracht hat, so viel mehr zu wollen, als ich mir jemals erträumt hätte. Aber ich bin verflucht mit genug Rationalität, dass ich keine Wut empfinde. Es ist meine Schuld. Brayden gibt mir, was ich will – keine Bedingungen. Keine Versprechen. Keine Zukunft. Nichts von den Dingen, die er der richtigen Frau geben wird.

„Versuchst du, dir eine Lungenentzündung einzufangen?"

Ich schließe die Augen, als ich Brayden höre. Das tiefe Rumpeln. Die Art, wie seine Stimme über meine Haut streicht.

Als ich mich zu ihm drehe, zieht er seine Jacke aus und gibt sie mir. Ich schüttele den Kopf. „Nimm sie", sagt er, seine Stimme hart genug, um mich erkennen zu lassen, dass es keine Diskussion wert ist.

Ich schlüpfe in sie hinein. Sie ist immer noch warm und riecht nach ihm – sauber und würzig. Mir wird fast schwindelig von all den Erinnerungen, die mich überkommen, als ich den Geruch in mir aufnehme.

Er verschränkt die Arme und starrt mich an, sein Gesicht ernst. Ich erwarte eine Standpauke oder eine Ansprache darüber, dass meine Eifersucht unfair ist.

„Sag es", spucke ich aus, als er nichts sagt.

Er hebt eine Augenbraue. „Was soll ich sagen?" Er mustert mein Gesicht, bevor er an meinem Mund hängenbleibt und wieder zu meinen Augen wandert. „Soll ich mich entschuldigen?"

„Nein. Du schuldest mir keine Entschuldigung."

Eine Emotion, die ich nicht benennen kann, legt sich auf sein Gesicht. „Wieso siehst du mich dann an, als hätte ich dein Herz gebrochen?"

„Sei nicht lächerlich. Du hast sie geküsst."

„*Sie* hat *mich* geküsst", sagt er.

„Ich wette, es war unglaublich schlimm", murmele ich und hasse, wie gemein ich klinge. Aber ich zucke nur mit den Achseln. „Entspann dich. Ich habe keinen Anspruch auf dich, und ich weiß es."

Diese intensiven, dunklen Augen durchsuchen mich. „Das könntest du, weißt du?" Seine Stimme bricht, als hätte sie sich an etwas verfangen und würde über eine Emotion stolpern, die er zu verstecken versucht hat.

Ich schnaube. Ich bin eine Idiotin. Es ist dumm. Aber so sehr ich es versuche, ich kann dieses *Verlangen* nicht ignorieren. Dieser Wunsch, jemand anderes zu sein.

Dieses Verlangen nach mehr, als ein Mädchen wie ich erwarten sollte. *Dumm. Dumm. Dumm.*

„Was willst du, Molly?"

Ich runzele die Stirn und sehe auf meine Schuhe. „Frische Luft. Einen Moment allein."

Er macht einen Schritt nach vorne, ergreift mein Kinn mit seiner Hand und hebt mein Gesicht an, bis unsere Augen sich treffen. „Lügner", flüstert er.

„Wir sind alle Lügner", flüstere ich zurück.

„Dann sag mir etwas, das wahr ist, wirklich ist."

Ich öffne den Mund, um etwas Sarkastisches zu sagen, bevor ich ihn wieder schließe.

„Soll ich anfangen?", fragt er sanft, und als ich nicht antworte, fährt er fort: „Ich liebe es, dich in meinem Haus zu haben." Seine Hand gleitet in mein Haar, und sein Daumen fährt über mein Kinn. „Ich habe nicht realisiert, wie einsam es war, bis ich wusste, wie es ist, dein Gelächter dort zu hören. Ich mag es, mit dir morgens Kaffee zu trinken und Fernsehen zu schauen, wenn wir beide im Bett sein sollten." Er senkt sein Gesicht zu meinem, aber als ich denke, dass er mich küssen wird, streicht seine Nase einfach gegen meine. „Ich berühre dich gerne, und ich hasse den Gedanken daran, dass du gehst. Egal wann. Ob es im Januar ist oder im Februar oder in einem Jahr. Ich will dich zu Hause haben. Ich will dich bei mir haben."

Ich schließe die Augen und genieße die Nähe. Die Hitze seines Atems auf meinen Lippen. Die grobe Stärke seiner Hand auf meinem Kiefer. Und trotz der Kälte, ist mir warm.

Er lehnt sich zurück. „Du bist dran."

Ich zögere, denn ich bin mir nicht sicher, welche der tausende Geständnisse ich anbieten soll. Ich denke an die Konsequenzen von jedem einzelnen, bevor ich mich für den Grund für dieses Gespräch entscheide. „Ich war eifersüchtig. Auf sie."

„Weil sie mich geküsst hat?"

„Ja." Ich schüttele den Kopf. Es ist nicht so einfach. „Weil ... trotz allem ist sie besser für dich als ich." Ich begegne seinem Blick. Mein Verlangen danach, mein Herz zu beschützen, kämpft mit dem Verlangen, mich ihm anzubieten. „Weil sie dasselbe wollte – *will* – wie du, und du mit ihr ein Leben haben könntest. Eine Familie. Eine Chance auf ein glückliches Leben. Und ich ..." Ich finde die Worte nicht und atme die schmerzvolle Wahrheit stattdessen zitternd ein.

„Du willst mir diese Dinge nicht geben."

„Es geht nicht darum, was ich will, Brayden. Es geht darum, wer ich bin. Ich kann nicht ... Ich habe nie ..." Ich sehe weg von diesen wissenden Augen. Von dieser Zärtlichkeit und dem Mitleid in ihnen. Ich will kein Mitleid. „Ich weiß nicht einmal, wie man eine echte Beziehung führt. Ich hatte sowas noch nie. Einen Freund." Er ist so still, dass ich nicht anders kann, als ihm erneut in die Augen zu sehen, um zu versuchen, zu entziffern, was in seinen Gedanken versteckt ist. „Sag etwas, du sturer, stiller Arsch."

Er prustet. „Willst du meine Freundin sein, Molly?"

Meine Wangen werden heiß. „Mach dich nicht über mich lustig."

„Vertrau mir, das würde ich nicht. Nicht darüber." Er schlingt seine Arme um mich und zieht mich gegen seine Brust, bevor er langsam mit mir zu der Musik der Autos auf der Straße und dem eisigen Wind in den Bäumen tanzt. Er legt sein Kinn auf meinen Kopf und reibt langsame Kreise auf meinen Rücken. „Sie hat mich geküsst, aber ich wollte es nicht. Letztes Jahr hätte ich alles gegeben, um sie zurückzuhaben – ob gut oder schlecht –, aber ich will das nicht mehr."

„Wieso nicht?"

„Weil ich in jemand anderen verliebt bin." Meine Füße erstarren, aber er macht weiter. „Diese Frau, die ich liebe? Ich bin mir nicht sicher, ob sie dasselbe empfindet, aber es ist egal. Ich kann meine Gefühle nicht abstellen. Ich bin vielleicht ein sturer Arsch, aber ich weiß, was ich will." Er lehnt sich zurück, um mich anzusehen. „Das war noch nie ein Problem."

„Was *ist* das Problem?"

„Ich weiß nicht, was du willst, Molly." Sein Daumen ist rau auf meiner Wange, als er eine Träne wegwischt, die mir unbemerkt entkommen ist.

„Ich habe Angst."

Er nickt. „Ich auch."

„Sara hat dir weh getan", flüstere ich.

Er nickt erneut. „Das hat sie."

„Was, wenn ich dich auch verletze?"

„Das ist ein Risiko, das ich bereit bin einzugehen. Was neu und komplett einzigartig ist. Was ich für dich empfinde ... Ich habe nicht gedacht, dass ich dieses

Risiko jemals wieder eingehen wollen würde, aber für dich ist es nicht einmal eine Option. Es *ist* einfach."

Ich schlucke schwer. „Was bedeutet das?"

„Ich schätze, es kommt darauf an. Willst du meine Freundin sein, Molly McKinley?"

„Eine feste Beziehung?" Meine Worte sind so zittrig wie die Knie unter meinem Kleid.

„Oh, ja. Mit Verabredungen und Küssen und ... allem, was du willst."

„Was, wenn es nicht klappt? Was, wenn ich ..." Ich bin mir nicht einmal sicher, wovor ich Angst habe außer dem stetigen *„Versau es nicht"*-Gemurmel, das durch meinen Kopf wirbelt. Ich bin mir nicht sicher, welche Frage ich stellen kann außer dem geheimen, geflüsterten *„Was, wenn du realisierst, dass du jemand Besseren verdienst?"*.

„Was, wenn es klappt?", fragt er. Und dann senkt er seinen Mund auf meinen und küsst mich. Seine Lippen sind warm, sein Kuss zärtlich, seine Arme fest um mich geschlungen.

Als er sich zurücklehnt, bin ich atemlos und am Zittern. „Wir sollten wieder reingehen. Ich muss mich verabschieden, bevor ich zum Zentrum fahre, um sicherzustellen, dass alles für morgen bereit ist."

Er nimmt meine Hand lächelnd in seine und führt mich rein, ohne loszulassen, bis wir die Küche erreichen.

„Du siehst selbstgefällig aus, Brayden Jackson."

„Bin ich wirklich dein erster fester Freund?"

Meine Lippen zucken. „Bleib auf dem Teppich." Er dreht sich grinsend um, um zu gehen, aber ich ergreife sein Gesicht mit beiden Händen. „Liebst du mich wirklich?"

Er versucht nicht einmal, die Wärme in seinem Lächeln zu verbergen, und senkt seinen Mund zu meinem Ohr. „Bleib auf dem Teppich."

KAPITEL FÜNFUNDZWANZIG

MOLLY

$\mathcal{A}$ ls ich fertig bin damit, alles für Nic und Ethans Hochzeit zu überprüfen, bin ich erschöpft, aber meine Gedanken rasen zu sehr, um mich schlafen zu lassen, sobald ich zu Hause ankomme. Ich liebe die Tische für den Empfang und die Dekorationen.

Und dann ist da Brayden. Brayden mit seinen dunklen Augen und seinem forschenden Blick. Brayden, der mein Freund sein will ... *ist*.

Das Wort erfüllt mich mit einer Schulmädchen-Freude, als ich mein Büro und die Küche abschließe. Es hat mich nie interessiert, dass ich es verpasst habe. Klar, jetzt, da ich älter bin, wünschte ich, ich wäre mit allem anders umgegangen, als ich jünger war, aber obwohl ich den Reiz davon, jemanden als mein zu sehen, sehen konnte, habe ich aus praktischen Gründen nie aktiv danach gesucht. Ich habe an so vielen Abenden Noah von der Krippe abgeholt, und wir sind nach Haus gegangen, wo mein anderer Job auf mich gewartet hat. Mich um ihn zu kümmern hat sich nie so angefühlt, aber der Haushaltskram. Abendessen machen, Geschirr spülen, mich um die Wäsche kümmern, Rechnungen bezahlen – es gab viele Nächte, an denen ich mir gewünscht habe, jemanden zu haben, mit dem ich den Haushalt teilen könnte. Aber bis Brayden habe ich mir nie erlaubt, mir jemanden zu wünschen.

Ich schließe den Kühlraum und die Gefrierschränke ab, und als ich mich umdrehe, um die Küchenlichter auszuschalten, steht Brayden vor mir im Flur, die Arme verschränkt, dieses endlos geduldige Lächeln auf dem Gesicht. Wärme überflutet meine Brust, als ich ihn sehe. *Er ist wegen mir hergekommen.*

„Ich dachte, du bist nach der Bar nach Hause gefahren." Ich gehe langsam auf ihn zu und fühle mich schüchtern.

„Ich habe Levi und Ellie nach Hause gefahren, aber ich dachte, ich würde dich abholen."

„Ich habe nicht getrunken", sage ich lächelnd. Ich hatte während des Abendessens ein Bier mit Shay, was aber kaum genug ist, um einen Fahrer zu brauchen.

Brayden grinst einfach. *Verdammt. Dieses Lächeln.* „Habe ich mir gedacht." Er beugt sich herunter und schnappt sich eine Flasche Champagner und zwei Gläser, die neben seinem Fuß standen und die ich nicht bemerkt habe. „Sollen wir das ändern?" Bevor ich reagieren kann, lässt er den Korken knallen und füllt die Flöten. Die

Bläschen kommen bis zum Rand der Gläser, als er mir eins gibt und das andere für sich behält.

„Worauf trinken wir?", frage ich leise.

„Nic und Ethan natürlich."

Ich stoße mit ihm an und nicke. „Natürlich."

„Für diese Liebe hat er es riskiert, verletzt zu werden."

Ich sehe ihm in die Augen, und mein Herz schmerzt ein wenig, als ich sehe, was so viele nicht erkennen – die Zärtlichkeit, das verzweifelte Verlangen, genug zu sein, die vernarbten Teile eines Mannes, der der Frau, die er geliebt hat, alles gegeben hat, und im Gegenzug wurde ihm das Herz gebrochen. „Ja, das hat er."

„Auf Mut", sagt er sanft, und ich weiß, dass er nicht von Ethan und Nic redet. Er redet von uns. Ich bete stumm, dass ich für ihn mutig genug sein kann.

Ich stoße erneut an. „Auf Mut."

Er trinkt einen Schluck und senkt sein Glas. „Darf ich es sehen?"

Ich weiß, was er meint, und mein Herz wird so sehr von Stolz erfüllt, dass ich lächele. Ich drehe mich zu dem Raum und krümme den Finger über meine Schulter, damit er mir folgt. Ich halte den Atem an, als ich die Tür öffne und die Lichter anmache.

Dieser Raum hat noch nie so wunderschön ausgesehen, und ich könnte nicht glücklicher sein über das Resultat. Die weißen Stuhlhussen haben rote Schleifen, und die Kristallherzstücke sitzen in einem Nest aus roten und weißen Rosen, Weihnachtsgrün und Tannenzapfen.

Die künstlichen Gestecke sehen frisch aus, und ich weiß, dass ich sie oft wiederverwenden werden kann.

Meine Angestellten haben den ganzen Nachmittag damit verbracht, die Balken mit Tüll zu verkleiden und die Tanzfläche vorsichtig mit Töpfen voller roter Weihnachtssterne und weißen Hortensien zu umranden. Morgen werden wir die Kerzen in den Herzstücken anmachen und sanftes Licht von den Lampen an den Wänden benutzen statt der hellen Deckenbeleuchtung. Aber es sieht sogar jetzt romantisch aus. Im Mondlicht mit einer Wand voller Fenster am weitentfernten Ende.

„Wow", sagt Brayden sanft hinter mir. Ich höre die Ehrfurcht in seiner Stimme, bevor ich mich umdrehe, um sie auch in seinem Gesicht zu sehen. „Ich wusste, dass deine Ideen gut zusammenpassen würden, aber das ... ist wundervoll."

Ich lächele. „Nic und Ethan verdienen das Beste."

Er nickt, und seine Kehle zuckt, als er schluckt und sich erneut umsieht. Denkt er an den langen Weg, den sein Bruder zurücklegen musste, um hier anzukommen? An die Trauer des Mannes, nachdem er seine Frau verlor? An die Freude, die Nic wieder in seine Augen gebracht hat? „Das tun sie wirklich."

„Die Band wird auf der Bühne sein", sage ich und deute zu der erhobenen Plattform auf der Tanzfläche. „Und die Bars sind zu beiden Seiten des Raums. Wir haben High-Top Cocktailtische, damit die Leute sich zur Tanzfläche begeben, sobald sie gegessen haben."

Er schüttelt den Kopf und nimmt alles in sich auf.

„Niemand wird jemals wissen, dass es deine erste Hochzeit ist."

„Ich wäre nicht glücklich mit meiner Arbeit, wenn sie das könnten." Ich sehe mich um und suche nach vergessenen Details, finde aber Gott sei Dank keine. „Danke", ich drehe mich zu ihm, „für diese Gelegenheit."

Er sieht mir in die Augen, aber ich bin mir nicht sicher, wonach er sucht. „Gern geschehen. Es ist schade, dass du so viel Arbeit geleistet hast und zu beschäftigt sein wirst, um die Party mit uns zu genießen."

Ich zucke mit den Schultern. „Das macht mir nichts aus."

„Ich habe keine Chance, dich zu überreden, jemand anderes morgen alles machen zu lassen, oder?"

Ich schnaube und drücke eine Hand auf seine Brust. „Wer im Glashaus sitzt und so weiter."

Er grinst und greift meine Hand, bevor ich sie wegziehen kann. „Wenn ich morgen nicht mit dir tanzen kann, muss ich es einfach jetzt tun."

Bevor ich ihm widersprechen kann, nimmt er mir mein Glas ab und stellt es mit seinem auf den Boden.

Er drückt auf sein Handy, bevor „I Would Die 4 U" von Prince ertönt. Ich lache halb aus Freude und halb aus Ungläubigkeit. *Er erinnert sich.*

Ich lasse ihn mich grinsend in die Arme ziehen und lege meine Hände auf seinen Nacken. „Du bist verrückt. Niemand tanzt so zu diesem Lied."

„Wer sagt das?" Sein Blick fällt auf meinen Mund, und sein Lächeln verblasst. „Du hattest wirklich nie einen Freund?"

Ich schüttele den Kopf und schlucke schwer. „Ich bin das Mädchen, mit dem man Spaß hat, nicht das Mädchen, das man seiner Mutter vorstellt."

Ein Schatten zieht über sein Gesicht, aber er atmet aus, und es ist verschwunden. „Seltsam, weil meine Mutter denkt, dass du die Beste überhaupt bist."

Mein Herz zieht sich zusammen. „Deine Mutter ist wundervoll."

„Nächstes Mal, wenn einer meiner Geschwister heiratet, werde ich sicherstellen, dass du einen zuverlässigen Helfer hast, der sich um alles kümmern kann, damit ich dich die ganze Nacht in den Armen halten kann."

Nächstes Mal ... „Wer ist sonst noch verlobt?" Levi und Ellie sind kaum wieder zusammen, und soweit ich weiß, wollen sie nichts überstürzen.

Er zuckt mit den Schultern. „Im Moment niemand, aber ich bin mir sicher, dass uns jemand in den nächsten ein oder zwei Jahren nach einem Familiendiscount fragen wird."

Ich lehne meinen Kopf gegen seine Brust, um mein Gesicht zu verbergen, und schlucke schwer. *In ein oder zwei Jahren.* Er denkt, ich werde dann immer noch hier sein.

„Alles in Ordnung?", flüstert er so sanft, dass ich ihn kaum über die Musik hören kann.

Ich habe Angst, zu sprechen, also nicke ich einfach nur. *Es geht mir so gut.*

BRAYDEN

Molly ist auf meinem Schoß eingeschlafen, und ich kann nicht aufhören, sie anzustarren. Sie murmelt zum dritten Mal etwas Undefinierbares, und ich lächele. Sie redet im Schlaf. Ich sollte nicht überrascht sein. Sie hat immer so viel zu sagen, wieso sollte es im Schlaf also anders sein?

Ich mache den Fernseher aus – ich habe kaum etwas mitbekommen – und streiche ihr blondes Haar aus ihrem Gesicht. Als wir nach Hause gekommen sind, habe ich sie gebeten, ihre Pyjamas anzuziehen und mich hier zu treffen.

„Ist ‚Pyjamas‘ ein Codewort für sexy Unterwäsche?", hat sie gefragt. „Weil meine gelagert wurde."

Ich habe eine lange Hose und ein T-Shirt vorgeschlagen, und sie hat gelacht, als hätte ich den Verstand verloren. Vielleicht versteht sie nicht, was ich sehe, wenn ich sie anschaue. Dass ich mich nie zu ihr hingezogen gefühlt habe, weil sie Brüste oder ein kokettes Lächeln hat. Sie ist wunderschön, aber Schönheit ist einfach zu widerstehen. Alles, was unter ihrem Aussehen und ihren Kurven ist, hat mich dazu gebracht, mich in sie zu verlieben.

Wenn wir morgen nicht so einen großen Tag vor uns hätten, hätte ich wahrscheinlich bis zum Sonnenaufgang mit ihr getanzt. Wir haben uns so lange gewehrt, und heute Abend hatten wir endlich beide den Mut, zu sagen, was wir wollten. Ich wollte ehrlich gesagt nicht nach Hause kommen. Ich habe Angst, dass sie morgen aufwacht, und Angst bekommt über diese Veränderung in unserer Beziehung.

Molly dreht sich in meinem Schoß und öffnet die Augen, während sie die Arme über ihren Kopf streckt. „Scheiße. Ich bin eingeschlafen." Sie reibt ihre Augen und hinterlässt Mascara auf ihren Wangen. „Ich schätze, dein meisterhafter Versuch, mich zu verführen, hat nicht funktioniert."

Ich lache. „Wer hat gesagt, dass ich versucht habe, dich zu verführen?"

Sie drückt sich hoch und schüttelt gähnend den Kopf. „Der Champagner, das Tanzen ..." Sie hebt eine Augenbraue. „Das Kuscheln auf dem Sofa mit deinen Fingern auf meinem Bauch?"

Ich grinse. Ich habe nie so viel gelächelt, bevor sie in mein Leben gekommen ist. „Ne, keine Verführung. Ich wollte nur mit dir Zeit verbringen."

Sie steht auf und streckt die Arme erneut. „Wenn du meinst. Gute Nacht."

Als sie auf ihr Schlafzimmer zu geht, folge ich ihr und fange sie, bevor sie die Treppe erreicht. Ich drehe sie um und presse sie gegen die Wand, eine Hand zu beiden Seiten ihres Kopfes. „Schlaf mit mir."

Ihr Blick fällt auf meinen Mund, und sie stöhnt. „Du bist so schmerzhaft verlockend, aber ich bin hundemüde. Ich würde während des Sex einschlafen und dein fragiles männliches Ego zerbrechen."

Ich lache. Sie kann kaum die Augen aufhalten und denkt, dass ich Sex will. „Nein, nur um zu *schlafen*." Ich senke meinen Mund, streiche aber nur sanft über ihre Lippen. „Ich will dich in meinem Bett."

Sie sieht mich so lange an, dass ich überzeugt bin,

dass sie versucht, einen Weg zu finden, höflich Nein zu sagen. „Bist du echt, Brayden Jackson?"

Ich schmunzele und küsse ihre Nasenspitze, bevor ich sie in die Arme nehme. „Ich könnte ein Traum sein. Du solltest besser neben mir schlafen, um sicherzugehen, dass ich hier bin, wenn du aufwachst."

KAPITEL SECHSUNDZWANZIG

MOLLY

*B*rayden war in der Tat immer noch da, als ich aufgewacht bin – so echt wie das Feuer in meinem Blut und das Flattern in meinem Magen, als er mich auf meinen Rücken gedreht und meinen Körper entlang geküsst hat, um mir auf eine besondere Art, an die ich mich gewöhnen könnte, einen guten Morgen zu wünschen.

Ich hatte Frühstück mit Noah und meiner Mutter, bevor ich zum Bankettzentrum fahren musste, um dem Personal beim Aufbau zu helfen.

Während der ersten Stunde habe ich erfahren, dass Bellas Magen-Darmentzündung zu zwei anderen Kellnern übergegangen ist. Ich habe den Morgen damit verbracht, Angestellte anzurufen, die den Tag frei hatten, aber die meisten hatten Pläne oder konnten so kurzfristig niemanden für ihre Kinder organisieren. Als wir eine Pause einlegen und ich bereit bin, zur Zeremonie zu fahren, habe ich immer noch einen Kellner zu wenig. Ich kann damit arbeiten, aber als ich mein Kleid für die Hochzeit anziehe, bete ich, dass der Virus sich nicht weiter beim Personal verbreitet, bevor die Nacht vorbei ist.

Ich ziehe mein Kleid zurecht und gehe zum Spiegel im Umkleideraum, um mein Make-Up zu überprüfen. Die anderen Angestellten kümmern sich um die weniger intensiven Details, und ich will da sein, um Nic zum Altar schreiten zu sehen.

Ich male meinen Lippenstift nach, als Austin sich durch die Tür schiebt und das Schloss hinter sich umlegt.

Ich runzele die Stirn, als ich ihn durch den Spiegel ansehe. „Wir wollen, dass dieser Raum aufgeschlossen bleibt. Die Badezimmer haben ihre eigenen Schlösser."

Er verschränkt die Arme und kommt auf mich zu. „Ich hatte gehofft, dass wir reden könnten."

Ich lege meinen Lippenstift in die Tasche und drehe mich zu ihm. „Ist alles in Ordnung?"

Sein Gesicht wird ernst, und er schüttelt den Kopf. „Ich habe Schmerzen."

Oh, nein. „Bist du krank?" Ich gehe auf ihn zu und lege eine Hand auf seine Stirn, aber bevor ich seine Temperatur fühlen kann, ergreift er meine Hand und presst sie gegen seinen Schritt. Ich ziehe meine Hände weg und stolpere nach hinten, bevor er den Hosenstall runterzieht und auf mich zustampft. Seine Hand gleitet in seine schwarze Boxershorts.

„Komm schon, Molly. Ich weiß, was für eine Schlampe du bist. Ich weiß, was du magst. *Alle* wissen es. Und ich weiß, wie du mich ansiehst."

„Fick dich." Ich bin gegen einen Spind gedrängt, und mein Blick rast zu ihm und dann dem Ausgang, als er näherkommt.

„Fick *mich*? Heute ist dein Glückstag. Du kannst es. Und ich weiß, dass du es willst." Er lächelt, die Augen strahlend, als wäre es eine Art Spiel. Als hätten wir hier *Spaß*. „Niemand wird davon erfahren."

„Komm keinen Schritt näher." Der altbekannte, ekelhafte Terror zerrt an mir, und ich will die Augen schließen und so tun, als würde es nicht passieren.

„Oder was? Wirst du meiner Mami davon erzählen? Ich glaube, wir wissen beide, was sie von dir hält, nachdem sie dich mit Gabe erwischt hat. Ich bin nur ein unschuldiges, neugieriges Kind. Und du bist die Hure, die nicht genug Schwänze bekommen kann. Frag Jason Ralston und Brayden Jackson und all die anderen Kerle, die du in deinem Büro gefickt hast." Er kommt vor mir zum Stehen, und ich bewege mich schnell, hebe mein Knie und ramme es in seine Eier. Er schreit und fällt zu Boden.

Ich laufe an ihm vorbei, schließe die Tür auf und renne nach oben.

Seine Schreie hallen durch das Treppenhaus. „Wir sehen alle, wie leicht zu haben du bist. Du machst niemandem etwas vor!"

Ich kämpfe gegen die Tränen und das Brennen in meiner Brust. Ich bin so dumm. Eine dumme Idiotin, die gedacht hat, dass sie ohne Konsequenzen nach Jackson Harbor zurückkehren könnte. Eine Idiotin, die gedacht hat, dass sie gut genug sein könnte, um mit einem Mann wie Brayden Jackson zusammen zu sein.

Ich laufe um die Ecke in mein Büro und stolpere in Brayden hinein, der bereits seinen Anzug für die Zeremonie trägt.

„Ist alles in Ordnung?" Er greift mich bei den Schultern und senkt den Kopf, um mich zu mustern. „Was ist passiert?"

„Nichts." Die Lüge fühlt sich an, als würde ich mein neues Leben verraten und die Frau, zu der ich während meiner langen, einsamen Jahre in New York geworden bin. Ein Wort und ich habe tausend Schritte in die Vergangenheit gemacht. *Alles ist in Ordnung. Es ist nichts. Es ist egal.* Meine Augen brennen, und meine Haut fühlt sich angespannt an. „Musst du nicht zur Zeremonie?" Ich zittere, und ich weiß, dass er es sehen kann.

„Hey, erzähl mir, was passiert ist." Seine Stimme ist streng und gleichzeitig sanft.

Ich schlucke schwer. „Später", flüstere ich. Denn ich weiß, dass ich zusammenbrechen werde, wenn ich es jetzt erkläre. Und ich muss den Tag durchstehen.

„Ist das Austin?"

Ich folge Braydens Blick durch mein Bürofenster zum Parkplatz, wo Austin in seinem schicken, roten Sportauto davonrast. Seine Mutter hat Gabe auch einen davon gekauft. Ich erinnere mich daran, mit ihm auf der Rückbank gesessen zu haben, mein Kopf in seinen Schoß gepresst.

Ich schlucke schwer und schließe diese Erinnerung weg. *Später.* „Wir werden zwei Kellner zu wenig haben", sage ich, die Worte zu angespannt. Aber meine Augen sind trocken, mein Kopf hoch erhoben. Ich bin nicht dasselbe Mädchen, das ich einst war. Frag Austins Eier.

Brayden begegnet meinem entschlossenen Blick und scheint zu verstehen, dass ich jetzt nicht darüber reden will. „Alles klar", sagt er sanft. „Wir werden es schon hinbekommen. Sag mir, was ich tun kann."

BRAYDEN

„Hat dir jemals jemand gesagt, dass du nicht versuchen solltest, alles allein zu tun?"

Molly öffnet stöhnend die Augen. Sie liegt auf dem Sofa im Pausenraum, ihr Kopf auf einem Ende, die Füße zum anderen ausgestreckt. „Es wurde ein paar Mal erwähnt. Von meinen Arbeitgebern bevor dir."

„Aber du tust es trotzdem." Ich gleite auf das Sofa, lege ihre Füße auf meinen Schoß und ziehe ihre Schuhe aus. Das Personal serviert die Hors D'oeuvres für Ethans und Nics Cocktailstunde, und in weniger als einer Stunde wird das Brautpaar hier sein. „Lass mich dir helfen."

„Du bist der Trauzeuge. Ich werde dich auf keinen Fall servieren lassen", flüstert sie. Ich kann die Qual in ihrer Stimme hören. Sie will, dass dieser Abend perfekt läuft, dass jede Veranstaltung perfekt wird. Um sich mir gegenüber zu beweisen – als ob sie das muss. „Es ist ein Desaster."

„Ist es nicht." Ich massiere ihre Fersen.

Sie schnaubt. „Erzähl das Nic und Ethan."

Ich schweige lange Zeit und wiege meine Worte gegen ihre Enttäuschung und Frustration, bevor ich spreche. Ich weiß, dass es herablassend klingen könnte – meine Geschwister erinnern mich oft daran –, und das ist das Letzte, was ich gerade will. Molly ist mehr als kompetent in ihrer Position. Sie ist motiviert, organisiert und leidenschaftlich. Wenn überhaupt, dann sind ihre Erwartungen zu hoch. Als ihr Chef bin ich mir nicht sicher, ob ich das denken sollte. Als der Mann, der sie liebt, will ich einfach nur, dass sie sich eine Pause gönnt.

„Ich werde es anpassen", sagt sie. „Wie wir servieren und wie ich sie trainiere. Ich werde sowas wie heute nicht noch einmal passieren lassen."

„Das wird es vielleicht", sage ich sanft, und sie zuckt zusammen. „Und wenn es das tut, wird es keine Reflexion auf dein Können und deine Anstrengung sein. Es ist normal. Und wenn du immer genauso hart arbeitest wie heute und jeden Tag zuvor, dann sollten unsere Gäste sich glücklich schätzen."

Sie blinzelt mich an und schluckt. „Danke Brayden."

„Gern geschehen." Die Worte klingen schroff, als hätten sie die grobe Landschaft meiner nackten Emotionen durchschritten, bevor sie über meine Lippen gekommen sind. „Willst du darüber reden, was mit dem kleinen Arschloch passiert ist, das sich verpisst hat?"

Sie schweigt einen langen Moment, und ich glaube fast, dass sie es mir nicht sagen will, als sie beginnt. „Ich bin mit seinem Bruder zur Schule gegangen. Anscheinend ist Gabe in den letzten acht Jahren nicht erwachsener geworden und hat entschieden, die Eskapaden seiner Jugend mit seinem Bruder zu teilen." Sie atmet tief ein, und ich warte, weil ich weiß, dass sie es mir ohne Unterbrechung erzählen will. „Austin hat mich unten in die Enge getrieben, als er eine Pause hatte. Er hat vorgeschlagen, dass ich ihm dieselben ... *Gefallen* tue wie seinem Bruder damals."

Mein ganzer Körper versteift sich, aber ich versuche, die Wut aus meiner Stimme zu verbannen, als ich sage: „Ich hoffe, du hast nicht–"

Sie setzt sich sofort auf. „*Niemals*. Nicht bei der Arbeit und auf jeden Fall nicht mit einem *Kind*."

„Das ist nicht, was ich sagen wollte." Aber ich sehe es auf ihrem Gesicht. Die Abwehrhaltung. Die Mauern, die sie errichtet hat, nachdem die Menschen ihr Leben lang gedacht haben, dass sie sowas tut. Dieser jugendliche Arschkopf hat es geglaubt. Obwohl sie seine Chefin, acht Jahre älter und um *einiges* besser ist. „Ich wollte sagen, dass ich hoffe, dass du nicht gedacht hast, dass deine Position als seine Chefin bedeutet, dass du ihm nicht in die Eier treten durftest."

Sie schluckt. „Ich habe natürlich versucht, selbst damit zurechtzukommen, aber er hat darauf bestanden und es wurde etwas ... hässlich." Sie dreht sich weg, ihr Blick auf den Spinden, Duschen und überall außer auf meinen Augen. „Es gibt Momente, in denen ich mir nicht sicher bin, wieso ich gedacht habe, zurück nach Jackson Harbor zu ziehen, wäre eine gute Idee."

Der Schmerz auf ihrem Gesicht tut etwas mit mir. Er zieht an meiner Brust und tut mir weh. Und dann will ich handeln. Es ist die Art, wie ich meinem Vater beim Sterben und dann meiner Mutter bei ihrem Kampf gegen den Krebs zugesehen habe. Wie ich mich gefühlt habe, als Sara verschwunden ist und sich so komplett aus meinem Leben abgekapselt hat, dass ich nicht einmal herausfinden konnte, ob es ihr gut ging.

Ich atme langsam aus und konzentriere mich wieder auf ihren Fuß. Mein Daumen versinkt in ihrer Sohle, bevor ich ihren anderen Fuß in die Hand nehme und ihm dieselbe Behandlung zukommen lasse. „Ich bin froh, dass du wiedergekommen bist. Und nicht nur, weil du meine Freundin bist oder weil ich sonst niemanden in deiner Position wollen würde." Ich schlucke schwer. „Du machst mich glücklich, Molly, und ich denke, dass du hier trotz der Arschlöcher aufblühst. Und Noah auch."

Sie dreht sich zu mir. „Wieso bist du so gut zu mir, Brayden?"

Ich hasse es, dass sie sich fühlt, als müsste sie mich fragen. Als würde sie nicht dieselbe Freundlichkeit verdienen wie alle anderen. „Soll ich lieber gemein sein?"

Sie zieht ihren Fuß von meinem Schoß und setzt sich neben mir auf, ihre Augen auf meinem Gesicht. „Ich weiß nicht, was ich mit deiner Nettigkeit tun soll." Ein Lächeln – zittrig und unsicher, aber nichtsdestotrotz ein Lächeln. „Typisch kaputtes Mädchen mit Papi-Problemen."

„Stopp." Das Wort kommt härter raus als erwartet. Ich lasse es zwischen uns in der Luft hängen, wo es mit all meiner Frustration köchelt. Als ich wieder spreche, sind die Worte leiser, aber sie sind genauso bestimmt. „Rede nicht über dich selbst, als wärst du nichts Besonderes, wie du sie in der Schule denken lassen hast. Als wärst du nicht mehr wert als etwas billiges Vergnügen, das du dem nächsten Arschloch bieten könntest."

„Wieso nicht? Ich habe es verdient – meinen Ruf. Ich habe es verdient, indem ich Dutzenden Kerlen Blowjobs gegeben habe, bevor ich überhaupt wählen durfte. Austin hat nichts getan, was der Großteil der Männer in dieser Stadt nicht tun würde."

„Schwachsinn." Wut unterstreicht mein Wort.

„Willst du wetten? Folg' mir einen Tag und sieh dir an, wie sie mich behandeln."

„Das ist nicht, was ich meine. Ich meine, dass es Schwachsinn ist, dass du denkst, du würdest es *verdienen*, so behandelt zu werden. Wie viele Kerle in deiner Schule haben jedes Mädchen gefickt, dass die Beine gespreizt hat? Wie viele hätten sich über das einfachste Opfer hergemacht?" Sie blinzelt, bevor sie eine Schulter hebt – eine sorglose Geste, die ich ihr nicht abkaufe. „Und wenn du jetzt auf sie zugehen und nach Sex fragen würdest, weil sie es früher bereitwillig getan haben, wäre das in Ordnung?"

„Natürlich nicht", flüstert sie.

„Du schuldest niemandem eine Erklärung für die Entscheidungen, die du getroffen hast, und du schuldest mir sicherlich keine Entschuldigung dafür, dass du dieses

Arschloch, gefeuert hast, weil er seine Hose vor dir fallengelassen und erwartet hat, dass du–"

Sie lehnt sich vor und presst ihre Finger auf meine Lippen. „Sag es nicht, okay?"

Ich atme aus und untedrücke die Worte, denn ich weiß, dass sie sie nicht hören will. Ich konzentriere mich darauf, wie ihre Haut sich auf meinen Lippen anfühlt, ihr Geschmack einen Atemzug entfernt. Ich träume von dieser Haut. Von diesen Fingern. Ich denke ständig an diese wundervolle Frau, die ich liebe, und manchmal bin ich mir nicht sicher, ob Liebe genug ist, um sie verstehen zu lassen, was ich sehe, wenn ich sie anblicke.

Ich kannte Mollys Ruf, als wir die Nacht in New York verbracht haben. Wir waren nicht gemeinsam in der Schule, aber meine Brüder haben geredet. Gott, Kerle meines Alters haben gelabert. Ihr Ruf und ihre Entscheidungen von früher waren mir egal. Manche Kerle vögeln herum und manche Mädels auch. Das bedeutet mir nichts.

Aber ich habe gedacht, dass Molly sich diesen Kerlen hingegeben hatte, weil sie es genoss. Bis sie wieder nach Jackson Harbor gezogen ist, wusste ich nicht, was sie dazu gebracht hat – ihre Geschichte mit ihrem Stiefvater. Wenn ich das gewusst hätte, hätte ich verstanden, wieso sie mich angefleht hat, sie vor acht Jahren nicht nach Hause zu bringen, und ich hätte alles getan, um sie davor zu bewahren. Wenn ich es gewusst hätte, hätte ich andere Entscheidungen getroffen, als ich letztes Frühjahr in New York war. Vielleicht hätte ich sie ausgeführt und langsam verführt, statt sie mit ins Bett zu nehmen und sie denken zu lassen, dass ich nur ein weiteres Arschloch war, das sie nur nackt sehen wollte.

Ich wünschte, ich *hätte* es gewusst. Weil ich dann vielleicht verstanden hätte, dass sie andere Gründe hatte, sich so schnell und einfach anzubieten – Gründe, die nichts mit mir und unserer Verbindung zu tun hatten. Ich hätte verstanden, dass Molly McKinley eine Frau ist, die ihren Wert kennenlernen muss, und dass diese Erkenntnis von mir kommen muss, wenn ich will, dass sie sich jemals so sieht wie ich.

Sie lehnt sich zurück und blinzelt mich an. „Ich muss nach oben gehen."

„Ich liebe dich", sage ich sanft.

Sie versucht, ihr Zucken zu verstecken, aber ich sehe es, bevor sie aufsteht und ihre Schuhe anzieht. „Brayden, ich–"

„Frau McKinley!", sagt Bella, als sie in den Raum eilt. „Sie haben gesagt, wir sollen Sie rufen, sobald das Brautpaar hier ist."

„Danke, Bella", sagt sie.

„Bist du sicher, dass du mich nicht brauchst?", frage ich erneut.

Sie schüttelt den Kopf. „Ich beginne, zu glauben, dass du dich nur vor deiner Rede drücken willst, Brayden."

KAPITEL SIEBENUNDZWANZIG

MOLLY

„Frau McKinley", sagt Bella sanft, nachdem das Abendessen serviert wurde. „Ich glaube, sie sollten das sehen." Sie hält ihr Handy hoch.

Ich schüttele den Kopf. „Jetzt nicht, Bella." Ich nicke zum Haupttisch, wo Brayden gleich seine Rede halten wird.

Sie beißt sich auf die Lippe und sieht nervös von mir zu Brayden, der mit dem Mikrofon durch den Raum schreitet. „Sehen Sie bitte auf Instagram nach, sobald Sie Zeit haben."

Ich nicke und presse einen Finger auf meine Lippen, um ihr anzudeuten, leise zu sein, und sie eilt zurück in die Küche, um den anderen Kellnern beim Aufräumen zu helfen.

Das Abendessen ist gut verlaufen, wenn man

bedenkt, dass wir unterbesetzt sind, aber ich hatte keine Chance, dieses Gefühl in meinem Magen zu verjagen und die flüsternde Hässlichkeit in meinem Ohr zu vertreiben, die sich nach dem Vorfall mit Austin breitgemacht hatten.

Austins Annahmen über mich haben all meine alten Ängste an die Oberfläche gebracht, und mit jedem Wort, das Brayden gesagt hat, damit ich mich besser fühle, denke ich ständig daran, dass das, was mit Austin passiert ist, genauso ist wie vorher. Ich wurde aus meinem Haus geworfen, weil mein Vermieter gedacht hat, dass ich ihm einen Teil von mir schuldete, und als ich mich ihm nicht hingeben wollte, wurde er wütend. Brayden hat einen Investor verloren, als ich mich betrunken und sorglos benommen und vergessen habe, dass ich nicht mehr dasselbe Mädchen bin.

Heute hätte schlimmer sein können, aber es war eine Erinnerung daran, dass ich meine Fehler nicht hinter mir lassen kann. Sie werden mir folgen, und ich habe keine Ahnung, wieso Brayden damit umgehen wollen würde.

Hinter dem Haupttisch zieht er seine Anzugjacke zurecht und lächelt in den Raum hinein. Er ist gutaussehend, herzensgut, und der Anblick von ihm lässt meine Kehle zuschnüren. „Guten Abend, alle miteinander. Ich bin Brayden Jackson, Ethans Bruder, was bedeutet, dass ich die absolute Ehre hatte, sein Trauzeuge zu sein, und es bedeutet, dass ihr euch meine Rede anhören müsst. Alle in meiner Familie können euch sagen, dass es nichts ist, für das ich mich oft entscheide." Er hält einen Moment inne, als alle lachen. „Aber heute Abend bin ich stolz, ein paar Worte sagen zu dürfen." Er dreht sich zu den Frischvermählten. „Ich bin nicht jemand, der an Schicksal glaubt – zumindest nicht daran, dass es einen kosmischen Plan gibt, der außerhalb unserer Kontrolle liegt. Wir haben unseren Vater zu früh verloren. Ich habe zugesehen, wie meine Mutter die Liebe ihres Lebens verloren hat und meine Geschwister mit ihrer Trauer gekämpft haben. Und ich schätze, es ist zu viel Schmerz, um zu akzeptieren, dass es ein kosmischer Plan ist." Seine Augen landen auf Ethan. „Als Ethan seine erste Frau verloren hat und seine Tochter allein aufziehen musste, während er selbst getrauert hat, wusste ich, dass ich niemals an sowas glauben würde."

Die letzten flüsternden Gäste verstummen bei der Erwähnung von Ethans verstorbener Frau, und alle schauen wieder zu Brayden.

„Und jetzt, da ich einen Raum voller Leute davon überzeugt habe, dass ich niemals wieder bei einer Hochzeit sprechen sollte" – Gelächter – „werde ich zum Punkt kommen. Egal, wie gut oder schlecht die Dinge in unserem Leben sind ... Wir treffen die Entscheidungen. Es ist ein Geschenk. Ethan und Nic haben sich für die Liebe entschieden. Trotz ihrer eigenen Herzschmerzen. Trotz ihrer Ängste. Sie hätten verkünden können, dass ihre Liebe nicht in den Sternen stand. Stattdessen haben sie um etwas Besseres gekämpft als den Schmerz, den sie bereits erlitten hatten. Und weil sie diese Entscheidung getroffen haben, haben sie etwas gefunden, das sogar mein altes, abgestumpftes Herz dazu inspiriert hat, wieder an Liebe zu glauben." Er hebt sein Glas. „Auf Nic und Ethan."

„Auf Nic und Ethan", rufen die Gäste, und dann trinken sie. Sogar Brayden, der mir über sein Glas hinweg in die Augen sieht und meinen Blick hält. Und weil ich ein Feigling bin, weil ich mir nicht sicher bin, ob ich an dieselben Dinge glauben kann wie er, drehe ich mich um und gehe in die Küche, wo das Personal aufräumt.

Sie haben alles unter Kontrolle, aber Bella begegnet meinem Blick und zieht ihr Handy aus der Tasche. Eine Erinnerung.

Ich gehe in mein Büro und hole mein Handy aus der Handtasche, während ich mich frage, ob ich jemals finden werde, worüber sie gesprochen hat.

Aber ich muss nicht suchen, denn mein Handy hat etliche Benachrichtigungen, die alle zu Austins letztem Instagram-Post verlinkt sind.

Blowjob-Molly wie immer. Danke für alles,
@MollyMcKinleyJB #wasimJacksonsBrewspassiert

Mit zitternden Händen spiele ich das Video ab. Es ist nur dreißig Sekunden lang, aber als es zu Ende ist, spüre ich, wie meine Welt zersplittert. Ich schließe meine Bürotür und mache die Lichter aus.

Und dann rolle ich mich in der Ecke zusammen und weine.

BRAYDEN

Ich habe gehofft, Molly würde eine Chance haben, sich zu mir zu gesellen, nachdem das Abendessen vorbei war, aber ich habe sie seit meiner Rede nicht mehr gesehen. Ich habe ihr zwar den Großteil der Details überlassen, um das Zentrum zu verwalten, verstehe aber genug, um zu wissen, dass es viel zu tun gibt. Das Personal muss nicht nur nach einem Abendessen für einhundertundfünfzig Gäste Geschirr waschen, sie müssen auch alles für das Mittagsmenü im Verkostungsraum morgen und das Catering für die bevorstehende Woche vorbereiten.

Ich verstehe, dass sie wirklich beschäftigt ist, und doch fühle ich mich, als würde sie mich meiden, als ich allein mein Bier trinke, während die Gäste sich auf die Tanzfläche begeben.

Shay setzt sich neben mich und überkreuzt die Beine. „Ist alles in Ordnung?"

„Klar. Alles gut. Ich wünschte, meine Freundin wäre hier, aber ansonsten, ja."

Shay zuckt zusammen und sieht weg.

„Was ist los?"

Sie zieht ihr Handy aus der Tasche und legt es auf den Tisch, bevor sie es vor mich schiebt. „Es tut mir leid", flüstert sie.

Ich schließe ihr Handy auf und sehe, dass ihre Instagram-App geöffnet und ein Post von Austin auf ihrem Bildschirm ist.

Der Titel lässt mein Blut kochen, und ich will das kleine Arschloch finden und ihn zusammenschlagen, weil er diesen widerlichen Spitznamen verwendet hat. Gott, ich wollte Schlimmeres tun nach allem, was er diesen Nachmittag versucht hat zu tun.

Das erste Mal gucke ich es mir an und verstehe nicht wirklich, was ich da sehe – Molly steht in ihrem Büro und redet mit Jason Ralston, der an der Türschwelle steht. Molly sieht die Kamera oder die Person, die das Handy hält, und zieht Jason in ihr Büro und schließt die Tür. Und dann ist es ... nur die Tür.

Ich sehe meine Schwester mit gerunzelter Stirn an, und sie schluckt schwer. „Es hat mehr ... *Effekt*, wenn du den Ton anmachst." Ihr Gesicht ist voller Bedauern, als sie den Kopf schüttelt. „Wir wissen nicht, wann er das Video geschossen hat."

Ich gebe Shay das Handy zurück und stehe auf, um allein nach draußen zu gehen. Wenn diese Befürchtung in mir ein Zeichen ist, will ich allein in der Kälte sein, wenn ich es sehe und *höre*.

Das erste Mal, als ich es tue, fällt mir der Magen in die Füße. Und tiefer. Molly zieht Jason Ralston in ihr Büro, und dann *stöhnt* sie. Ich kann die Geräusche hören, die sie von sich gibt, bis sie von Austins Gekicher auf der anderen Seite der Kamera unterbrochen werden.

Ich will es nicht glauben. Er hätte die Geräusche hinzugefügt haben können. Aber ich kenne Molly. Ich kenne ihr Stöhnen und Flehen. Ich kenne die Geräusche, die sie von sich gibt, wenn sie heiß ist und kurz vor einem Orgasmus steht, und ich erkenne ihre Geräusche so klar wie ihre Stimme.

Ich wusste, dass sie mit Jason ausgegangen ist. Vielleicht wusste ich nicht, dass sie miteinander geschlafen haben, und vielleicht macht mich der Gedanke daran, dass er sie *hier* angefasst hat, verrückt, aber sie hatten erst letzte Woche eine Verabredung. Das Video hätte von—

Dienstag. Für einen Moment in der Mitte ihres Gestöhns dreht die Kamera zum täglichen Planer auf der weißen Tafel außerhalb ihres Büros, und ich weiß, dass dieses Video von Dienstag ist. Aber welcher? Am Dienstag vor vier Tagen hatte ich sie allein in ihrem Büro – mein Kopf zwischen ihren Beinen, während sie sich wandte, bis sie auf meinen Lippen kam. Hat sie Jason vor oder nach mir reingezogen?

Ich schließe die Augen und denke daran, wie sie sich am Montagmorgen vor Sara im Restaurant benommen hat – wie froh sie war, so zu tun, als wäre nichts zwischen uns ... *nur für den Fall*, dass ich meine alte Freundin zurückwollte. Ich habe ihren Bedingungen zugestimmt, aber ich habe nie gedacht ...

Ich werde zehn Jahre in die Vergangenheit geworfen, als ich Sara und ihren Professor erwischt und auf die peinlichste Art herausgefunden habe, dass sie mit ihm hinter meinem Rücken geschlafen hatte.

„Es tut mir so leid."

Mein Kopf schießt hoch und zu Molly, die schon wieder ohne Jacke in der Kälte steht, die Arme um ihre Taille geschlungen. Ihre Augen sind rot und ihre Wangen pink. Das Straßenlicht erleuchtet den Parkplatz, und ich kann die getrockneten Tränen auf ihrem Make-Up sehen.

Sie kaut auf ihrer Unterlippe und sieht von mir weg.

„Es tut mir so leid. Ich weiß nicht, wie er es geschafft hat." Sie presst eine Hand auf ihren Mund und flüstert: „Oder ... wieso jemand mich so sehr hasst."

Sie wollte nie eine Beziehung. Sie wollte nie mehr.

Aber es ist egal, ob wir offiziell zusammen waren, als Austin das Video geschossen hat. Es ist egal, dass sie gesagt hat, dass sie keine Beziehung wollte. Nichts davon ist wichtig, wenn dieser schreckliche Verrat in mein Ohr schreit, dass ich ein Idiot bin. Dass ich blind bin. Dass Jason ihr etwas zu bieten hatte, dass sie ihn an demselben Tag in ihr Büro ziehen ließ, als ich—

„Ich verdiene es, es zu wissen." Ich schlucke schwer und sehe weg – zum Gebäude, dem Ort, den wir *gemeinsam* gebaut haben. Sie hat sich hier von ihm berühren lassen. „Wenn du ihn und mich zur selben Zeit gefickt hast, verdiene ich es, davon zu wissen."

Sie keucht. „Was?"

„Wir haben keine Kondome benutzt, Molly. Ich *verdiene* es verdammt nochmal, es zu wissen!" Ich kann sie nicht ansehen. Es tut zu sehr weh. Und dieses Gefühl, als hätte ich kein Recht, wütend zu sein? Es macht meine Wut noch schlimmer.

„Du solltest wieder reingehen." Sie wischt über ihre Wangen. „Sie schneiden die Torte bald an."

„Ist das alles, was du zu sagen hast?"

Sie lacht, aber es klingt hohl. Ihr langer Atemzug ist so zittrig, das es klingt, als würde sie durch Rasierklingen einatmen. „Willst du, dass ich sage, dass es eine Lüge ist? Würdest du mir überhaupt glauben? Geh und feier mit deiner Familie."

Ich bewege mich nicht. Ich werde nicht vor diesem Gespräch fliehen. Ich habe nichts bei dieser Feier verloren, während ich so wütend bin.

Aber diesmal geht sie, und ich weiß, dass das Gespräch zu Ende ist.

KAPITEL ACHTUNDZWANZIG

*D*er Rest von Ethans und Nics Hochzeitsfeier verschwimmt. Ich lächele, wenn es von mir erwartet wird, tanze mit wem auch immer ich tanzen muss und schauspielere wie noch nie zuvor. Nur Shay weiß, was los ist. Ich schätze, alle anderen werden es bald genug mitbekommen.

Molly lässt sich nicht mehr blicken, aber wenn ich ehrlich bin, meide ich alle Momente, von denen ich denke, dass sie auftaucht.

Als es vorbei ist, kann ich nicht schnell genug nach Hause kommen, und ich ziehe mich nicht einmal um, bevor ich mir ein Glas von Papas Bourbon einschenke.

Wie soll ich damit klarkommen? Schlucke ich einfach meinen Stolz hinunter und tue so, als würde es mich innerlich nicht zerreißen? Was soll ich tun, wenn sie nach Hause kommt?

Ich muss ein Masochist sein, denn ich spiele das Video erneut ab. Und noch einmal. Ich höre zu, als würden die Geräusche, die sie von sich gibt, mir sagen, wieso sie mit ihm war, wenn sie mich hatte. Das nutzlose Ding in meiner Brust zerbricht jedes Mal mehr und mehr, als die Tür sich schließt. Wenn ich ihr Stöhnen höre.

Aber beim dritten Mal – oder dem vierten? –, bemerke ich eine Störung im Video, nachdem die Tür zuschlägt und bevor die Geräusche beginnen.

Vielleicht hat Austin das Video gekürzt, um den vollen Effekt zu zeigen ... aber ich höre noch einmal hin und drehe die Lautstärke so laut wie möglich, bis ich fast das Gemurmel auf der anderen Seite der Tür hören kann. Ich kenne diese Geräusche und das geflüsterte Flehen. Ich habe sie mir eingeprägt.

Und dann höre ich es. *Mein Name.*

„Brayden", sagt sie. „Brayden, bitte. Oh mein Gott ..."

Die Aufnahme ist nicht von ihr und Jason. Die Aufnahme ist von dem Tag, als ich Molly auf ihren Tisch gesetzt, ihre Beine gespreizt und sie durch ihr Höschen zum Kommen gebracht habe. Wir hätten allein sein sollen, aber als wir aus dem Büro kamen, spielte Austin mit seinem Handy. Oder zumindest habe ich das gedacht.

Dieser Hundesohn hat uns aufgenommen.

Er hat zwei verschiedene Videos zusammengesetzt, um ihr weh zu tun, und es hat funktioniert. Er hat ihren alten Ruf gegen sie – gegen *uns* – verwendet, und ich habe es ihm abgekauft. Sie glaubt, dass sie nicht gut genug ist für eine echte Beziehung, und heute Nacht habe ich sie glauben lassen, dass es wahr ist.

MOLLY

Ich sitze bereits seit fünfzehn Minuten in meinem Auto in Braydens Einfahrt.

Ich will nicht reingehen. Ich will Brayden nicht sehen, denn ich weiß, dass ich zusammenbrechen werde. Und ich will nicht sehen, dass er nicht nach Hause gekommen ist, weil ich dann weiß, dass er wo anders hingegangen ist, um mich zu meiden. Und das wird mich auch umbringen.

Ich werde bei meiner Mutter übernachten – Noah hat das Sofa, aber ich kann eine Nacht auf dem Boden schlafen –, aber ich muss mir erst ein paar Sachen holen. Vielleicht werde ich sogar den Mut finden, Brayden zu sagen, dass das Video nicht echt ist. Nicht, dass es einen Unterschied machen wird.

Ich atme tief ein, steige aus meinem Auto und betrete das Haus.

Brayden sitzt mit einem Glas Bourbon – falls ich ihn gut genug kenne – im Wohnzimmer.

Ich will an ihm vorbeieilen. Wenn ich meine Sachen holen kann, ohne mit ihm zu reden, könnte ich vielleicht den Schmerz in meiner Brust überleben. Dieses Gefühl, das so schlimm ist, dass es mir den Atem raubt.

Ich zwinge mich, anzuhalten, als er sagt: „Ich war mir nicht sicher, ob du nach Hause kommen würdest."

Zuhause. Es ist nicht mein Zuhause. Das kann es nicht sein. Auch wenn ich begonnen habe, mir vorzustellen ...

„Wir sollten reden."

Ich nicke und atme ein. „Ich weiß, dass du keinen Grund hast, mir zu glauben, aber ich habe nichts mit Jason getan, als er in meinem Büro war."

„Ich weiß."

Mein Kopf schießt hoch, und ich begegne seinem Blick. „Was?"

„Es sieht schlimm aus." Seine Hand fährt durch sein Haar, die Frustration durch seine Bewegungen leicht zu erkennen. „Aber ich habe es mir angesehen, und ich kann jetzt sehen, dass er zwei Videos zusammengeschnitten hat."

Ich nicke. Ich wusste es, sobald ich es gesehen habe, und hatte geplant, es Brayden zu erzählen. Aber als er einfach akzeptiert hat, wie es war, und angenommen hat, dass ich mich von Jason berühren lassen habe ... Naja, nach allem, was bei der Weihnachtsfeier passiert ist, kann ich es ihm nicht übelnehmen. „Ich weiß."

Er hebt die Hände zu meinem Gesicht, lässt sie aber fallen, bevor er mich berührt. „Wieso siehst du mich an, als wäre es vorbei?"

„Es war nur eine Frage der Zeit", sage ich und wiederhole die Worte, die ich im Auto geplant habe. „Ich versuche, Noah beizubringen, dass wir für unsere Aktionen verantwortlich sind, und das ist, worum es hier geht. Ich bin verantwortlich für die Person, die ich war."

„Lass Austin nicht einfach so davonkommen. Es war falsch und hinterhältig und betrügerisch. Du hast *nichts* davon verdient."

Ich zucke mit den Schultern. „Aber es ändert nichts. Und du und ich ..." Mein ganzer Körper bebt mit den Worten, die ich sagen muss. Ich will es nicht tun, aber ich kann keine andere Lösung sehen. „Es war sowieso eine schlechte Idee." Ich erkenne meine eigene Stimme kaum. Die Worte kommen verkrampft raus, als würde ich sie an einem Kloß vorbeischieben. „Ich muss wirklich an erster Stelle an Noah denken und—"

„Lass die Scheiße, Molly."

Ich blinzele ihn an. „Was?"

„Ich weiß, dass du es glaubst – dieses Gelaber, dass du mir und allen anderen aufbindest, wie du deinen Sohn beschützen willst –, aber es ist so ein Dreckscheiß. Noah und ich werden so oder so eine Beziehung haben. Wenn du uns nie wieder eine Chance gibst ... Wenn du mich verlässt und nie wieder mit mir sprichst, wird es nichts an meinen Gefühlen für dieses Kind ändern. Er ist bereits Teil meiner Familie, und wenn ich irgendwann Scheiße baue und ihn verletze, werde ich es *hassen*. Aber du und ich wissen, dass es menschlich ist. Manchmal machen die Menschen, die wir lieben, Fehler. Aber ich würde ihm nie, *niemals*, absichtlich weh tun, egal wie sehr du mich verletzt. Also hör bitte auf, mich zu beleidigen, indem du so tust."

Ich drücke den Rücken durch und schlinge die Arme um meine Mitte. „Du hast keine Ahnung, wie es ist—"

„Nicht?"

Ich reiße die Augen auf. „Eine alleinerziehende Mutter zu sein? Gerade über die Runden zu kommen und von Gehaltscheck zu Gehaltscheck zu leben? Nicht zu wissen, ob deine Entscheidungen das Wertvollste in deinem Leben verletzen werden?" Mein Herz rast, wenn ich nur daran denke. *Weihnachten. Unsere Versprechen an Noah. Wie sehr er sich freut, den Weihnachtsmorgen mit Brayden zu verbringen.* Ich habe es bereits versaut. „Bei allem Respekt, Brayden, du hast *keine* Ahnung."

„Ich weiß, wie es ist, Angst zu haben, wieder verletzt zu werden. Ich weiß, wie es ist, sich zu sorgen – *tief im Inneren* –, dass jedes beschissene Ding, das in deinem Leben passiert, deine Schuld ist. Dass es vielleicht nicht so passiert wäre, wenn du *besser* gewesen wärst. *Würdig.*" Er kommt einen Schritt näher, und diesmal bleibe ich still stehen. Ich lasse ihn sich gegen mich pressen und seinen Mund zu meinem Ohr senken, als er flüstert: „Und ich kenne dich. Ich *sehe* dich. Du hast sogar mehr Angst als ich, weil er dich auf die schlimmste Weise verletzt – *betrogen* – hat."

Und das ist der Punkt, an dem ich zurück stolpere. Als Brayden *ihn* erwähnt, ohne ihn beim Namen zu nennen. Bei dem hässlichen, geheimen Stück Vergangenheit, von dem ich wünschte, dass Brayden es nie erfahren hätte. „Du siehst mich nicht. Du siehst nur ein Mädchen, das von ihrem Stiefvater vergewaltigt wurde. Du denkst du willst mich, aber du willst mich in Wirklichkeit nur retten." Die Worte sind so wund, dass mir die Galle hochkommt. „Ich weiß bereits, dass du denkst, dass ich *zerbrochen* bin, und ich werde niemals ändern können, was mir passiert ist. Ich werde niemals wissen, wie es ist, dass du mich anblickst und siehst ..." Ich drehe den Kopf und starre durch das Fenster in die Dunkelheit. Ich wünschte, ich müsste es nicht aussprechen. Dass ich mich vor ihm und heute und allem verstecken könnte.

„Was?", fragt er sanft. „Was soll ich sehen, wenn ich dich anschaue?"

„*Mich*", flüstere ich, meine Aufmerksamkeit auf die Nacht hinter dem Fenster gerichtet, weil ich zusammenbrechen würde, wenn ich ihn ansehe. „Ich will einfach nur, dass du *mich* siehst."

Er geht einen Schritt auf mich zu und nimmt meine Hand in seine. Ich lasse ihn, als er mit unseren Fingern spielt. „Du denkst, dass ich dich retten will, weil du zerbrochen bist?" Er stupst mein Kinn leicht mit dem Daumen an, bis ich die Augen hebe und seinem Blick begegne.

„Ich habe dich gehört. Du hast es Ethan gesagt."

„Ich weiß, und es tut mir leid, dass ich dieses Wort benutzt habe."

„Tu nicht so. Nimm es nicht zurück und tu so, als hättest du es nicht ernst gemeint." Ich kann vieles überstehen, vieles überleben, aber ich weiß nicht, ob ich mit Lügen von Brayden zurechtkommen kann. „Ich weiß, dass ich beschädigt bin. Ich bin ruiniert, und das ist der Grund, wieso ich es nicht tun kann."

Er öffnet den Mund, aber ich eile zur Tür. Es gibt nichts, das ich so sehr brauche wie Abstand von diesem Gespräch und diesen wunderschönen, dunklen Augen voller Mitleid.

BRAYDEN

Ich zucke zusammen, als ich höre, wie die Tür hinter ihr zuschlägt. Jedes ihrer Worte war eine weitere Drehung des Dolches in meinem Magen. *Beschädigt. Ruiniert. Zerbrochen.* Für sie ist es alles dasselbe.

Und jetzt ist sie weg, und ich fühle mich, als wäre etwas in *mir* für immer zerbrochen.

KAPITEL NEUNUNDZWANZIG

MOLLY

Zwei Tage bis Weihnachten, und wer ist die schlaflose Frau mit gebrochenem Herz, die ihren Arsch durch das Einkaufszentrum schleppt, um ihre letzten Einkäufe zu erledigen? *Diese Frau.*

Gott sei Dank habe ich zwei Freundinnen, die mich früh angerufen haben, um mit mir mitzukommen.

„Wie steht's mit Brayden?", fragt Shay.

Ich grunze. Leider ist eine meiner Freundinnen mit demselben Kerl verwandt, mit dem ich gestern Schluss gemacht habe.

Teagan stößt mit dem Ellbogen in ihre Seite. „Wir waren uns darüber einig, dass wir nichts sagen würden."

Shay sieht sie finster an. „Es ist fast Weihnachten. Wir können ihnen kaum genug Zeit geben, es selbst zu regeln, wenn wir ein Happy End vor Weihnachten wollen.“

Die Worte „*Happy End*“ erinnern mich an Braydens Flirten, und ich beiße mir auf die Lippe, bis der Schmerz in meinem Herzen sich ausbreitet und ich die Augen schließen muss.

„Siehst du?“ Teagan winkt in meine Richtung. „Siehst du, was du getan hast?“

Ich nehme die Mädels bei den Händen und führe sie zu einem Restaurant zur linken Seite des Gangs. „Wenn ihr zwei euch zanken werdet, brauche ich einen Drink.“ Und vielleicht Mittagessen. Ich habe seit meinem Frühstück gestern nichts gegessen. Ich wollte es heute nicht riskieren.

Teagan strahlt. „Ooh! Der Plan gefällt mir!“

Nachdem wir uns gesetzt, unsere Drinks und unser Essen bestellt haben, sagt Shay: „Wir haben dich und Noah heute beim Brunch vermisst.“

Ich runzele die Stirn. „Tut mir leid. Ich schätze, die Jackson-Brunch Tage liegen hinter mir.“

„Du denkst nicht, dass du einfach so davonkommst, weil du ausziehst, oder?“, fragt Shay. „Meine Mutter wird das nicht zulassen. Sie hängt bereits an dir und Noah.“

Teagan nickt. Sie ist vielleicht keine Jackson, aber sie hängt oft genug mit der Familie rum, dass sie alles weiß.

„Aber Brayden und ich sind nicht–“

Shay winkt mich ab. „Ist egal. Mama ist wie ein Mafioso. Wenn du ein Teil der Familie bist, kannst du nicht entkommen.“

„Das ist ... seltsamerweise beruhigend.“ Ich lächele

bei dem Gedanken an die süße Kathleen als Mafioso und muss *fast* lachen. „Es tut mir trotzdem leid. Ich wusste, ich hätte mich nicht auf Brayden einlassen sollen, und ich habe es trotzdem getan."

Die Mädels sehen einander an, bevor Teagan sich räuspert und sagt: „Ich muss kurz einen Anruf tätigen." Sie gleitet aus ihrem Sitz und geht auf die Tür zu.

Ich zucke zusammen. „Hat sie mich gerade allein gelassen, damit Braydens überfürsorgliche Schwester mich zusammenschlagen kann?"

Shay zuckt mit den Schultern, aber ihr Gesicht strahlt, als die Kellnerin mit unseren Drinks wiederkommt. „Sie sind meine persönliche Heldin", sagt sie.

Die Kellnerin grinst. „Ich höre das oft. Ihr Essen sollte bald fertig sein."

Shay trinkt einen Schluck Bier und seufzt glücklich.

„Danke", sage ich der Kellnerin, aber ich warte, bis sie weg ist, bevor ich mich wieder zu Shay drehe. „Wenn du mir eine Ansprache halten willst, wie wunderbar dein Bruder ist, kannst du es dir sparen. Ich weiß bereits, wie toll er ist. Ich habe es selbst gesehen. Es geht nicht um ihn."

„Bist du dir da sicher?"

Ich streiche nickend die Kondensation von meinem Bierglas. Als Biersnob würde ich am liebsten sagen, dass es viel zu kalt serviert wurde, aber so, wie mein Magen sich verzieht, werde ich sowieso nichts trinken. *Ich vermisse ihn bereits so sehr, dass es weh tut.* „Ich war immer das Problem. Nicht er. Wenn überhaupt, wünschte ich, dass er nicht so toll wäre. Vielleicht ..." Ich seufze. Ich kann mir nicht einmal einen Brayden vorstellen, für den ich gut genug wäre.

„Ich war einmal verliebt." Shay dreht sich zum Fenster und starrt auf den vollen Parkplatz. „Er hat mir den Atem geraubt und mich immer zum Lächeln gebracht, und ich habe mich nie als würdig angesehen. Solange ich geglaubt habe, dass ich ihn nicht verdiente, war es einfach, ihn zu verlassen. Dann waren meine Ausreden so überzeugend, dass er mir nicht nachgekommen ist."

Ich schlucke schwer. „Es tut mir leid."

„Es war allein meine Schuld. Ich dachte, es war nobel, ihn zu verlassen. Aber ich habe uns nur beide verletzt." Sie drückt ihren nackten Ringfinger auf eine Art, durch die ich mich wundere, ob sie dort einst einen Ring getragen hat. Oder ob sie es wollte. „Ich kann es nicht rückgängig machen. "

„Das Video ist eine Schande für die ganze Familie", sage ich sanft. „Ihr seid für diese Gemeinde so wichtig und ihr seid ein Fels, aber ich bin dahergelaufen und habe alles versaut. Ich bin nicht kleinlich. Diese Scheiße ist schrecklich, und ich will nicht, dass es euch beeinträchtigt."

Sie zuckt mit den Schultern. „Sollten wir nicht entscheiden, ob es uns peinlich ist?"

„Ist es das nicht?"

Ihr Grinsen ist so breit und zeigt all ihre geraden, weißen Zähne. „Ne. Aber ich trainiere manchmal mit Austins Mutter, also habe ich sie heute Morgen angerufen. Sie war so wütend auf ihn, und es war ihr peinlich, dass er sowas getan hat. Sie hat seine sozialen Medien gesperrt und sein Handy *und* sein Auto weggenommen. Er verdient Schlimmeres, aber es ist ein Anfang."

„Danke, Shay." Ich hebe mein Bier hoch, stelle es aber wieder hin, bevor ich einen Schluck trinke. Ich bin nicht dumm genug, zu glauben, dass es für immer weg ist, aber es fühlt sich gut an, zu wissen, dass Austin nicht einfach so davonkommt.

„Verbringst du den Weihnachtsmorgen immer noch bei Brayden?"

Dieses Mal trinke ich. „Wenn er mich lässt, würde ich das gerne." Ich trinke noch einen Schluck und seufze. „Für Noah, und weil Brayden ihm ein Versprechen gegeben hat, das ihnen beiden wichtig ist."

„Dann Weihnachten in der Familienhütte?", fragt sie. „Es ist richtig toll. Wir haben immer einen Nerf-Krieg und fressen uns voll. Mit Nics und Jakes Kochkünsten ist es die kulinarische Veranstaltung des Jahres."

„Ich habe keinen Zweifel daran." Ich sehe auf und durchsuche Shays Blick, erkenne aber nur Ehrlichkeit darin. „Es fühlt sich egoistisch an, an einem Familienfest teilzunehmen."

Sie zuckt mit den Schultern. „Dann sei egoistisch."

Die Kellnerin kommt mit unserem Essen, und Teagan kommt aus dem Flur und setzt sich wieder neben Shay.

Ich schiebe meinen Salat hin und her und denke daran, was Brayden mir über Sara gesagt hat. Sie hat ihn verlassen, weil sie dachte, dass es für ihn am besten war, aber er hat gesagt, dass er genug geliebt werden wollte, dass sie sich getraut hätte, egoistisch zu sein. Ist das nicht, was er über seine Gefühle für mich auch gesagt hat? Dass er egoistisch war, wenn es um mich ging? Ich frage mich, ob er sich jemals wünschen könnte, dass ich auch selbstsüchtig genug wäre, um an ihm festzuhalten.

Wenn ich an das Instagramvideo denke, weiß ich, dass ich es nicht verdiene, so etwas zu wollen, aber der egoistische Teufel auf meiner Schulter verschränkt die Arme und sagt, dass ich es trotzdem tun soll.

BRAYDEN

Molly: *Ist es in Ordnung, wenn Noah und ich heute Nacht zurückkommen und bis nach Weihnachten bleiben? Ich kann verstehen, wenn du es lieber nicht willst, aber ich wollte dir die Wahl geben.*

Die Nachricht ist ein Tritt in die Eier. Auf der einen Seite wird sie mich mein Versprechen an ihren Sohn einhalten lassen. Auf der anderen ist nichts in ihrer SMS, das mich glauben lässt, dass sie es nicht so meinte, als sie gestern Schluss gemacht hat. Aber wenigstens werde ich mit ihr reden können, wenn sie hier ist.

Brayden: *Du und Noah seid hier immer herzlich willkommen. Danke, dass du mich mein Versprechen einhalten lässt.*

*I*ch muss in die Stadt fahren, um die letzten Weihnachtseinkäufe zu tätigen, aber als ich nach Hause komme, sind Molly und Noah wieder da, und es sieht aus, als wäre Mehl in meiner Küche explodiert.

„Du musst ihn ganz flach rollen, ja?", sagt Molly ihrem Sohn. Sie hat Mehl auf der Nase, ihren Wangen und sogar auf ihrem roten Rudolf-T-Shirt. Ich komme zum Stehen. Sie sieht aus, als würde sie hier hingehören, als wäre sie *zu Hause*, und heute ist nur einer von vielen Tagen, die sie damit verbringen wird, mit Noah in dieser Küche Kekse zu backen.

Sie ist glücklich mit ihrem Sohn, diesem Chaos und Gelächter. Und die Freude, die sie ausstrahlt, scheint heller als die Lichter am Weihnachtsbaum im Wohnzimmer und erfüllt den Raum sogar mehr als die Weihnachtsmusik, die spielt.

Ich schlucke den Kloß an Emotionen hinunter. „Es riecht wundervoll."

Als sie ihre Augen hebt, um mich anzusehen, wird das Lächeln, das sie Noah geschenkt hat, durch ein zögerlicheres ersetzt. „Tut mir leid wegen des Chaos."

Ich schüttele den Kopf und sehe mir ihre Fortschritte an. Ein Dutzend Zuckerkekse in verschiedenen Weihnachtsformen füllen das Küchengitter, und ein neues Backblech ist halb gefüllt mit einer weiteren Ladung. „Es riecht wundervoll. Noah bereitet also mein Abendessen vor."

Noahs Augen schießen zu mir, und ihm entkommt

ein entzückendes Kichern. „Du kannst nicht Kekse als Abendessen haben!" Seine Augen sind weit aufgerissen, als er sich zu seiner Mutter dreht und die Stimme senkt. „Können wir?"

Molly schüttelt den Kopf. „Nein. Sogar Brayden muss richtiges Essen haben." Sie deutet über Noahs Schulter zu mir. „Seine Muskeln werden schrumpfen und verschwinden, wenn er nicht gesunde Sachen isst."

Noah beugt seinen Arm, um seinen Bizeps anzuspannen. „Ich habe auch Muskeln, Rayden."

Ich grinse. „Ich kann sie sehen. Du musst echt stark sein."

Noah nickt ernst und bietet mir eine Ausstechform an, die wie eine Zuckerstange geformt ist. „Willst du helfen?"

Ich hebe eine Augenbraue. „Bist du dir sicher?"

Noah nickt. „Ich durfte den Rest machen. Du kannst helfen."

Ich rolle meine Ärmel hoch, gehe zum Waschbecken und wasche meine Hände, und als ich mich wieder zu ihnen drehe, hat Molly einen unlesbaren Blick auf dem Gesicht. Ich bin mir ihrer Augen bewusst, als Noah mir die Form gibt und mir zeigt, wie man sie in den Teig sticht, und als wir gemeinsam daran arbeiten, das andere Blech zu füllen.

„Ich habe jedes Weihnachten mit meiner Mutter Kekse gebacken", sage ich Noah. „Sie hat Dutzende verschiedene Kekse gebacken."

Noahs Kinnlade fällt herunter. „Hast du sie alle gegessen?"

„Nicht zu viele. Meine Mutter hat sie an alle Familien verschenkt, die wir kannten, also haben meine Brüder und Shay und ich immer um die Reste gekämpft. Ich mochte immer die mit einem Klecks Marmelade in der Mitte am liebsten" Ich gebe Noah die Ausstechform und sehe zu, wie er mehrere Kekse aussticht. Ich bin begeistert von seiner Hand-Augen-Koordination. Als Lilly in seinem Alter war, hat sie die Kekse zerrissen, wenn sie versuchte, sie auf das Blech zu bringen, und sie wurde immer frustriert. Aber sie ist mittlerweile eine kleine Köchin. Sie und Noah würden bestimmt viel Spaß haben beim Backen, falls Noah mit ihrer herrischen Art zurechtkommen kann.

„Ich mag die mit Zuckerguss am meisten", sagt er, als er die Kekse vorsichtig auf das Blech legt. „Mama hat gesagt, wir können sie erst morgen glasieren. Aber dann kann ich einen haben."

„Nach dem Abendessen", sagt sie.

Noah runzelt die Stirn und murmelt: „Nach dem Abendessen", als hätte er gehofft, dass sie diesen Teil vergessen hat.

„Wo wir vom Abendessen reden", beginnt sie, und ich erwarte fast, dass sie mich meidet, also bin ich überrascht, als sie mir in die Augen sieht. „Ich werde die Kekse in den Ofen schieben und aufräumen, damit wir Abendessen kochen können. Wie klingt Spaghetti?"

„Ja!" Noah hebt die Faust in die Luft, bevor er mich ansieht. „Magst du Getti?"

„Klar", sage ich vorsichtig und sehe zu Molly. Nach

letzter Nacht will ich keine Grenze überschreiten und ihre Familienzeit stören.

„Gut", sagt sie. „Du kannst den Salat machen, während ich mich um den Rest kümmere." Sie streicht eine Strähne aus ihrem Gesicht und hinterlässt Mehl. „Noah, wenn du dich sauber machst, kannst du bis zum Abendessen fernsehen."

Das Kind rast aus der Küche und die Treppe hinauf, als hätte sie ihm gerade gesagt, dass die gesamte *Paw Patrol*-Crew in seinem Zimmer wartet.

Molly steckt die Kekse in den Ofen und atmet tief ein, während sie das Chaos mustert. Sie rollt wortlos die Schultern zurück und macht sich an die Arbeit, alles in die Speisekammer zu laden, Rührschüsseln und Messbecher zu stapeln und die Arbeitsfläche abzuwischen.

Ich gehe zur Spüle, während sie saubermacht, und fülle sie mit heißem, seifigem Wasser, um mich um die größeren Schüsseln zu kümmern.

„Du musst das nicht tun."

Ich sehe sie an und verkneife mir das Lachen. Die Küche ist vielleicht sauberer, aber sie nicht. „Du siehst aus, als wärst du von einem Sack Mehl attackiert worden."

Sie stemmt die Hände in die Hüften. „Ich will sehen, wie du mit einem Kind Kekse backst, ohne so auszusehen."

Ich stelle das Wasser ab und drehe mich zu ihr. „Ich habe nicht gesagt, dass es mir nicht gefällt." Ich widerstehe dem Drang, ihren Körper anzusehen, was mich all meine Selbstkontrolle kostet. *Molly zu Hause.* So denke ich an sie, wenn sie so ist. Ich brauche keinen Abschluss in Psychologie, um zu wissen, wieso ich diese Version von ihr noch verführerischer finde als die schicke Businessfrau, die mein Bankettzentrum verwaltet. „Ich bin froh, dass du hier bist."

„Wirklich?"

Ich trete nickend näher. Mir ist bewusst, wie ihr Körper sich anspannt, als sie mich beobachtet, und sich dann entspannt, als ich vor ihr stehe – als würde sie einen innerlichen Kampf führen, weil ein Teil von ihr mich auf Abstand halten will, während der andere mich zu sich ziehen möchte.

„Vorsichtig, oder du wirst dein teures Hemd dreckig machen." Ihr Blick ist über meine Schulter gerichtet, um zu sehen, ob wir allein sind, bevor sie mir in die Augen sieht.

„Ich werde es riskieren." Ich stemme die Hände neben sie auf die Arbeitsfläche und lehne mich vor. „Ich hatte nicht die Chance, mich für letzte Nacht zu entschuldigen."

„Entschuldigen?"

Sie ist nahe genug, dass ich sie küssen kann. Aber das tue ich nicht. „Es tut mir leid, dass ich dem Video auch nur für einen Moment geglaubt habe."

„Wer kann es dir übelnehmen?"

„Du verdienst mehr. Besseres. Ich habe alles bewiesen, wovor du Angst hattest, indem ich Austin geglaubt habe."

„Ich vergebe dir, Brayden." Sie mustert mich. „Jeder hätte das Video gesehen und es geglaubt."

„Danke." Ich lehne mich einen Zentimeter vor. „Und ich bin auch froh, dass du hier bist, weil du ein paar ziemlich schreckliche Dinge gesagt hast und gegangen bist, bevor ich mich verteidigen konnte."

Ihre Augen nehmen einen vorsichtigen Ausdruck an. „Es war ein schrecklicher Tag. Es tut mir leid, wenn ich dich beleidigt habe."

„Oh, das hast du wirklich."

Sie schluckt schwer, und ich kann sehen, dass sie es beiseiteschieben und dieses Gespräch beenden will, aber ihr Stolz lässt es nicht zu. „Wie?"

„Du hast gesagt, dass ich dich nur will, um dich zu retten."

„Ich—"

Ich presse zwei Finger auf ihre Lippen. „Und du hast gesagt, dass ich denke, du bist ruiniert und beschädigt."

Sie schluckt noch einmal, ihre Augen auf meinem Gesicht, aber sie lehnt sich nicht von meiner Berührung weg oder versucht meine Finger wegzuschieben.

„Ich glaube nicht, dass du ruiniert bist. Ich denke, dass du wundervoll bist, aber das ändert nicht, dass ich es mit dir lieber langsamer angegangen wäre. Nelson hat dich verletzt, und du hast so viel Zeit damit verbracht, es zu verbergen, dass du nie heilen konntest."

Sie schluckt erneut, diesmal mit Tränen in den Augen. „Ist schon gut", flüstert sie gegen meine Finger.

„Du bist verdammt stark, und du hast dich beeindruckend geschlagen, obwohl du so viel Schmerzen mit dir herumgetragen hast. Du hast allen bewiesen, dass er dich nicht ruiniert hat."

Sie nimmt meine Hand in ihre und zieht sie weg. „Danke."

Sie fühlt sich nicht wohl mit diesem Gespräch, aber ich bin noch nicht fertig. „Ich werde nicht so tun, als hätte es dich nicht zerbrochen. Nicht, wenn ich es sehen kann, wenn du mich wegschiebst und in der Art, wie du dich weigerst, uns eine Chance zu geben."

„Ich habe es versucht und–"

„Ein Tag ist nicht Versuchen. Es ist nicht einmal ein Zeh im Wasser." Ich atme tief ein, um meine Frustration in Zaum zu halten. „Jason Ralston hat mich beschuldigt, so tun zu wollen, als hättest du keinen Ruf, damit ich nur die neue Molly sehen kann. Du hast mich beschuldigt, dich als gebrochen zu sehen. Ihr liegt beide falsch. Ich sehe *alles* an dir – gebrochen, vernarbt und schöne, atemberaubende Stärke. Ich sehe dich, und ich will dich. Ich bin nicht daran interessiert, dich auseinanderzunehmen und mir die besten Teile auszusuchen. Ich bin in die Frau verliebt, die all diese Dinge ist."

„Du bist die erste Person, die mich denken lassen hat, dass ich es wert sein könnte." Sie hebt ihre Hand langsam zu meinem Gesicht, und ihre Berührung ist so tiefgründig, dass ich bei dem Körperkontakt fast erbebe. „Ich denke ständig an die Rede, die du bei der Hochzeit gehalten hast. Ich glaube, du hast recht."

„Womit?"

„Wir haben eine Wahl. Wir entscheiden, wie wir auf unsere Situationen reagieren – Fehler und Unglück." Ihr Daumen fährt über meinen Kiefer. „Ich muss mich nicht von diesen Dingen überzeugen lassen, dass ich kein

Glück haben kann. Ich kann entscheiden, mutig zu sein." Sie hebt sich auf die Zehenspitzen und streicht mit ihren Lippen gegen meine. „Ich will für dich mutig sein. Egoistisch genug, um mit dir zusammen zu sein, bevor ich weiß, dass ich dich verdiene."

Die einmalige Berührung ihrer Lippen war nicht genug, aber das Haus ist erfüllt von kleinen Schritten auf der Treppe, also küsse ich sie schnell, mein Mund auf ihrem, ihre Unterlippe zwischen meinen Zähnen. Ihr Stöhnen tut etwas mit mir, aber sie tritt schnell zurück – genau in dem Moment, als Noah im Wohnzimmer neben der Küche anhält, die Fernbedienung bereits in seiner kleinen Hand.

Mollys blaue Augen sind immer noch auf meinen, und ich zwinkere ihr zu. Sie lächelt, und ich verliere fast den Verstand, als sie mich beim Hemd greift und vor ihrem Sohn fest auf den Mund küsst.

„Mami, hast du gerade Rayden geküsst?", fragt Noah.

Sie lehnt sich zurück, um mich durch die Wimpern anzusehen, und leckt sich über die Lippen. „Ja."

„Wieso?", fragt er, aber seine Aufmerksamkeit ist mehr auf dem Fernseher als uns, während er darauf wartet, dass seine Sendung erscheint.

„Weil ich ihn liebe", sagt sie sanft.

„Oh", sagt Noah. „Ich liebe ihn auch."

Ich kann sie nur anstarren, während ich versuche, mich ans Atmen zu erinnern.

Sie grinst. „Abendessen?"

Ich blinzele und atme endlich ein. „Ich glaube, Weihnachten ist gerade früher gekommen."

„Rayden!", ruft Noah aus dem Wohnzimmer, seine Stimme verärgert. „Ich habe gesagt, dass ich dich liebe!"

Molly senkt den Kopf und beißt sich auf die Lippe.

Ich kneife ihr in den Arsch, bevor ich mich ans Geschirr mache. „Ich liebe dich auch, Kumpel."

KAPITEL DREISSIG

*W*eihnachtsabend und -morgen mit Brayden und Noah waren ein Wirbelwind voller Aktivitäten, Lächeln und langen Blicken (zwischen Brayden und mir), ein paar Schnuten (von meinem überaufgeregten Vorschüler), und Freude. Aber wie so typisch bei Kindern hat Noah Brayden und mich vor sechs Uhr aus dem Bett geholt, und jetzt – kurz vor sieben Uhr morgens – sind alle seine Geschenke ausgepackt, und er spielt mit seinen neuen Spielsachen in der Mitte des Wohnzimmers.

Brayden sitzt neben mir auf dem Sofa und überreicht mir eine frische Tasse Kaffee. Wir haben letzte Nacht kaum geschlafen, und ich kann es nicht einmal auf den Weihnachtsmann schieben. Jedes Mal, wenn ich ihn ansehe, will ich ihn küssen und berühren, um mich selbst zu erinnern, dass es wahr ist.

„Du bist mein Held", sage ich, bevor ich einen Schluck trinke. „Erinnere mich später daran, dir zu danken."

Seine Augen sind voller Schelm. „Vertrau mir, das werde ich nicht vergessen."

Ich verkneife mir das Grinsen und lehne mich vor, um seine Schulter zu küssen. „Danke", flüstere ich. „Für diesen Morgen und ... alles andere. Es ist das beste Weihnachten, das wir je hatten."

Er greift zwischen die Sofakissen und zieht eine kleine Schachtel hervor. „Du hast dein Geschenk noch nicht geöffnet."

Ich weiß nicht, was mit mir los ist, aber es fühlt sich an, als hätte mein Herz meinen Magen bei der Hand genommen, um Purzelbäume zu schlagen. „Brayden ..."

„Öffne es einfach", sagt er zärtlich.

Ich schlucke schwer, reiße das Geschenkpapier weg und ziehe den Deckel ab. In der Schachtel ist die feinste silberne Kette mit einem diamantenbesetzten Schlüssel, der das lodernde Feuer des Kamins widerstrahlt. „Sie ist wunderschön."

„Da ist noch etwas darunter." Er hebt das Schmucktablett und zeigt mir einen bronzefarbenen Schlüssel.

„Ich habe bereits einen Schlüssel zu deinem Haus."

„Der ist nicht für mein Haus."

„Wofür dann?"

Er grinst. „Das wirst du später rausfinden. Er passt *hierzu*." Er gibt mir eine ...

„Ist das eine *Augenbinde*?", frage ich, meine Augen auf Noah, bevor ich wieder zu Brayden blicke.

Er schmunzelt. „Nicht dafür." Sein Blick wandert über meine Weihnachtspyjamas und passenden Socken, und seine Augen werden glasig, als würde ich nur die Kette tragen, die er mir gerade geschenkt hat. „Aber jetzt, da du es erwähnt hast ... Ich liebe vielfältige Geschenke."

Ich bekomme Gänsehaut bei dem Gedanken. *Später.* „Wofür ist er dann?"

„Das wirst du bald genug herausfinden."

Glücklicherweise ist *bald* weniger als zwei Stunden später, als Brayden uns sagt, dass wir in sein Auto steigen sollen, damit wir für die Jackson-Weihnachtsfeier zur Hütte fahren können. Ich bin etwas nervös nach dem ganzen Debakel mit dem Video, aber Noahs Freude ist genug, um mich meine selbstsüchtigen Ängste vergessen, meine neue Kette um den Hals legen und mir Mut zureden zu lassen.

„Wir müssen deiner Mama ihr letztes Weihnachtsgeschenk geben", verkündet Brayden Noah auf der Autobahn. Er gibt mir die Augenbinde, die ich zu Hause in der Schublade gelassen habe. „Bitteschön."

Ich runzele die Stirn. „Ist das notwendig?"

„Absolut. Weihnachten steht für Überraschungen, und ich will, dass dieses Geschenk eine Überraschung ist."

„Komm schon, Mama!", sagt Noah.

Ich zucke – hoffentlich sorglos – mit den Schultern und streife die Augenblinde über meine Augen. Und dann sitze ich in der Dunkelheit und lausche die nächsten zwanzig Minuten Weihnachtsliedern.

Ich spüre Kies unter dem Auto, als Brayden von der Autobahn abfährt. „Wo sind wir?"

„Sag es ihr nicht, Noah", sagt Brayden.

„Werde ich *nicht*", antwortet Noah, genervt, dass Brayden denkt, er könnte die Überraschung verderben.

Das Auto hält an, und ich warte, als ich zuhöre, wie Brayden die Tür öffnet und wieder schließt, bevor seine und Noahs Füße über den Kiesweg schreiten. Meine Tür öffnet sich, und große Hände ziehen mich aus dem Auto. Brayden hält meine Hände, als ich einen Schritt nach dem anderen mache.

„Brayden?" Alles, was ich hören kann, sind Vögel und Wind und … ist das Weihnachtsmusik?

„Sei geduldig. Wir sind fast da."

Noah kichert hinter mir – die kleine Pest genießt es.

„Da du eine Augenbinde trägst", sagt Brayden, „werde ich den Schlüssel für dich benutzen. Aber nur damit du weißt, er gehört hier hin."

„Und wo ist *hier*?"

Er zieht die Augenbinde runter, als er die große, hölzerne Tür zu seiner Familienhütte öffnet. Im Haus sind alle versammelt – seine Brüder, Ava, Nic, Ellie, Shay, seine Mutter, Lilly und sogar Teagan sind hier.

„Frohe Weihnachten!", rufen sie im Gleichklang.

„Der Schlüssel", sagt Brayden sanft in mein Ohr, „weil

es jetzt auch deine Hütte ist." Ich höre, wie er schluckt, als ich seine grinsende Familie anstarre. „Und sie, weil du dir zu Weihnachten eine Familie gewünscht hast. Ich wollte dir meine geben."

Ich drehe mich zu ihm. Es ist mir egal, dass alle zusehen, oder was sie von mir denken, als ich die Arme um seinen Hals schlinge und ihn so fest küsse, wie ich kann.

EPILOG

ACHT MONATE SPÄTER …

*I*ch war nicht mehr so nervös, seit ich Penny Halcomb in der High School zum ersten Mal ins Kino ausgeführt habe. Ich hatte dreißig Minuten damit verbracht, zu entscheiden, ob ich ihre Hand halten sollte, und als sie den ersten Schritt gemacht hat, waren meine Handflächen so verschwitzt, dass sie ihre Finger weggezogen hat. Nicht mein stolzester Moment.

Ooh La La! ist heute voll. Die Ferien sind vorüber, aber die Touristensaison ist erst nach dem Labor Day vorbei. Aber ich hätte mir trotzdem keinen besseren Ort ausdenken können, um die wichtigste Frage meines Lebens zu stellen. Und ich werde heiße Schokolade und

Cupcakes als Bestechung versuchen, um die Antwort zu erhalten, die ich mir wünsche.

„Ich habe dich hergebracht, weil ich dich etwas Wichtiges fragen wollte", sage ich und stupse die Schachtel über den Tisch. Meine Nichte hat mich informiert, dass es nicht gut genug ist, wenn es nicht von Tiffany's kommt, und während ich nicht glaube, dass es für Molly einen Unterschied macht, ob ich bei Tiffany's oder Walmart einkaufe, wollte ich ihr das Beste bieten. „Weißt du, was es ist?"

Noah McKinley hat Schokolade auf dem Mund und Cupcake-Glasur auf den Fingern. Er leckt sich die Lippen, die Augen aufgerissen, als er den Diamantenring in der Schachtel sieht. „Ein Ring", sagt er.

Ich nicke. „Es ist ein besonderer Ring, und ich will ihn deiner Mutter geben."

„Okay."

„Das Ding ist, ich wollte zuerst sicherstellen, dass du zustimmst. Wenn deine Mutter den Ring trägt, bedeutet es, dass wir für immer eine Familie sein werden."

Noah leckt die Glasur von seinem halbvernichteten Cupcake und hat Schokolade auf der Nase. „Wir sind bereits eine Familie. Oder nicht?"

Gott, ich liebe dieses Kind. Er hat recht. Molly und Noah wohnen seit Weihnachten bei mir, und das Einzige, was dieser Ring ändern würde, ist ihr Nachname. Eine Änderung, die ich verzweifelt will. „Ja, das sind wir. Aber wenn deine Mutter mich heiratet, werden wir Ehemann und Ehefrau sein." Ich wünschte, ich könnte seine Gedanken lesen, weil sein Ausdruck plötzlich ernst wird. Er stellt seinen Cupcake ab und stupst ihn mit den Fingern an. „Was ist los, Kumpel?"

Er runzelt die Stirn, während er den Ring anstarrt. „Du wärst Mamis Ehemann?"

Ich nicke, und mein Magen verknotet sich, als sein Ausdruck unsicher wird. „Wenn sie das will, ja."

Er spielt wieder mit seinem Cupcake und meidet meinen Blick. „Könntest du dann mein Papa sein?"

Es ist schwer, die Worte rauszubekommen, aber ich nicke. „Wenn du mich lässt, gerne."

Sein Kopf schießt in die Höhe, und sein Lächeln erstreckt sich bis zu seinen dunklen Augen. „Ich werde dich lassen!"

Das plötzliche Geräusch eines Schluchzens zieht meine Aufmerksamkeit von Noah und zu dem vollen Restaurant.

„Mama!", ruft Noah, springt aus seinem Sitz und eilt auf sie zu, um seine Schokoladen-Hände um ihre Beine zu schlingen.

Sie beugt sich vor, um ihren Sohn zu umarmen, aber ihre blauen Augen sind auf mir, als Tränen über ihre Wangen rollen. „Ich glaube, ich habe die Überraschung versaut", flüstert sie. Sie nimmt Noah in die Arme und setzt sich auf seinen Stuhl. „Ich habe das Büro früher verlassen und habe dein Auto hier gesehen, also wollte ich anhalten und ..." Sie schluckt schwer. Ich kann sehen, dass sie es versucht, aber sie kann sich das Lächeln nicht verkneifen. „Es tut mir leid."

Mein Herz rast so schnell, dass ich überrascht bin

über meinen gleichmäßigen Atem. „Tut es das? Tut es dir leid?"

Sie schüttelt den Kopf und atmet zittrig ein. „Nein. Überhaupt nicht."

Tränen strömen über ihr Gesicht, und Noah legt seine Hände auf ihre jetzt schokoladigen Wangen. „Wirst du Braydens besonderen Ring tragen, damit wir eine Familie sein können?"

Sie begegnet meinem Blick und greift nach meiner Hand. „Wir sind bereits eine Familie."

„Aber kann er mein *Papa* sein?", fragt Noah und zappelt auf ihrem Schoß. „*Bitte?*"

Sie schluchzt und küsst seinen Kopf. „Ja." Als sie ihre Aufmerksamkeit auf mich lenkt, knie ich auf dem Boden neben ihrem Stuhl, der Ring in meiner Hand.

„Ich wollte es nicht hier tun", flüstere ich und spüre die Augen der anderen Gäste.

„Tu es trotzdem", sagt sie.

Ich atme lange ein. Ich war bereit, eine Rede zu halten und ihr die perfekte romantische Nacht zu bieten. Aber vielleicht ist es besser. Denn wir sind nicht perfekt. Unsere Liebe ist wie unser Leben – intensiv und unerwartet und durcheinander, und ich würde es nicht ändern, wenn ich könnte. „Ich will all die Prince-Tanzpartys in meiner Küche und Filmabende im Wohnzimmer. Ich will mit dir trainieren, während du meine Brüder anschreist, weil sie dich umbringen wollen und ..." – ich sehe mich um und senke meine Stimme – „viele andere Dinge, die ich lieber nicht vor anderen sagen würde."

Molly kichert.

„Du und Noah seid bereits Jacksons. Jetzt will ich es hören, wenn andere Menschen eure Namen sagen. Heirate mich. Sei meine Frau?"

Sie gibt mir ihre schokoladenverschmierte linke Hand. „Du hast mich mit Prince überredet."

Ich schiebe den Ring auf ihren Ringfinger und stehe auf, um Noah hochzuheben. „Tut mir leid, Kumpel, aber ich muss dich kurz zur Seite schieben." Ich setze ihn gegenüber von seiner Mutter. „Ich will meine Verlobte küssen." Ich umrahme Mollys Gesicht mit den Händen und senke meinen Mund auf ihren.

„Bäh!", sagt Noah. „Genug mit den Küssen."

„Niemals", flüstert Molly gegen meine Lippen, und ich lächele, bevor ich sie erneut küsse.

*D*anke, dass Sie *Die schwierige Art von Liebe*, Buch vier in der Die Jungs von Jackson Harbor-Reihe gelesen haben. Hoffentlich werden Sie Carter Jacksons Geschichte in *Die verrückte Art von Liebe* lesen. Wenn Sie eine E-Mail erhalten wollen, sobald ich ein neues Buch publiziere, können Sie hier meinen Newsletter abonnieren: lexiryan.com/signup

Ich hoffe, Sie haben dieses Buch genossen und werden es in Erwägung ziehen, eine Rezension zu schreiben. Danke fürs Lesen! Es war mir eine Ehre.

ANDERE BÜCHER VON LEXI RYAN

Die Jungs von Jackson Harbor

Die falsche Art von Liebe (Ethans Geschichte)
    Die selbstlose Art von Liebe (Jakes Geschichte)
    Die komplizierte Art von Liebe (Levis Geschichte)
    Die schwierige Art von Liebe (Braydens Geschichte)
    Die verrückte Art von Liebe* (Carters Geschichte)
    Die beste Art von Liebe* (Shays Geschichte)
    Die wichtigste Art von Liebe* (Coltons Geschichte)

Titel unter Vorbehalt